Das Zimmer hinter dem Spiegel

Pierre Magnan

Das Zimmer hinter dem Spiegel

Roman

Aus dem Französischen
von Irène Kuhn

Scherz

Die Übersetzung aus dem Französischen
wurde unterstützt durch das Französische Kulturministerium.

Pierre Magnans Website: www.lemda.com.fr

Die Originalausgabe erschien unter dem Titel
«Le sang des Atrides» bei Librairie Arthème Fayard, Paris.

Erste Auflage 2000

Für Dilou
und Charly Grupper,
von ihrem Freund.

~ 1 ~

ES war in einer Nacht von Sonntag auf Montag. Zwischen der Bléone, die über ihre Kiesel dahinrauschte, und dem Bergbach Eaux-Chaudes, der über goldgelben Glimmer zu Tal schäumte, lag Digne in friedlichem Schlaf.

Die Ampeln blinkten völlig vergeblich. Verkehr in Richtung Barrême, Malijai oder Barcelonnette gab es keinen. Nicht einmal ein Hund bellte. Auch die bunten Triebwagen der *Chemins de Fer de Provence* standen still im menschenleeren Bahnhof.

Jenseits der beleuchteten Boulevards im bürgerlichen Wohnviertel der Seminare und vor dem Hintergrund der dunklen Hügel wies ein unauffällig blinzelndes Licht jemandem den Weg nach Hause. Aber zwischen diesem Jemand und den beiden rauschenden Wasserläufen, die ihr Bett glatt hobelten und die Stille verstärkten, war keine Menschenseele – da war höchstens eine Totenseele.

Um vier Uhr verließ der städtische Müllwagen seinen eingezäunten Standplatz. Die Müllmänner brauchten eine Stunde, in der schrille Pfiffe, das Rumpeln der Mülltonnen, das Rattern der Zerkleinerungstrommeln, die Geräusche des immer wieder anfahrenden und anhaltenden Müllautos, muntere Rufe von einer Straßenseite zur anderen die Nachtruhe unterbrachen, bis sie endlich die Rue Prête-à-Partir erreichten.

Und da wartete er auf sie. Sehr geduldig, ja doch. Er

versperrte ihnen den Weg. Es war ein groß gewachsener Toter, er lag am Boden mit dem Gesicht zur Seite und trug einen hellblauen Jogginganzug mit dem großen gelben Schriftzug *Gentiane*.

Der Fahrer entdeckte ihn als Erster, er hielt an, stieg aus. Es war ein langer, hagerer Kerl, das linke Auge hielt er geschlossen, und ein Zigarettenstummel hing ihm im Mundwinkel. Die zwei Araber hinten pfiffen vergeblich, um ihm zu bedeuten, dass er weiterfahren könne. Als sich nichts tat, kamen sie nachsehen, was los war. Ein verlegenes Lächeln trat auf ihre wulstigen Lippen. Sie glaubten, es handle sich um einen Betrunkenen. Sie machten Anstalten, ihm auf die Beine zu helfen. Der Lange breitete die Arme aus und stellte seine riesigen Espadrilles quer, direkt vor ihre Füße. Er hielt nach wie vor nur das rechte Auge offen, so sehr störte ihn der Rauch seines Zigarettenstummels.

«Rührt ihn nicht an.»

«Dem ist schlecht.»

«Dem ist nicht schlecht. Der ist tot.»

«Woher willst du das wissen?»

Der spanische Müllfahrer blickte zum Himmel: Woher er das wusste?! In der jugendlichen Frische seiner siebzehn Jahre: Santander, Teruel, Irún, die Belagerung von Barcelona… Und wie genau er das wusste! Wirklich eine dumme Frage. Er sagte sehr bestimmt:

«Kümmert euch nicht. Ich weiß es!»

Die Araber nickten voller Hochachtung angesichts des wissenden Kollegen.

«Los, geht zur Polizei, ihr beiden. Ich warte.»

«Bis wir ihnen erklärt haben, was los ist, glauben die doch, wir sind besoffen, und besoffene Araber…, ab in den Knast!»

Sie hatten den Scharfsinn derer, die an so manches gewöhnt sind.

«Quatsch! Wo glaubt ihr denn, wo ihr seid? Wir sind in Frankreich hier!»

Sie nickten wieder und gingen zögerlich, ohne besondere Eile, und erörterten dabei in ihrer Sprache die guten Gründe, die sie veranlassten zu zweifeln.

Der Lange, der allein zurückgeblieben war, zündete sich den Stummel wieder an, von dem nur noch ein bisschen Papier übrig war, und verbrannte sich die Lippe. Den jungen und schönen Toten, der da sauber, fast werbeträchtig adrett mit seinem großen *Gentiane* auf dem Sweatshirt auf der Straße lag, betrachtete er brüderlich. Mit seinem lockigen Bart, den langen Haaren und den weit aufgerissenen Augen erinnerte er den Katalanen an einen griechischen Kameraden bei den Internationalen Brigaden, der an seiner Seite in der Sierra Madre gefallen war. Das Warnlicht des Müllwagens warf mit seinem rhythmischen Flackerschein einen Hauch von Leben auf das Gesicht. Der Lange rührte sich nicht vom Fleck; schweigend beobachtete er den Toten, mit dem nüchternen Ernst desjenigen, der erkennt, dass sich am Horizont eine Menge Scherereien abzeichnen.

Es dauerte eine Viertelstunde, bis er den hastigen Schritt der beiden Araber vernahm. Zwei Polizisten in Uniform schoben sie eher vor sich her, als dass sie ihnen folgten. Es war den beiden anzusehen, dass sie vor weniger als zehn Minuten noch beim gemütlichen Kartenspiel am Ölofen gesessen hatten. Sie kamen zu Fuß, da der Dienstwagen sich geweigert hatte anzuspringen.

Ihr Blick erfasste gleichzeitig die Leiche am Boden, den langen Fahrer, der daneben stand, und den Müllwagen mit seiner blinkenden Warnanlage.

«Hast du ihn umgefahren?»

«Nein. Er war schon tot.»

«Wieso tot? Ist er überhaupt tot?»

Schon machten sie Anstalten, die Leiche umzudrehen, sie auf den Gehsteig zu tragen und ausgiebig auf allen Spuren herumzutrampeln.

«An eurer Stelle würde ich ihn nicht anrühren!»

Betroffen richteten sie sich auf.

«Hör mal, bist du der Bulle oder sind wir es?»

«Ihr natürlich. Aber ihr habt noch welche über euch. Und möglicherweise kriegt ihr ganz schön eins auf die Mütze.»

Sie überlegten zuerst, ob sie ihn zurechtweisen sollten. Dann würde der Kerl schon sehen, was er von seiner Rechthaberei hatte. Aber schließlich drehten sie ihm lieber den Rücken zu, um sich abzusprechen.

«Geh, Montagnié, ruf den Kommissar Laviolette an! Ich halte die Stellung.»

«Ich geh schon.»

Der zurückgebliebene Kollege wandte sich dem Langen zu, der zwischen den beiden Arabern mit den orangefarbenen Schutzumhängen stand. Die drei bildeten eine geschlossene Front.

«Papiere!»

«Du siehst uns doch jeden Tag!»

«Papiere! Heute ist nicht ein Tag wie jeder andere! Ein Toter auf offener Straße um …» – er schaute auf die Uhr – «um halb sechs in der Früh, da ist der Ausweis fällig, meint ihr nicht?»

«Wir sind städtische Angestellte!»

«Fest angestellt!», betonten die Araber – sie waren es seit drei Monaten.

«Angestellte hin oder her …»

«Jouve!»

Es war Montagnié, der zurückkam, allein und außer Atem.

«Hast du den Kommissar angerufen?»

«Ja.»

«Und was hat er gesagt?»

«‹Rufen Sie die Polizei›, hat er gesagt.»

«Was?»

«Ja. Als ich ihm gesagt habe, dass in der Rue Prête-à-Partir eine Leiche liegt, hat er wortwörtlich geantwortet: ‹Rufen Sie die Polizei!› Und hat eingehängt.»

Ein peinliches Schweigen setzte ein, dann sagte Jouve, der in seiner Eigenschaft als Brigadier etwas schneller dachte:

«Gestern Abend hat bei Mistre ein Bankett der ehemaligen Résistance-Mitglieder stattgefunden… Kommissar Laviolette, der der Pflicht halber dabei sein musste, ist vermutlich etwas müde… Warte hier, ich geh hin und hol ihn ab. Und vor allem, lass sie nicht aus den Augen. Sie dürfen sich nicht vom Fleck rühren!»

Die Gefahr bestand nicht. Der Anblick faszinierte sie. Der einfache Polizist Montagnié belauerte sie von der Seite, als ob ihre Schuld schon bewiesen wäre.

Zu dieser frühen Stunde ging noch niemand durch die Rue Prête-à-Partir. Aber am Eckfenster im dritten Stock quietschte ein Fenstergriff, dem man gewünscht hätte, er wäre besser geölt; eine flinke Hand öffnete den Laden einen Spaltbreit. Da oben stand jemand, der es nicht wagte, hinunterzukommen auf die Straße, aus Angst, unpassenderweise auf sich aufmerksam zu machen, jemand, der aber gern gewusst hätte, was da unten los war. Danach rührte sich nichts mehr. Der Lange hatte den Motor und das Blinklicht abgestellt.

Zehn Minuten später war Kommissar Laviolette zur Stelle. Er trug einen Schal, hatte den Hut tief in die Stirn gedrückt, und seine großen, hervortretenden Augen waren rot und verrieten den Mangel an Schlaf. Er war völlig verblüfft, an einem Montag Morgen, unmittelbar nach einem Festessen, ein Verbrechen am Hals zu haben. Und zu allem Unheil war auch noch sein einziger Mitarbeiter, Inspektor Courtois, im Frühjahrsurlaub.

Denn es war ein Verbrechen. Da, wo der Kopf den Boden berührte, wies die Leiche in der Stirngegend eine riesige schwarze Prellung auf, auf der sich ein großflächiges, noch glibberiges Blutgerinnsel breit machte. Das Scheitelbein war vollständig eingedrückt.

«Und natürlich haben Sie die Mordwaffe gefunden?», fragte Laviolette.

«Die werden wir bald haben. Aber wir wollten nichts anfassen, bevor Sie kommen.»

«War auch richtig so!», brummelte Laviolette

Er dachte genau das Gegenteil. Viel lieber wäre ihm gewesen, die Tatbestandsaufnahme wäre schon abgeschlossen, die Leiche abtransportiert und auch der Täter, während er hinter einem Baum stand und die Polizei bei ihren Nachforschungen beobachtete, überraschend festgenommen worden. Aber das war nur ein Traum! Dann also los an die Arbeit.

«Ich habe mit dem Staatsanwalt telefoniert», verkündete Laviolette. «Ja, doch», sagte er zu Montagnié gewandt, «nach Ihrem Anruf habe ich mich daran erinnert, dass *ich* die Polizei bin.»

Er drehte sich zu Jouve.

«Und natürlich haben Sie den Toten erkannt?»

«Ich fürchte, ja. Der junge Vial?»

«Genau. Jeannot Vial. Das müssen wir erst mal der Mutter beibringen. Die Arme, sie ist schon von ihrem Mann verlassen worden, vor zehn Jahren! Nun ja! Gleich ist die Staatsanwaltschaft da. Mit dem Gerichtsarzt. Und dem Fotografen. Den habe ich dienstlich herbefohlen. Er wollte nicht aufstehen. Aber ich habe ihm den entsprechenden Paragraphen aus dem Gesetzbuch vorgelesen. Also. Was ist nun mit der Tatwaffe? Wie wär's, wenn wir ein bisschen danach suchten?»

«Können wir ja tun», antwortete Jouve, «aber wie soll das Ding aussehen?»

«Eine Schlagwaffe», erwiderte Laviolette, «ein Hammer, ein Gewehrkolben, ein Schraubenschlüssel, eine Spitzhacke, ein Brecheisen, ein Beil...»

«Nein! Da ist weit und breit kein Schraubenschlüssel, kein Hammer und kein Brecheisen zu sehen. Und auch kein... wie sagten Sie?»

«Eine Spitzhacke.»

«Nein! Aber eine Pétanque-Kugel, wer weiß?»

Laviolette drehte sich um. Doktor Parini, den er nicht hatte kommen hören, kniete über die Leiche gebeugt und untersuchte die Verletzung. Er hob den Kopf mit dem eckigen Frauenmörderbart à la Landru.

«Ein Mord ist natürlich keine alltägliche Sache für mich, gewiss nicht. Aber Sie kennen mich doch, Laviolette. Ich war im Krieg in Afrika, in Italien und sogar am Rhein. An Leichen bin ich gewöhnt. Und wie Sie wissen, geht diese Gewohnheit niemals verloren. Ich würde mich ja gerne täuschen, aber ich hab so im Gefühl, dass Ihnen diese Mordwaffe hier einiges Kopfzerbrechen bereiten wird.»

Er seufzte.

«Und es ist der junge Vial. Was für ein Unglück! Die arme

Mutter! Die wurde doch schon von ihrem Mann verlassen, vor zehn Jahren!»

Doktor Parini erhob sich.

«Natürlich müssen wir eine Obduktion vornehmen... Aber wissen Sie, es ist ohnehin sonnenklar: Der Tod ist aufgrund des zertrümmerten Scheitelbeins eingetreten... Wie fanden Sie denn dieses Frischlingsgulasch gestern Abend?», fragte er übergangslos.

«Hervorragend! Und die Idee, die Fleischstücke mit Wacholder zu spicken, war genial! Aus dem Koch wird noch was werden!»

«Aha, Sie haben das auch bemerkt?»

Sie schwiegen etwas beschämt. Obwohl... Nun ja... Der Tod, was ist das schon? Sie waren ihm so oft begegnet, im Laufe ihres Lebens. Und in ihrem Alter kam er immer näher; dafür gab es tausend freundliche kleine Zeichen. Diese tägliche Mahnung machte es ihnen möglich, ihn mit größter Ruhe zu behandeln, nicht viel Aufhebens zu machen, wenn sie ihm bei anderen begegneten.

Gerade stieg der Staatsanwalt aus. Der Rettungswagen parkte geräuschlos. Laviolette hatte darum gebeten, dass das Martinshorn nicht eingesetzt werden möge. Bei einem Toten gab es keine Eile.

Untersuchungsrichter Chabrand stieß zu der Gruppe hinzu. Er war heimlich von Laviolette benachrichtigt worden, der ihn sehr schätzte, weil sie beide im gleichen Boot saßen, um nicht zu sagen in der gleichen Tinte... Auch er hatte nur wenig geschlafen. Alle diese Herren: der Kommissar, der Staatsanwalt, der Arzt und der Untersuchungsrichter als der jüngste Gast, alle waren sie am Vorabend beim Bankett der ehemaligen Résistance-Mitglieder gewesen. Dementsprechend waren sie alle mehr oder weniger mitgenommen. Wobei derjenige, der am meisten litt, Kommissar Laviolette, es ganz vergnüglich fand, dass er sie alle zu so ungehöriger Stunde aus dem Bett hatte holen müssen.

Der herbeibefohlene Fotograf hatte die größte Mühe mit dem Aufwachen, und er gehorchte dem Kommissar nur murrend, der ihn zwang, die Leiche von allen Seiten aufzunehmen.

«All diese verlorene Kraft!», dachte Laviolette. «Ein fünfundzwanzig Jahre alter Mann! Ein Schlag, und aus ist es! Heinrich III. hatte schon Recht: Ein großer Mensch liegend als Leiche wirkt viel länger als stehend!»

«Nun, meine Herren? Sind wir schon weitergekommen?», fragte der Staatsanwalt.

Er war eine echte Führernatur, und diese Methode wandte er gerne an: sich höchlich verwundern, dass eine kaum in Angriff genommene Arbeit nicht schon abgeschlossen ist.

«Wir haben uns zurückgehalten!», antwortete Laviolette ruhig. «Wir wollten lieber auf Sie warten, und jetzt werden wir gemeinsam weiterkommen.»

«Aber hören Sie, Kommissar, ich mache keine Witze!»

«Gott behüte, ich auch nicht...» Drei Jahre vor der Pensionierung und da er ohnehin schon auf dem Abstellgleis war, nahm er kein Blatt vor den Mund und geizte nicht mit Frechheiten, niemandem gegenüber.

«Was ist mit der Mordwaffe? Und das Motiv? In Digne! Das kann doch nur ein hundsgewöhnliches Verbrechen sein! In Straßburg wie in Lyon wurde ich schon mit ganz anderen Kriminalfällen konfrontiert!»

«Aha! Siehe da...», dachte der Kommissar. «Straßburg? Lyon? Ist der etwa auch auf dem Abstellgleis?»

«...in Digne», fuhr der Staatsanwalt fort, «kann es sich nur um ein ganz simples Verbrechen handeln: gemeiner Mord oder Rache...»

«Die Brieftasche des Opfers ist noch da. Offenbar fehlt nichts: weder Papiere noch Geld. Raubmord ist also ausgeschlossen.»

«Und was die Mordwaffe angeht, da...», sagte Parini, «da bin ich ganz auf Spekulationen angewiesen. Ich dachte, ich bräuchte die Verletzung nur näher anzuschauen, um den stumpfen Gegenstand zu bestimmen, aber ich muss gestehen... Andererseits: Schauen Sie sich diesen Riesen an! Entweder er wurde überrascht, oder er hat sich vor seinem Mörder nicht in Acht genommen, hat ihn also gekannt.»

«Oder er hat sich vor seinem Mörder nicht in Acht genommen...», wiederholte Laviolette nachdenklich. «Er war im Begriff, in seinen Wagen einzusteigen. Er hält noch die Schlüssel in der Hand.»

«Ist das sein Auto?»

Chabrand deutete auf ein am Straßenrand geparktes Fahrzeug, rassig wie ein Rennpferd, blau wie die Kleidung der Leiche; und der Preis des Wagens entsprach vermutlich drei Jahresgehältern des Untersuchungsrichters. Dementsprechend glitzerten dessen Augen hinter der Brille, die eines amerikanischen Avantgarde-Filmemachers würdig gewesen wäre.

Dieser Richter neigte nicht gerade zur Dankbarkeit; er näherte sich Laviolette ziemlich zögernd, um ihm ein reserviert-mühsames «Besten Dank!» entgegenzuhauchen.

«Wofür denn, ich bitte Sie.»

«Dass Sie mich benachrichtigt haben. Wenn ich mich auf diesen Staatsanwalt verlassen müsste!»

«Er schaut Sie in der Tat etwas verkniffen an.»

«Er wünschte mich lieber anderswohin. Er wagt es nur nicht, mich zu fragen, was ich hier suche. Ich bin aber der Meinung, man hat eine genauere Vorstellung der Dinge, wenn man von Anfang an vor Ort ist. Am Ende werde ich ja doch mit der Sache befasst, oder?»

«Aber sicher doch!»

«Und da Sie mir gerade so freundlich gesinnt sind, will ich Ihnen gleich mitteilen, dass ich großen Wert darauf legen würde, wenn Sie mich im Laufe der Ermittlungen an Ihren Irrungen und Wirrungen teilhaben ließen.»

«Aber mit größtem Vergnügen, Euer Neugierden!»

«Und auch dass Sie mir gegebenenfalls gestatten, meinen Senf dazu zu geben ...»

«Aber ich bitte Sie! Und wenn Sie jetzt gleich, hier auf der Stelle, eine Idee hätten ...»

Diese ganze Unterhaltung war nicht für andere Ohren bestimmt, sie wurde nebenbei und im Flüsterton geführt, während beide die Arbeit des Fotografen und die Tatortinspektion der Polizisten beaufsichtigten. Im gleichen Ton fuhr Chabrand fort:

«Eines ist mir aufgefallen, Ihnen sicher auch?»

Er bot Laviolette eine Zigarette an. Der Kommissar griff dankbar zu, denn er hatte sein Maschinchen zum Selbstdrehen zu Hause liegen lassen.

«Ob mir etwas auffällt? Ja sicher. Es ist jetzt gleich sechs Uhr. Es wird schon bald hell. Und ich sehe weit und breit keinen einzigen Einwohner von Digne.»

«Ja, wir werden Mühe haben, Zeugen ausfindig zu machen.»

«Was wollen Sie? Das ist halt Digne: eine sehr diskrete Stadt, freundlich, aber zurückhaltend.»

«Sie mögen Euphemismen. Aber verzeihen Sie, mir fällt etwas ganz anderes auf.»

«Was denn?», fragte Laviolette harmlos.

«Das Opfer trägt Fahrradschuhe.»

«Ach, siehe da!»

Laviolette dachte, dass dieser Richter nicht dumm war. Er hatte das Detail fast im gleichen Augenblick wie er selbst, Laviolette, bemerkt, leider, denn er hatte sich vorgenommen, diese Karte erst einmal in Reserve zu halten.

Er schüttelte sich.

«Na los, wie wär's, wenn wir ein wenig arbeiteten?»

Er ließ um die Leiche einen dicken Strich mit weißer Kreide ziehen, der die Umrisse ganz genau nachzeichnete. Die Sanitäter hatten die Bahre auf dem Boden abgestellt. Im Augenblick, als sie den Toten hochheben wollten, hörte man, gleichzeitig mit dem schrillen Pfiff des Polizisten, der eventuellen Verkehr umleiten sollte, das Geräusch eines hochtourigen Motors und unmittelbar danach das Quietschen der Reifen. Jemand sprang aus dem Auto und warf sich über die Leiche. Es war eine große, schlanke, blonde Frau, die jünger aussah, als sie war.

«Mein Kleiner! Mein kleiner Junge! Mein armer kleiner Junge!»

«Wer hat Sie benachrichtigt?»

Mit einer Behändigkeit, die erstaunlich war für einen so dicken Menschen, neigte sich Laviolette über sie. Er wollte eine spontane Antwort, hier, auf der Stelle, während die Verzweiflung noch ganz frisch war. In einigen Minuten würde sie lügen. Aber wenn es ihm jetzt gelang, ihr mitten in ihrem Löwinnengebrüll zwei Worte zu entreißen, dann würden die echt sein.

Er erntete einen Kratzer von rot bemalten Fingernägeln

auf seinen Hängebacken und allgemeine Missbilligung dazu.

«Aber, Kommissar! Hören Sie mal…»

Der Staatsanwalt war schockiert, aber auch Dr. Parini, der Brigadier Jouve und sogar der Untersuchungsrichter Chabrand, der doch sonst den Schmerz nur bei den Ausgebeuteten und Unterdrückten anerkannte. Alle Anwesenden wollten die verzweifelte Mutter vor dem eiskalten Kommissar schützen.

Aber Laviolette, der heftig blutete, war nicht zu belehren. Er wurde in den Rettungswagen geschoben, gemeinsam mit der Mutter, die sich an der Leiche ihres Sohnes festklammerte, und während sie zur Leichenhalle fuhren, hörte er nicht auf zu fragen:

«Wer hat Sie benachrichtigt? Nur ein Wort! Ein einziger Name! Verstehen Sie denn nicht, dass es sich vielleicht um den Mörder Ihres Sohnes handelt? Verstehen Sie denn nicht, dass er uns durch die Lappen geht?»

Sie schüttelte nicht einmal den Kopf. Sie hörte nicht auf, hemmungslos zu klagen. Als das Fahrzeug in die Platanenallee, die zum Krankenhaus führte, einbog, zog sich Laviolette erneut einen Krallenhieb zu, diesmal auf der Stirn. Weil er der einzige Mann in ihrer Reichweite war. Sie musste sich rächen – an irgendeinem Mann, egal welchem. Denn es war ein Mann, der das getan hatte! Eine Frau konnte es nicht gewesen sein, eine Frau hätte ihren Kleinen, ihren schönen, schönen Kleinen nicht umgebracht.

~ 2 ~

«ER war schön wie ein junger Gott!», sagte Untersuchungsrichter Chabrand nachdenklich.

«Wollen Sie damit sagen, dass diese Schönheit etwas mit dem Mord zu tun haben könnte?»

«Irgendwie schon, wie könnte es anders sein?»

«Betrogene Ehemänner aus Digne würden keinen Mord begehen. Sie würden sich sang- und klanglos scheiden lassen oder sich wie so viele andere in anderen Regionen auch sagen: Schwamm drüber.»

«Es ist nicht gesagt, dass der Mörder aus Digne kommt.»

«Deshalb habe ich gesagt ‹wie in anderen Regionen auch›.»

«Richtig, das haben Sie gesagt.»

Im Justizgebäude begutachteten der Untersuchungsrichter und der Kommissar das spärliche Ergebnis der bisherigen Ermittlungen.

Die beiden hatten eines gemeinsam: Sie lebten in Digne, weil sie dorthin strafversetzt worden waren. Der Kommissar, weil er einem bedeutenden Politiker, der ihn nicht mochte, den Spitznamen «Tante Luise» verpasst hatte; der Untersuchungsrichter, weil er «ein verkappter Linksradikaler» war. Einer seiner Professoren an der Uni hatte ihn als solchen bezeichnet. Mit allen Mitteln hatte man zu verhindern versucht, dass er überhaupt irgendeinen Titel erwarb. Aber J.-P. Chabrand hatte ein ungeheures Gedächtnis, eine kolossale Arbeitskraft und die strahlendste Intelligenz seines ganzen Jahrgangs – vorausgesetzt, er vergaß, dass er ein Linksradikaler war. Man hatte ihm keine Hürde erspart. Er hatte sie alle «mit links» überwunden, dabei hatte er, während er sich auf das Staatsexamen vorbereitete, auch noch Albanisch gelernt und darüber hinaus, als Herausforderung gewissermaßen, das Werk begonnen, das die Summe seines Lebens werden sollte: «Widerlegung von Karl Marx im Lichte der albanischen Erfahrung.»

Zumindest hatte man es geschafft, dass dieser geistige Brandstifter nur in Digne sein Unwesen treiben konnte. Für einen Chabrand bedeutete in Digne zu leben vermutlich das Gleiche, wie für einen Bonaparte nach Elba verbannt zu werden, zumindest in der Vorstellungswelt seiner Kollegen.

Ähnliches galt für Kommissar Laviolette, der einem gekränkten Präfekten die Auswahl seines Arbeitsortes verdankte. Die Großköpfe können sich nur Strafen vorstellen, die ihnen selbst unerträglich vorkommen.

Obwohl sie nicht derselben Generation angehörten, hatten Chabrand und der Kommissar beide genügend Menschenkenntnis, um zu spüren, dass man ihnen übel wollte. Sie ließen keine Gelegenheit aus, öffentlich über die Ungerechtigkeit zu klagen, die sie an einen für ihre Begabung so ungünstigen Ort fesselte, und der Hoffnung auf eine baldige Versetzung Ausdruck zu verleihen. Ansonsten leisteten sie keinerlei eigenen Beitrag, um dieses Ziel zu erreichen. Aber dank solcher Lippenbekenntnisse waren sie gegen den Argwohn gefeit, ihr Sinneswandel könnte vorgetäuscht sein, und das verschaffte ihnen die Gewissheit, für alle beamtentümliche Ewigkeit – welche durch die Pensionierung begrenzt ist – in Digne vergessen zu werden.

Höchstens erlaubten sich der Richter und der Kommissar, wenn sie sich unter vier Augen trafen, hin und wieder ein zurückhaltendes Lächeln, das sie schnell unterdrückten, das jedoch bedeutete: «Na, was glaubst du? Echte Blödmänner, was?»

Denn beide liebten sie Digne, Digne im Herbst und Digne im Winter, Jahreszeiten, die tödlich sind für Menschen, denen es an Substanz fehlt. Die Einwohner von Digne grinsten nur heimlich, wenn irgendein lästiger Fremder, vom Klima im Sommer hingerissen, die anmaßende Absicht zum Ausdruck brachte, sich endgültig in ihrer Stadt niederzulassen. Der erste Winter brauchte keine acht Wochen, um den Wunsch zunichte zu machen. Hatte der Fremde aber Stehvermögen, dann machte man ihm Platz am Kartenspieltisch. Alles hier war eine Frage des Formats. Man sagte, was man zu sagen hatte, durch die Blume, man tauschte kurze Blicke, aber man spielte genauso leidenschaftlich die gleichen Gesellschaftsspiele wie anderswo auch.

So zum Beispiel auch der Untersuchungsrichter Chabrand: Er mochte nur schwierige und fleischlich-üppige Amouren, solche, die man nicht an die große Glocke hängt; und hier in Digne fand er, was ihn erfreute. Für ihn waren Madame Bovary und Madame de Raynal die beiden Höhepunkte, die es zu erreichen galt. Junge Mädchen in Jeans oder irgendwelchen durchsichtigen Kleidchen interessierten ihn nicht, auch nicht, wenn sie radikal links eingestellt waren. Er mochte Halsketten, Ringe, adrette Sauberkeit, Kostüme mit der richtigen Rocklänge, gut sitzende Strümpfe. Gott sei Dank fehlte es hier nicht an Frauen zwischen dreißig und fünfzig, die zwar zögerlich waren, aber doch mit dem scharfen Bewusstsein lebten, dass die Zeit drängte. Eine oder zwei belagerte Chabrand derzeit, wobei er mit nicht allzu langem Widerstand rechnete.

«Übrigens: Hat sie Ihnen am Ende gesagt, wer sie benachrichtigt hat?»

Mit einer gewissen Zufriedenheit betrachtete der Richter das breite, auf der linken Backe mit einem Pflaster und auch sonst noch mit einigen im Heilen begriffenen Kratzern geschmückte Gesicht des Kommissars.

«Ihre mütterliche Intuition», antwortete Laviolette. «Angeblich gab es zwischen ihr und ihrem Sohn eine übersinnliche Bindung. Halten Sie das für eine befriedigende Auskunft?»

«Teilweise... Die Chinesen sind im Begriff, diese Frage durch breit angelegte Versuche zu klären...»

«Wenn also die Chinesen...»

«Hat sie Ihnen wenigstens gesagt, wo er war?»

«Bei den Bahut-Lamastres, wo an diesem Abend Bridge gespielt wurde, angeblich.»

«Haben Sie das nachgeprüft?»

«Die Bahut-Lamastres haben ihn an jenem Abend nicht gesehen. Und sie schienen es ziemlich bedauerlich zu finden, dass er sie als Alibi benutzt hat. Das haben sie laut und deutlich gesagt und betont, dass sie es ihm bei Gelegenheit unter die Nase reiben würden. Wobei sie natürlich vergessen haben, dass man einem Toten keine Vorhaltungen mehr machen kann.»

«Und die Nachbarn?»

«Meine Leute haben alle Anwohner der Rue Prête-à-Partir vernommen. Sie haben alle geschlafen. Niemand hat etwas bemerkt.»

«Und die Alte, die ihre Läden so geschickt einen Spaltbreit aufgeklappt hat?»

«Sie ist taub. Sie hat die ganze Zeit, während ich sie vernommen habe, die Hand vor den Mund gehalten, als ob sie den Antichrist vor sich sähe, und die andere...»

«Welche andere?»

«Die andere Hand natürlich, zum Teufel! Die andere hat sie geschüttelt, als ob sie sagen wollte: ‹Ach herrjeh! Was soll denn noch alles passieren?› Ziemlich aufgekratzt, die Alte. Wenn man die achtzig überschritten hat und der erste Moment des Mitleids vorbei ist, macht es immer Freude, wenn ein junger Spund das Zeitliche segnet. Aber abgesehen davon wusste sie absolut nichts.»

«Feinde?»

«Wenn man dreiundzwanzig Jahre alt und schön wie ein junger Gott ist, wie Sie sagen, hat man immer Feinde. Genau das wird gerade geprüft...»

«Diese Ehemänner, die Sie vorhin erwähnten?»

«Ich wollte gerade darauf zu sprechen kommen. Ich habe auch, in aller Diskretion, die drei betrogenen Ehemänner, die die Mutter mir ganz von selbst aufgetischt hat, überprüft. Beziehungsweise ihre Alibis. Absolut einwandfrei.»

«Was heißt ‹in aller Diskretion›? Haben Sie nachgeprüft oder nicht?»

«Sie sind vielleicht witzig! Wir sind doch nicht in Amerika. Alles spricht dafür – und glauben Sie mir, *das* habe ich geprüft –, dass von den dreien mindestens zwei eine Traumehe führen. Sie wollen doch nicht im Ernst, dass ich sie verunsichere, indem ich sie zum Beispiel frage: ‹Wo waren Sie am Abend, als der junge Vial ermordet wurde?› Es wäre schwer, ihnen glaubhaft zu machen, dass ich dieselbe Frage allen sechzehntausend Einwohnern unserer Stadt gestellt habe. Auch die Polizei hat ihre Standesethik: *Primum non nocere!*»

Der Untersuchungsrichter musterte den Kommissar, um zu prüfen, ob er sich nicht ganz offen über ihn lustig machte.

«Komisch sind Sie, Kommissar!», feixte er.

In Wirklichkeit war keiner von beiden komisch. In den entzündeten Glubschaugen des Kommissars stand schon der Tod. Der Untersuchungsrichter hatte das eckige Gesicht eines schlecht gepuderten Robespierre. Sie standen Seite an Seite vor dem großen Fenster des Arbeitszimmers und beobachteten, wie der Wind Licht- und Farbenspiele veranstaltete in den hohen Bäumen des verborgenen Platzes, an dem das Justizgebäude lag.

Der Richter wurde unruhig.

«Leider konnte ich der Beerdigung nicht beiwohnen, daran hindern mich meine Überzeugungen, aber Sie …»

«Nun ja, auch mich hindern eigentlich meine Überzeugungen daran – obschon es vermutlich nicht die gleichen sind wie die Ihren, aber was soll's? … Job ist nun mal Job, und wenn man halt hingehen muss …»

«Haben Sie irgendetwas aufschnappen können?»

«Ich habe mich unter die verschiedenen Gruppen gemischt, aber nichts als Allgemeinheiten vernommen über das Nichts, das wir sind auf Erden, und mitleidiges Gejammere über das Schicksal der Mutter, die das nicht verdient hat, nachdem schon der Vater sie vor zehn Jahren schmählich verlassen hat …»

«Aber der Mörder war sicher anwesend. Das ist so üblich in der Provinz.»

«Vermutlich. Doch es handelt sich eben um eine sehr angesehene Familie. Und so waren mehr als vierhundert Personen anwesend in der Kirche, und auf dem Friedhof waren es nahezu tausend.»

«Und der Wagen? Haben Sie ihn durchgekämmt? Ist nichts dabei herausgekommen?»

«Nein. Beziehungsweise: doch. Dieser Jeannot Vial war ein perfekter Sportler. Er war nicht nur ein leidenschaftlicher Autofahrer, er war auch Fahrradfahrer. Im Kofferraum lag ein Fahrrad mit abmontierten Rädern, das im Verhältnis genauso teuer war wie das Auto.»

«Und er trug Radfahrerschuhe. Ich hatte Sie darauf aufmerksam gemacht. Selbstverständlich!», seufzte der Richter. «Das schönste Auto, das schönste Fahrrad, die schönsten Mädchen! Irgendjemand hatte das satt.»

«Ja, es war zu viel. Aber verzeihen Sie: Sie sprechen vom Opfer.»

«Oh, das ist schon eine Herausforderung, wenn einer unentwegt Glück hat!»

«Aber es hat nicht gehalten, das Glück...»

Der Untersuchungsrichter kehrte zu seinem Schreibtisch zurück. Es hatte in der Tat nicht gehalten. Ein wenig war ihm unwohl bei diesem Bild, das sich allmählich in seinem Kopf einnistete, dem Bild einer immanenten Gerechtigkeit, die dafür sorgt, dass allzu auffälliges Glück nicht lange währt.

«Ich nehme an», sagte Laviolette, «Sie haben den Obduktionsbericht gelesen, den ich Ihnen freundlicherweise in Kopie habe zukommen lassen?»

«Ich habe ihn nicht nur gelesen, ich habe intensiv darüber nachgedacht. Ich bin Ihnen übrigens äußerst dankbar für Ihre freundliche Aufmerksamkeit...»

Der Ton des Richters war immer so ostentativ ungezwungen, dass eine ehrliche Aussage aus seinem Mund stets wie Persiflage klang.

«Übrigens», fuhr er fort, «ich habe einige Passagen

unterstrichen. Schauen Sie doch einmal, ob sie Ihnen nicht genauso aufgefallen sind wie mir.»

Der Kommissar nahm die Unterlagen an sich und überflog sie kurz; dann wurde er aufmerksam und begann, laut zu lesen:

«... *Der Speisebrei weist darauf hin, dass das Opfer eine gewisse Menge Alkohol (vermutlich Champagner) zu sich genommen hatte, und dies zu einem ziemlich üppigen Essen: Schweizerkäse, Staudensellerie, Gänseleberpastete, Kaviar etwa ...*»

«Kaviar!», wiederholte der Richter mit erhobenem Zeigefinger.

«... *das Ganze sehr stark gewürzt.* Sagen Sie mal, kommt er Ihnen nicht etwas übertrieben vor, dieser Obduktionsbericht? Er klingt wie die Speisekarte eines Dreisternerestaurants.»

«Mein lieber Freund», erwiderte der Richter, «das Labor in Marseille ist eines der bestausgestatteten von ganz Europa. Die sind an Verbrecher gewöhnt, die Mädchen niederknallen und sie mit Benzin übergießen, ehe sie sie anzünden. So dass die Leichen dann einen Meter lang sind und hart wie afrikanische Idole. Und trotzdem gelingt es ihnen häufig, genügend Hinweise davon abzuleiten, um den Täter hinter Schloss und Riegel zu bringen. Ein Speisebrei wie dieser, so frisch und unverdaut, war ein Kinderspiel. Sagt Ihnen das nichts?»

«Weiß Gott! Mit fünfundzwanzig hatte ich eine Geliebte, die mich, wenn sie mir eine Nacht gewährte, wie ein Rennpferd mit derlei Speisen dopte. Glauben Sie übrigens ja nicht, dass Sie dadurch zu Hochleistungen angespornt werden; im Allgemeinen wirken solche Sachen mit Zeitverzug, nämlich dann, wenn Sie keine Geliebte mehr zur Verfügung haben.»

Chabrand erlaubte sich ein leises Lachen. Vermutlich war ihm Ähnliches auch schon passiert.

«Das heißt also, dass wir einen großen Schritt vorwärts kämen, wenn wir erstens wüssten, wo, und zweitens, von wem dieser Kaviar gekauft wurde?»

«Lassen wir uns von diesem Kaviar nicht allzu sehr in Aufregung versetzen. Es würde mich wundern, wenn in Digne ein Geschäft frischen Kaviar führte – den einzigen mit aphrodisischer Wirkung –, zumindest außerhalb der festlichen Jahreszeit. Er kann sowohl in Aix als auch in Marseille oder in Grenoble gekauft worden sein, wie sollen wir das prüfen? Natürlich werde ich Leute darauf ansetzen, aber Wunder sollten wir uns davon nicht versprechen.»

Der Kommissar las weiter.

«Sieh da! Sie haben auch Folgendes unterstrichen: … *Die Biopsie, die im Umfeld der Ekchymose am linken Schläfenbein vorgenommen wurde, wurde einer besonderen Untersuchung unterzogen, die in Bezug auf die Beschaffenheit der Tatwaffe nichts Genaues ergeben hat; es wurden lediglich Spuren von Schwemmsand (Quarzsand) gefunden.*»

Der Kommissar blickte auf.

«Quarzsand!», wiederholte der Richter. «Merken Sie sich das. Heute Morgen war ich an der Bléone spazieren, und genau danach roch es: nach Quarzsand.»

«Welch feine Nase!», spöttelte Laviolette.

Chabrand betrachtete ihn über den Brillenrand.

«Wissen Sie, Kommissar, ich bin in Maison-du-Roy geboren. Wissen Sie, wo das ist, Maison-du-Roy?»

«Das weiß doch jeder. Jedes Mal, wenn ein Champion an diesem Ort losgefahren ist, hat er die Tour de France gewonnen: Ottavio Bottecchia, Bartali, Coppi und …»

«… und Louison Bobet! Wir brauchen das Thema nicht

so erschöpfend zu behandeln! Maison-du-Roy, das ist nämlich noch was anderes als dieser Jahrmarkt. Maison-du-Roy, das ist der Zusammenfluss der Guil und der Cristillan. Es gibt die gewöhnlichen Gerüche, die die Zeit der Gamsjagd, des Absinths oder der Steinpilze anzeigen... Und dann gibt es auch, zwei-, dreimal in jedem Jahrhundert, den typischen Geruch nach zersplittertem Gestein, das die Combe du Queyras herunterkommt. Die Guil ist es, die dann zwei- oder dreitausend Kubikmeter Quarz vor sich herschiebt. Das Gestein schleift das Flussbett aus. Und wenn man an einem solchen Tag, es kommt wirklich nur zwei- oder dreimal im Jahrhundert vor, nicht sein Düfte-Wörterbuch richtig im Kopf hat, dann... Sie können mir doch folgen?»

«Er betet die Ängste seiner Großväter herunter», dachte Laviolette und nickte.

«Ich habe mich übrigens nicht damit begnügt, die Luft zu schnuppern. Ich habe dies hier aufgehoben.»

Er zog eine Schublade seines Schreibtisches auf und entnahm ihr einen Gegenstand, den er auf die Glasscheibe eines Eisenbahnwaggons legte, die ihm als Unterlage diente. Es war ein glatt polierter Stein, an einem Ende scharf geschliffen wie ein vorgeschichtlicher Dolch, in dem Gesteinpartikel aus allen Alpenböden verschmolzen waren und glitzerten. Eine Gesteinsprobe aus einer unermesslichen Zeit, Konzentrat einer unvorstellbaren Zeitspanne, die schon vor dem Erscheinen des Menschen ihren Anfang nahm, sich während seiner Herrschaft fortsetzte und sich nach dem Menschen fortsetzen würde: ein Kieselstein der Bléone.

«Wissen Sie, ich habe ihn sorgfältig ausgesucht unter Tausenden; ein paar Dutzend, die ähnlich waren wie dieser hier, habe ich mit dem Auge geprüft, aufgelesen, mit der Hand abgewogen, immer mit Bezug auf die eine Frage, die ich mir stellte: ‹Wenn du jemand mit einem Kieselstein umbringen wolltest, welchen würdest du wählen?› Ich kam zum Ergebnis, dass ich diesen hier wählen würde!», sagte er und deutete mit dem Finger darauf. «Und… Sie können daran riechen. Wenn Sie wirklich eine sehr feine Nase haben, dann werden Sie unschwer den Geruch von Quarzsand wahrnehmen.»

«In diesem Punkt verlasse ich mich auf Sie…»

«Diesen Stein habe ich heute Morgen sehr früh aufgehoben», sagte der Untersuchungsrichter nachdenklich. «Von Zeit zu Zeit habe ich ihn mit aller Kraft gegen einen Baumstamm, einen Telegrafenmast oder auf einem Abstellplatz der Straßenbaumeisterei gegen einen Teerbehälter geschleudert. Übrigens haben mich bei der Gelegenheit ein paar Arbeiter, die früh im Einsatz waren, etwas merkwürdig angesehen; sie fragten sich, was ich da wohl trieb. Ich wollte einfach nur herausbringen, ob man mit einer so primitiven Waffe tatsächlich einen Menschen töten kann.»

«Sie meinen, zufällig?»

«Zufällig oder absichtlich, was ändert das?»

«Es ändert, dass bei gegebener Absicht diese Waffe nicht zuverlässig genug ist. Wenn wirklich jemand den jungen Vial umbringen wollte, dann scheint mir der Kieselstein nicht das sicherste Mittel. Und der Überlebende nach einem Mordversuch weiß im Allgemeinen, wer der Attentäter war. Die Sache wäre zu riskant gewesen, nicht unfehlbar genug. Ich frage mich sogar, genau wie Sie, ob es überhaupt gelingen kann…»

«In der minoischen Kultur wurden die Ehebrecherinnen gesteinigt…»

«Mag sein. Aber sie starben, weil sie sehr viele Steine abbekamen. Während in unserem Fall … Man müsste einen Versuch machen. Aber das geht natürlich nicht.»

«Nebenbei bemerkt», fügte Chabrand hinzu, «im Mai 68 habe ich ein paar von dem Kaliber auf die Bullen geworfen, aber mir ist nie zu Ohren gekommen, dass einer von ihnen daran krepiert wäre.»

«Sie trugen Helme und Schilde.»

«Ja sicher, aber die Pflastersteine waren ziemlich dick …»

Der Richter wog den Stein in der Hand und schien ihn von allen Seiten zu befragen; dabei hatte er den gedankenverlorenen Gesichtsausdruck eines Hamlet, der mit dem Schädel herumspielt.

«Ein Wurf mit einem einzigen Stein», murmelte er nachdenklich, «und ein zweiundachtzig Kilo schwerer Typ liegt flach …»

«Die Waffenhersteller werden Kopf stehen. Und die Ballistikspezialisten auch.»

«Und in der Bléone liegen Millionen solcher Steine.»

«Soll ich Ihnen mal was sagen, Chabrand? Dieser Mord macht mir einen sehr üblen Eindruck.»

«Ja, aber letzten Endes kommt er mir doch wie ein sehr schöner Mord vor. Ich bin Ihnen sehr dankbar, dass Sie mich von vornherein an seiner besonderen atmosphärischen Qualität teilhaben lassen. Das wird mir unter Umständen helfen.»

Chabrand nahm sich immer das Recht heraus, die Dinge aus einer ästhetischen Perspektive zu betrachten.

«Ich wünsche dir, dass du eines Tages jemanden liebst und dass ‹ein sehr schöner Mord› dir diesen Menschen wegnimmt!», dachte der Kommissar.

Aber wenn er sich den Untersuchungsrichter Chabrand aufmerksam ansah, konnte er sich nicht vorstellen, dass dieser düstere Unbestechliche jemals jemand anderen als die Armen und Unterdrückten lieben würde – und auch die nur theoretisch.

~ 3 ~

ES war eine jener Oktobernächte, in denen der Winter schon an den Bergen hängt und die Natur nur noch wartet, trunken von Düften, raschelnd von bewegten Blättern, wo das von den Jägern des Tages noch verschreckte Wild unter dem Schutz der Bäume vorbeihuscht.

Das Wetter war soso, lala, die Straßen trocken. Genau die richtige Jahreszeit für die Chrysanthemen-Rallye, die jedes Jahr vom Rennstall *Gentiane* veranstaltet wurde, dem wiederum die ganze Jeunesse dorée des Départements Basses-Alpes angehörte.

An jenem Abend handelte es sich um ein schlichtes Training. Eine kleine Rundstrecke von kaum fünfzig Kilometern, auf der die Fahrzeit gestoppt wurde: Bis zur Kreuzung von Chateauredon verlief sie über die Landstraße nach Nizza, danach führte sie durch das Asse-Tal, die Département-Straße 14 über Saint-Jurson und Le Chaffaut und zurück über die geraden Strecken von Mallemoisson und Champtercier, wo das Tachometer um die hundertsechzig markierte, allen Gendarmen zum Trotz, die allerdings niemals den Auftrag bekamen, das nächtliche Treiben zu bekämpfen.

Auf der Place du Tampinet liefen die Motoren warm, die Fahrer spielten mit dem Gaspedal und jagten die Drehzahl hoch. Die Nachbarn muckten nicht. Wie hätte man sich auch als Feind des Sports geben können, wenn diejenigen, die ihn treiben, unantastbar sind, sogar für die Gendarmen?

Chabrand, der den Lärm aus nächster Nähe abbekam, hatte als Einziger etwas dagegen. Falls er je eines Tages – Gott behüte! – die Wege der Macht einschlagen sollte, dann würde er diese jugendlichen Müßiggänger endgültig kurieren, die das Benzin der Nation sinnlos vergeudeten. Er würde dafür sorgen, dass sie vor Langeweile eingingen, vor lauter Dokumentarfilmen und politischen Vorträgen über Spionage. Staub würde sich auf den Luxuskarossen sammeln. Mit Frauen würden sie nur noch ehelich verkehren, und das ganze technische Spielzeug für Erwachsene würde endlich in Riesenlagern gesammelt, als Scherbenhaufen für die Archäologen der Zukunft. So dachte der Untersuchungsrichter Chabrand, seinen Ärger mühsam hinunterschluckend, während unter seinen Fenstern die Motoren heulten.

Die Fahrer starteten einer nach dem anderen, im Abstand von sechs Minuten. Chabrand hatte zwölf Startende gezählt, und nun wartete er ungeduldig darauf, dass der Letzte losfuhr. Er wollte endlich Ruhe haben. Er wusste allerdings, dass es sich nur um eine kurze Pause handelte, denn sie würden alle wiederkommen und die Vorkommnisse auf der Strecke, die Leistung der Motoren und die notwendigen technischen Verbesserungen endlos kommentieren.

Wider Erwarten schlief er jedoch ein und wachte auf vom beängstigenden Jaulen der Sirene, die die Feuerwehr rief. Sie jaulte nur ein Mal. Also war es ein Unfall, denn im Brandfall ertönte sie mehrfach. Als es still wurde, hörte er ein ungewöhnliches Raunen unter dem Fenster. Einige Rallyefahrer führten eine angeregte Diskussion, aber nicht sehr laut. Der Tonfall kündete von Bestürzung.

Die Feuerwehr raste vorbei, ohne Rücksicht auf den Schlaf der Anlieger – das aufgedrehte Martinshorn war auf den menschenleeren Straßen völlig unnötig.

Der Richter öffnete sein Fenster.

«Stell dir vor», hörte er, «genau in der Kurve der Font de l'Esperanto …»

«Die schärfste Kurve!»

«Ja, aber bergauf! Die Reifenspuren sind eindeutig: In der ersten S-Kurve war das Schleudern vollkommen kontrolliert. Er hat den Wagen relativ gemäßigt nach rechts gezogen, und dann, plötzlich, ist er den Abhang hinunter.»

«Wer hat ihn herausgeholt?»

«Niemand. Er liegt noch unten. Der Wagen hat Feuer gefangen. Sein Bruder – kannst du dir das vorstellen? – und Battarel, die im Abstand von sechs und zwölf Minuten folgten, die haben Alarm geschlagen.»

Chabrand war klar, dass er nun nicht mehr schlafen würde, und er beschloss, hinunterzugehen und sich zu erkundigen.

«Meine Herren, was ist passiert?»

«Ein Unfall. Einer unserer Hoffnungsträger hat sich beim Rennen zu Tode gefahren.»

«Wo?»

«In der Esperanto-Kurve. Auf halbem Weg nach Châteauredon.»

«Wie lang ist das her?»

«Eine Viertelstunde! So lange hat es gedauert, bis einer von uns Alarm geben konnte. Wir haben versucht, ihn herauszuholen, aber allein haben wir es nicht geschafft. Der Wagen war ins Ginstergestrüpp abgetaucht, und alles hat Feuer gefangen. Da waren acht Meter hohe Flammen.»

«Wieso eigentlich? Können Autos heutzutage denn noch brennen?»

Der andere sah ihn verblüfft an und hätte ihn um ein Haar gefragt: «Sie sind wohl hinter dem Mond daheim?»

«Selbstverständlich. Unsere Autos sind absolute Serienwagen.»

Der Richter sah sich diese «absoluten Serienwagen» mit Kennerblick an: Sie waren mit Spezialreifen und vier Paar Scheinwerfern ausgestattet und noch einem zusätzlichen beweglichen auf dem Dach. Er stellte sich die mit tausend kleinen Raffinessen und winzigen Schummeleien frisierten Motoren unter ihren Hauben vor.

Er nickte und ging wacker auf seinen alten Citroën mit Vorderradantrieb zu, der sich unter den Platanen verbarg und den die Rennfahrer nicht bemerkt hatten. Alle Chromleisten waren auf Hochglanz poliert. Der Richter hatte ihn dem Staatsforstamt abgekauft, und er war nicht wenig stolz darauf, er, der sich doch so gern originell gab. An Markttagen bot er immer einen besonderen Anblick, wenn er sich bemühte, mit Hilfe von zwei Polizisten am Boulevard Gassendi rückwärts einzuparken. Andererseits wurde ihm schwindlig, wenn er, nachdem er den Motor angeworfen hatte, einen Blick auf den Vergaser warf und in dem durchsichtigen Behälter das Benzin einschießen sah. Das edle Sammlerstück verbrauchte so seine zwanzig Liter auf hundert Kilometer. Was den Richter aber entzückte und was diesen Benzindurst in seinen Augen wieder gutmachte, das war die grauenvolle Geschichte dieses Wagens. Er hatte zunächst bei den Todesfahrten der Gestapo Dienst getan, dann war er nach der Befreiung übergangslos bei den Vergeltungstouren zum Einsatz gekommen. Zuweilen sah Chabrand auf dem Rücksitz ein vor Schreck leichenblasses

Gespenst sitzen, zwischen zwei Schergen in schwarzer Lederkluft, die selbst bleich wie der Tod waren.

Der Richter warf seinen Wagen an, der sofort ansprang, unter den hocherstaunten Blicken der Rallyemänner, die solche Autos im Museum wähnten. Eigentlich hatte er am Unfallort nichts zu tun, nur die Neugier trieb ihn.

Als er eintraf, war die Leiche gerade aus dem Wrack geborgen worden.

Es handelte sich um eine doppelte S-Kurve, die in eine äußerst enge Haarnadelkurve mündete und mit einer kleinen, massiven, leicht abschüssigen Bogenbrücke eine schmale Schlucht überquerte. Unterhalb der Brücke, am Ende eines steilen, brachliegenden Geländes, war diese Schlucht voller Ginster und Zistrosensträucher. Der Wagen war schnurstracks in diese Falle gestürzt. Die Brache oberhalb war von Radspuren durchpflügt, die im Schein der Flammen deutlich sichtbar waren. Das Wrack stand senkrecht auf der Kühlerhaube in der Rille, die das Flussbett in den Kalk gegraben hatte. Die Feuerwehrleute bekämpften den Brand mit Feuerlöschern und Wasserwerfern. Vier Meter hohe Flammen umtobten noch immer wie wild züngelnde Kino-Drachen die Ginsterbüsche, von denen lautes Zischen und Knacken ausging und schwarze Rauchschwaden emporstiegen.

Noch in zwanzig Meter Entfernung von diesem lodernden Ofen waren vierzig Grad Hitze.

Ein unangenehmes Gefühl überkam den Richter. Man brauchte kein Feuerwehrmann zu sein, um sich das Schicksal des Menschen vorzustellen, der in seinem Wagen festsitzt, in einem Dickicht von brennendem Ginster. Ein Gendarm näherte sich dem Citroën und erkannte den Fahrer.

«Ach so, Sie sind's, Monsieur Chabrand! Hat man Sie benachrichtigt?»

«Keineswegs. Aber die Rallyefahrer haben sich unter meinen Fenstern versammelt. Da wollte ich wissen, was los war, das ist alles.»

«Scheußliche Sache! Wenn es nicht gebrannt hätte, hätten wir den Fahrer vermutlich retten können. Wahrscheinlich war er nur ohnmächtig...»

«Wahrscheinlich», dachte der Richter. Er blickte auf das weiße Tuch, das die Leiche bedeckte. Was da drunterlag, war sicherlich unbeschreiblich, und er hatte keine Lust, es zu sehen. Aber es wurde ihm nicht erspart. Der Gendarm hob das Laken an, und der Richter erkannte, dass er Recht hatte, nichts sehen zu wollen.

«War es ein Cabrio?», fragte er automatisch.

«Ja. Ach, wissen Sie... Es war angeblich ein Serienwagen. Angeblich war die Windschutzscheibe versenkbar. Na ja, wir kannten ihn gut, diesen Wagen, denn wir hatten ihn mehrfach angehalten. Er wurde immer etwas zu schnell gefahren... Angeblich lag es am Tachometer. Nun ja, ansonsten gab es nichts daran auszusetzen, er war vom TÜV zugelassen. Angeblich war er von einer Produktionsfirma, die für einen Film fünfzig Stück hatte bauen lassen. Und angeblich hat es sich der Regisseur dann anders überlegt und in seinem Film lieber Maulesel statt Autos eingesetzt. Also wurden die Kisten angeblich billig weiterverkauft... Sie kennen das Sprichwort: ‹Billiges kommt einen meist teuer zu stehen.›»

Mit einer Kinnbewegung deutete er auf das Ergebnis des Billigkaufs unten in der Schlucht.

«Normalerweise hätte der Fahrer herausgeschleudert werden müssen, oder?»

«Ach was! Mit diesen Überrollbügeln wäre er selbst dann ans Steuer gefesselt geblieben, wenn sich der Wagen dreimal überschlagen hätte.»

«Aber das Feuer? Wie erklären Sie das?»

Der Gendarm machte eine vage Geste.

«Wissen Sie, was am schwersten umzubringen ist bei einem Unfallwagen, das ist der Motor. Die Zündung kann weiter funktionieren, obwohl die Karosserie total zertrümmert ist... Ein geborstener Benzintank, erhöhte Temperaturen unter der Motorhaube, das Benzin, das sich über die Leitungen ergießt, und schon ist's geschehen.»

Der Untersuchungsrichter nickte.

«Aber die Ursachen müssen doch festgestellt werden können?»

«Wir werden's natürlich versuchen. Aber in dem Zustand, in dem sich der Wagen befindet, wird das nicht leicht sein: Alles bis auf das Metall ist verbrannt.»

Chabrand war beeindruckt. Zum ersten Mal in seinem Leben befand er sich gleichzeitig mit den Gendarmen am Unfallort.

«Wissen Sie, ich lasse mir keine Gelegenheit entgehen, etwas dazuzulernen. Und ich wäre Ihnen äußerst dankbar, wenn Sie mir eine Kopie Ihres Berichts zur Verfügung stellen könnten.»

«Selbstverständlich gern. Und was die Ursachen betrifft...»

«Ja, die Ursachen?»

«Das ist noch schwer zu sagen. Mit überhöhter Geschwindigkeit kann man zwar einiges erklären. Aber offenbar war das Schleudern absolut kontrolliert, obwohl es natürlich schwierig ist, seine Reifenspuren von denen der fünf Wagen vor ihm auseinander zu halten. Ein geplatzter

Reifen? Das soll erst einmal einer nachprüfen! Da ist keine Spur von keinem Reifen mehr zu finden.»

Er seufzte.

«Tja! Das Schwierigste haben wir noch vor uns: Wir müssen die Familie benachrichtigen.»

«Haben Sie ihn identifizieren können, in dem Zustand, in dem er sich befindet?»

«Natürlich nicht. Aber da gibt es keinen Zweifel. Der Einzige unter den Rallyefahrern, der fehlt, ist der Fahrer dieses Autos hier. Es handelt sich um Jules Payan, den Besitzer des *Hôtel Carême*, und derjenige, der mit zwölf Minuten Abstand folgte, das war sein Bruder Gabriel – ein sehr betrüblicher Umstand. Er sitzt da in unserem Wagen und ist entsprechend geschockt, aber das wird schon gehen. Jetzt müssen wir aber noch die Eltern benachrichtigen, und das...» Er zuckte die Schultern. «Die werden gleich wieder die Straße verantwortlich machen! Wir respektieren ja ihren Schmerz, aber trotzdem: die Straße! Das ist doch eine bequeme Ausrede. Entschuldigen Sie, Herr Untersuchungsrichter, ich muss meinem Kollegen helfen, die Zeugenvernehmung zu Ende zu führen.»

«Bitte sehr», antwortete Chabrand.

Er lief den Abhang hinunter in Richtung Autowrack. Er trat nahe genug heran, um im Innern des zerstörten Metallgerüsts eine unförmige, schmierige Masse zu entdecken, die sanft vor sich hinbrodelte. Es war das, was von den Schalensitzen aus Hartschaumgummi und von dem stoßsicheren Armaturenbrett übrig blieb.

Die Feuerwehrleute löschten die letzten Flammen. Sie hatten den Kofferraum aufgebrochen, um nachzuprüfen, ob er feuergefährliches Material enthielt. Chabrand konnte das Innere nicht so recht erkennen. Er erblickte ein paar rote, rauchende Lappen und die ineinander verhedderten Gerippe von Gegenständen, die er für Schirme hielt.

Oben am Straßenrand vermischte der leichte Wind die Gerüche nach verbranntem Gummi und den schrecklich seltsamen Duft des menschlichen Bratens zu einer eigenartigen Duftharmonie, die allmählich erkaltete.

Chabrand stieg in seinen alten Citroën und kehrte in seine Junggesellenbude zurück, um über diesen Tod nachzudenken.

Am nächsten Morgen um neun Uhr lag auf seinem Schreibtisch der Gendarmeriebericht, der von einem Boten gebracht worden war. An diesem Schreibtisch, auf dem alten hölzernen Stuhl mit der senkrechten Rückenlehne, von dem man dauernd abrutschte, auf diesem fünfzig Jahre alten Stuhl, der die Einsamkeit von vier Richtern erlebt hatte – zwei toten, einem versetzten und einem im Ruhestand befindlichen –, dem Stuhl, auf dem einst zwei zu Tode Verurteilte, die Brüder Ughetto, und, vor nicht allzu langer Zeit, ein mutmaßlicher Mörder, der alte Dominici, Platz genommen hatten, ganz abgesehen von den zahlreichen weniger bedeutenden Beschuldigten, auf diesem Stuhl thronte also an jenem Morgen, in aller Ruhe eine Zigarette drehend, Kommissar Laviolette, den der Concierge vorgelassen hatte mit der Erklärung: «Der Herr Richter wird gleich kommen.»

«Ach, siehe da! Sie hier?»

Chabrand war Laviolette gegenüber immer etwas ironisch, denn er unterstellte ihm eine ungewöhnliche Geistesschärfe, die er hinter tagtäglich zur Schau getragenem Stumpfsinn verbarg. Anfangs hatte er ihn verachtet dafür, dass er sich nicht zu schade war, mit den Fans der örtlichen

Fußballmannschaft Pastis zu trinken und zum alljährlichen Festbankett der Feuerwehr zu gehen. Der Kommissar war beliebt, was der Untersuchungsrichter Chabrand nicht ausstehen konnte, bis zu dem Tag, an dem ihm klar wurde, dass Laviolette derlei Brimborium mitmachte, um zu vergessen, dass sein Leben im Krieg zerstört worden war: seine Frau, die mit einem Kanadier auf und davon gegangen war, sein Vater, der sich zehn Jahre zuvor stillschweigend das Leben genommen hatte. Chabrand verlor kein Wort darüber, aber er war froh, dass er etwas entdeckt hatte, was es ihm leichter machte, den Charakter dieses dicken Mannes mit den Glubschaugen zu verstehen, der sich bemühte, «gewöhnlich» zu wirken.

Um neun Uhr morgens und mit nur vier Stunden unruhigen Schlafs hinter sich, hatte Chabrand immer mehr Ähnlichkeit mit Robespierre, und zwar jenem Robespierre, der Hébert und seine Partisanen zur Hinrichtung führt: bitter, scharfzüngig, desillusioniert. Auch er zündete sich nun die erste Zigarette des Tages an.

«Welchem glücklichen Umstand verdanke ich Ihren Besuch?», fragte er, das Gegenteil denkend.

«Es sind sechs Monate vergangen, seitdem Jeannot Vial umgebracht wurde, und wir sind keinen Schritt weitergekommen. Das beschert mir schlaflose Nächte.»

«Das sollte eher *ich* Ihnen vorwerfen, dass Sie nicht weiterkommen.»

«Ich bin Ihnen dankbar, dass Sie sich zurückhalten und mir als Prellbock dienen dem Staatsanwalt gegenüber; aber bei mir ist es mein Gewissen, das mich nicht in Ruhe lässt.»

«Was wollen Sie? Man kann von niemandem das Unmögliche verlangen. Fällt Ihnen irgendetwas ein, was wir nicht unternommen hätten? Genau diese Frage habe ich letzte Woche dem Staatsanwalt gestellt.»

«Wir haben das Tun und Treiben des Opfers über zwei Jahre zurückverfolgt. Nichts. Ein vollkommen glatt ablaufendes Leben. Vertreter für seine Eisenwarenfirma, seit sein Vater die Familie schamlos verlassen hat wegen seiner neunzehnjährigen Sekretärin... Nach außen hin wirken diese Vials völlig unscheinbar, wenn man sich ihr Geschäft ansieht. Aber sie haben die Hälfte der Armierungen für den Staudamm von Villecroze geliefert. Ich weiß nicht, ob Sie sich das vorstellen können.»

«Ich kann es mir vorstellen.»

«Da haben wir also einen Mann, der ein sehr unkompliziertes Leben führt. Er reist von einer Gegend in die andere und liefert den kleinen Firmen Betonarmierungen, Maschendraht für Hasenparks und sonstige Wildschutzzäune und nimmt öffentliche Ausschreibungen von Gemeinden und anderen Körperschaften wahr. Er speist in den besten Restaurants mit den Bürgermeistern und den Regionalpolitikern. Er hat überall Freunde. Er bezahlt allen möglichen Leuten eine Runde. Die Mädchen, die er aufgabelt, kann man gar nicht zählen. Er mag Autos mit mehr als vier Liter Hubraum, Tennis und Tontaubenschießen. Er wird Mitglied des Rotary Clubs, nicht etwa als Eisenwarenhändler, igitt!, sondern als Steuerberater, denn er hat die Prüfung geschafft.»

«Er ist glücklich, dieses belämmerte Leben zu führen», sagte der Untersuchungsrichter grollend. «Er schlägt niemals ein Buch auf!»

«Aber ja doch. *San Antonio*. Billigste Trivialliteratur! Davon haben gleich drei im Handschuhfach seines Autos gesteckt. Und außerdem verausgabt er sich sehr! Mit unendlichem Taktgefühl haben wir alle seine Geliebten herausgekriegt. Wir haben das Alibi sämtlicher Männer in deren Umkreis geprüft, die sich in irgendeiner Weise hätten gekränkt fühlen können wegen seiner Erfolge. Nichts! Lauter beinharte Alibis!»

Der Untersuchungsrichter schlug einen schärferen Ton an.

«Und plötzlich: nichts mehr! Plötzlich entdecken Sie, dass dieser Vial sich sechs Monate vor dem Mord von allem außer vom Eisenwarenhandel zurückzieht: kein Tontaubenschießen mehr, keine geilen Mädchen mehr, kaum mehr Rennfahren, nur noch ein bisschen Tennis, um die Ringe um die Taille zu bekämpfen!»

Chabrand, der hohle Flanken hatte wie ein leerer Weinschlauch und dessen Rippen wie bei einem verhungerten Hund herausragten, gab nicht ungern derlei höhnische Bemerkungen von sich, wenn es sich um den Bauchspeck derer handelte, die nicht so viel Glück hatten wie er.

«Sie entdecken, dass er sich nicht mehr als ein so großzügiger Aperitifspendierer erweist; dass er fast jeden Abend nach Digne eilt, während er zuvor gerne aushäusig war. Sie entdecken, dass er sich in Manosque ein horrend teures Fahrrad gekauft hat! Und dass er jeden Abend um neun bei Mondschein eine Fahrradtour macht. Wohin er fährt, das haben Sie nicht herausgefunden.»

Laviolette fuhr an der Stelle des Richters fort:

«Und die Mutter erzählt, dass er nicht mehr lächelt, dass er nicht mehr lacht. Er, der doch ein so lebensfroher Mensch war. – ‹Und Sie haben ihn nicht gefragt, was mit ihm los war?› – ‹Seit seiner Kindheit beantwortete er solche Fragen schon nicht mehr.› – ‹Im Grunde wirkte er also unglücklich?› – ‹Nein, das nicht! Aber es lag ihm irgendetwas auf der

Seele. Er sprach nur noch ganz leise, er, der sonst immer so herumposaunte. Das war kein normales Glück! Irgendetwas war zu viel. Man hatte den Eindruck, er hätte mehr bekommen, als ihm lieb war. Dabei hat er es doch verdient, der arme Junge, nachdem uns sein Vater vor zehn Jahren so schmählich verlassen hat!› Und Tränen wurden vergossen! Und der nicht enden wollende Kummer landete in meinen Armen. Ich ertrank in der üppigen Haartracht, die mir zwischen Schnauzer und Nase herumfegte und mich zum Niesen brachte.»

«Das reicht!», erklärte Chabrand, dem diese Beschreibung Brechreiz verursachte.

«So sieht also unser Mann aus: groß, gut gebaut, phantasielos, reich, maßlos glücklich: ein Glück, das, wer weiß, im Begriff ist, seine Seele zu verändern ...»

«... Und der Fahrrad fährt.»

«Und der sich eines Abends einfach umbringen lässt, einfach so, in der Rue Prête-à-Partir, ein Schlag gegen den Kopf ...»

«Ja, richtig ... Was war es denn für eine Waffe?»

«Was zerknüllen Sie denn eigentlich so in der Hand?»

«Einen Gendarmeriebericht. Hat man Sie eigentlich nicht informiert?»

«Worüber denn? Ich weiß von nichts. Ich komme von zu Hause. Ich war noch nicht im Büro. Diese Geschichte raubt mir den letzten Nerv. Ich bin ein Versager ...»

«Heute Nacht hat es einen Verkehrsunfall gegeben. Haben Sie das Martinshorn nicht gehört?»

«Ja doch, so halbwegs. Ich habe mir das Kopfkissen übergestülpt, ruhe in Frieden ...!»

«Und Sie sprachen von Ihrem Gewissen, das Sie nicht in Ruhe lässt! Schönes Gewissen! Nun ja ... ein Fahrer des

Gentiane-Rennstalls hat sich beim Training auf der Straße nach Châteauredon zu Tode gefahren.»

«Ach was?»

«Ja! Oh, ein ganz gewöhnlicher Unfall: eine Haarnadelkurve, überhöhte Geschwindigkeit...»

«Welche Kurve?»

«Moment mal...»

Er überflog den Polizeibericht.

«La Font de l'Esperanto, so heißt die Stelle.»

«In welche Richtung?»

«Was meinen Sie damit?»

«Aufwärts oder abwärts? Auf dem Hinweg nach Châteauredon oder auf dem Rückweg?»

«Auf dem Hinweg.»

«Das heißt also, in einer doppelten S-Kurve, wobei die zweite eine Haarnadelkurve ist, unmittelbar vor der Quelle...»

Er sah diese Font de l'Esperanto vor sich. Sie wurde so genannt wegen eines alten Mannes mit weißem Bart, der sich einst, als man gerade damit anfing, per Anhalter zu reisen, dort hingesetzt hatte. Er wollte zum Osloer Kongress – in kurzen Lederhosen, grünen Socken, mit einem großen grünen Stern auf der Brust und einem kleinen grünen Köfferchen unter dem Arm. Er wartete auf eine «Gelegenheit». Und er hatte so lange darauf gewartet, dass er am Ende einschlief und, da er das Gleichgewicht verlor, mit dem Kopf auf den Stein aufschlug. Der Aufprall war vermutlich so stark, dass er das Bewusstsein verlor, und am nächsten Morgen hat man ihn tot aufgefunden, Bart und Nase im Wasser. Da diese Quelle keinen Namen hatte, wurde sie nach ihm benannt.

«Ein kontrolliertes Schleudern...», sagte der Kommissar, als redete er zu sich selbst. «Diese Typen sind daran gewöhnt. Ich halte sie für verrückt, aber sie haben die richtigen Reflexe… Sie haben Übung. Sie kennen die Straße…»

«Was murmeln Sie da?»

«Och, nichts Bedeutendes. Na, wollen Sie mir diesen Gendarmerie-Bericht vorlesen oder nicht?»

Chabrand rückte seine Brille zurecht, die ihm etwas auf die Nase gerutscht war. Er las mit eintöniger Stimme, überflog murmelnd die Stellen mit den diversen Beschreibungen. Laviolette hörte aufmerksam zu, den Zeigefinger in die von geplatzten Äderchen gerötete Wange gebohrt. Plötzlich hob er den Finger.

«Moment mal! Lesen Sie mir das noch einmal…»

«‹Im Handschuhfach befanden sich ein paar ziemlich abgenutzte Autohandschuhe, die zu drei Vierteln verbrannt waren, bei denen die Marke jedoch noch zu lesen war: *Créations Térénez*. Im Kofferraum, den die Feuerwehr aufgebrochen hat, fanden wir folgende Gegenstände: ein Paar hohe Sportsocken mit blaugelbem Rautenmuster (zu sieben Achteln verbrannt); einen zweiteiligen, königsblauen Trainingsanzug mit dem Schriftzug *Bellérophon* in Weiß auf blauem Grund auf der Brust (zu vier Fünfteln verbrannt), zwei Fahrrad-Räder mit Holzfelgen; da die Felgen und die Schläuche verkohlt waren, blieben nur noch die Radnaben (samt Flügelmuttern) und die Radspeichen aus Hartaluminium›…»

«…und die Radspeichen aus Hartaluminium…», wiederholte Laviolette.

«Ja und?»

Chabrand, der das Gefühl hatte, Laviolette sei allmählich gaga – normales Urteil eines Dreißigjährigen angesichts eines Fünfzigjährigen –, der Untersuchungsrichter

Chabrand also war etwas irritiert darüber, dass Laviolette etwas auffiel, während er selbst nichts Besonderes feststellen konnte.

«Bei Jeannot Vial befand sich ebenfalls ein auseinander genommenes Fahrrad im Kofferraum», sagte der Kommissar langsam.

Er starrte den Untersuchungsrichter an mit seinem traurigen Hundeblick, und die beiden Männer schwiegen ein paar Sekunden lang.

Der Richter gab sich einen Ruck:

«Aber das weiß ich doch, verdammt noch mal. Ich habe Sie doch selbst darauf aufmerksam gemacht, dass das Opfer Fahrradschuhe trug. Was soll das denn? Es ist Zufall. Hören Sie, Kommissar, bleiben wir doch auf dem Teppich!»

«Und es ist auch ein Zufall, dass dieses Unfallopfer ebenfalls Mitglied des Gentiane-Rennstalls ist?»

«Lassen wir uns von unserer Phantasie nicht in die Irre führen!»

Chabrand ging zum Fenster, unzufrieden mit dem Kommissar, dem er jetzt den Rücken drehte. Auch er fühlte sich verunsichert, obwohl auch dies vermutlich nur ein Zufall war, beim Gedanken an diese beiden Fahrräder, den Trainingsanzug, die Rautensocken, diese Rennschuhe... Lauter störende Einzelheiten, was die Logik der Dinge anbelangte.

Draußen hatte es angefangen zu regnen. Ein Leichenbitterregen um zehn Uhr morgens, bei dem man das Gefühl hatte, als sei es fünf Uhr nachmittags und als weinten die Platanen Nebeltränen. Dürres Laub kreiselte gemächlich im Dunst, ehe es den goldenen Teppich auf den Bürgersteigen, den Autos und den vergessenen Eisentischen vor dem *Café des Gavots* noch dichter machte.

«*Il pleut sur les cadrans solaires – Es regnet auf die Sonnenuhren*», rezitierte Kommissar Laviolette vor sich hin, denn er mochte den Dichter Tristan Derème. Er war an die Seite seines Schicksalsgenossen getreten und blickte ihn von der Seite an.

Das Telefon läutete. Der Kommissar rührte sich nicht. Chabrand ging gemessenen Schrittes auf seinen Schreibtisch zu, indem er den weitesten Weg durch den Raum nahm – dem Telefon den Gehorsam zu verweigern, war Teil seiner Lebensethik –, dann zündete er sich eine Zigarette an. Erst danach nahm er abrupt den Hörer ab.

«Ach Sie sind es, Parini.»

Der Arzt war dreißig Jahre älter als der Richter, aber Letzterer hatte mit fünfzehn Jahren beschlossen, dass kein Mensch ein Anrecht auf Respekt habe – was durchaus dazu beigetragen hatte, ihn für alle Ewigkeit nach Digne zu expedieren.

«Ja, er ist da. Ich übergebe!»

«Sind Sie's, Laviolette?»

«In Person.»

«Sagen Sie mal, irgendwo ist der Wurm drin. Heute Nacht hat es einen Unfall gegeben. Wissen Sie schon Bescheid?»

«Ich habe es in diesem Augenblick vernommen!»

Er bedeutete Chabrand, er solle den zweiten Hörer nehmen.

«Ich habe gerade die Leiche untersucht. Beziehungsweise… was davon übrig ist. Ich habe Zweifel. Die Gendarmen haben mir den Unfall erläutert. Ich habe das Auto gesehen. Seitlich keine Scheiben, auch keine Windschutzscheibe… Kein Baum und kein Strauch auf dem Weg. Der Wagen hat sich nicht überschlagen. Und doch stelle ich am linken Schläfenbein eine starke Prellung fest, sofern man das überhaupt tun kann, bei dem Zustand, in dem sich der Kopf befindet. Wie dem auch sei: Ich habe Zweifel. Sie müssen eine Obduktion anordnen. Diese Prellung bereitet mir einiges Kopfzerbrechen.»

«Wo sind Sie?»

«Im Krankenhaus. Die Leiche wurde hierher gebracht. Kommen Sie?»

«Ich bin schon unterwegs.»

Sie legten gleichzeitig auf, und Laviolette sagte in süßlichem Ton:

«Na, was halten Sie von dieser Prellung? Damit wären wir schon beim dritten Zufall angelangt.»

«Ja. Ich muss gestehen, dass ich intuitiv heute Nacht schon gedacht habe, dass irgendetwas nicht stimmt.»

«Siehe da, der hinterlistige Kerl! Intuitiv! Die haben Sie vorhin aber ganz schön verheimlicht, diese Intuition!»

«Kommissar, Sie nutzen die Tatsache aus, dass Sie tiefer nicht sinken können!»

«Auch Sie nicht, Gott sei's gedankt!», antwortete Laviolette und klopfte ihm vergnügt auf die Schulter. «Wir können uns alles sagen, weil wir alle beide in der gleichen Tinte sitzen. Los, kommen Sie, gehen wir diesen schönen Mord untersuchen! Sie haben doch eine Vorliebe für schöne Verbrechen? Sie haben Glück, jetzt sind's schon zwei.»

~ 4 ~

NUN regnete es schon seit vier Tagen. Der Zeitungsausfahrer, der jeden Morgen aus Nizza kam, erzählte, dass in Les Scaffarels die Reifen bereits auf einer dünnen Schicht Schnee knarzten. Der Nordhang des Cheval Blanc war vom Gipfel bis zu den ersten Feldern von Thorame-Haute herunter weiß bestäubt. Digne stank nach schlecht verbranntem Heizöl. Man spürte, wie sich auf unsere Gegend jenes Wetter niedersenkte, das man uns vorwirft, ohne es zu kennen, und das unsere Seele in Erregung versetzt, wenn es herrscht.

«Wie eine Horde von Raben, die aus Paris ausschwärmen», waren die Journalisten ohne viel Aufsehen zu erregen über Digne hergefallen. Aber zusätzlich zu dem beeindruckenden Kontingent waren auch zwei oder drei aus Marseille und Nizza gekommen, und deren Vorsprung war deutlich. Ein Japaner mit drei Canon-Kameras kam als Zwölfter an, über Anchorage und den Flughafen von Marseille; den Korrespondenten der *Times*, der gleichzeitig für die *FAZ* arbeitete, schlug er um eine gute Länge.

Seitdem der berühmte Fall Dominici in Lurs mehr als vier Jahre lang zweihundert Sonderkorrespondenten ernährt, langsam ins Abseits gleitende Zeitschriften wieder aufgemöbelt und drei oder vier Schriftstellern zu Ruhm verholfen hatte, war ein Mord im Département Basses-Alpes ein gefundenes Fressen für die Not leidende Journaille. Man eilte herbei wie damals, als in Kalifornien der Goldrausch ausbrach. Die Hotels *Mistre*, *Aiglon* und *Grand Paris* waren ausgebucht. Die örtlichen Fernsprechteilnehmer hatten zunehmend Schwierigkeiten, noch in die Leitung zu kommen.

Das Tout-Digne empfing diese vornehmen Herren zum Diner – an einige erinnerte man sich noch vom Dominici-Prozess her, und der lag achtzehn Jahre zurück. Sie verschwendeten viel Witz und Tücke, um die Schickeria von Digne zum Reden zu bringen, aber entweder wusste niemand etwas – kaum anzunehmen –, oder alle hatten eine unglaublich ähnliche Phantasie – eher abwegig –, oder aber ihr Sprachorgan war aus irgendeinem mysteriösen, nur von den Betroffenen bekannten Grund paralysiert, was noch am wahrscheinlichsten war; jedenfalls konnte sich noch kein einziger Vertreter der Pressezunft eine Enthüllung zugute schreiben. Das Ergebnis war mager. Die offiziellen Ermittler geizten mit Informationen, nur ab und an gaben sie die eine oder andere verstümmelte Information bekannt; und auf Details kam es ihnen ohnehin nicht an.

Man warf ihnen jedoch einige alte ungelöste Verbrechen zum Fraße vor – in unserer Gegend fehlt es daran nicht –, und daraus konnten sie hin und wieder einen netten kleinen Artikel zusammenschustern, auf dass ihnen an den langen Herbstabenden nicht die Decke auf den Kopf fiele.

Sie versackten im Wohlleben von Digne: Essen und Trinken wurde zu ihrer Hauptbeschäftigung. Drossel-, Hasen- oder Frischlingspasteten wurden nach und nach aus den wohl gehüteten Vorratskammern geholt. In den Weinkellern einiger Hotels wurden prächtige Entdeckungen gemacht. Ein solch komfortables Warten war durchaus zu ertragen.

Indessen standen am richterlichen Schreibtisch Chabrand auf der einen Seite, Laviolette auf der anderen, und sie starrten beide auf zwei Gegenstände, die auf der gläsernen Unterlage ruhten und eine makabre Ähnlichkeit aufwiesen. Es handelte sich um den großen vorgeschichtlichen Kiesel, den der Richter unter hunderttausend am Ufer der Bléone aussortiert und über den er dem Kommissar neulich lange Vorträge gehalten hatte. Der andere Gegenstand war gewissermaßen der Bruder des ersten: ein zweiter Kieselstein von ähnlicher Form, aber vom Feuer geschwärzt.

Auf einer altertümlichen Briefwaage aus emailliertem Messing hatte der Richter zunächst den ersten gewogen: knapp über sechshundertfünfzig Gramm. Und dann den zweiten: genau sechshundertsiebzig Gramm.

«Das also ist das Gewicht, das erforderlich ist, um einen Menschen zu töten», sagte der Richter. Der Mann vom Außendienst der Marseiller Kripo hatte es vorgezogen, stehen zu bleiben. Seinen Trenchcoat hatte er nicht abgelegt – schließlich war er im Einsatz. Und er hatte erkennbar schlechte Laune. Obwohl er noch sehr jung war, hatte man ihn als «Feuerwehrmann» nach Digne geschickt, weil der Außendienst vor lauter Verbrechen nur noch kärglich besetzt war: Da waren die Drogenbeschlagnahmen auf der *Massalia*, die Gang der Gelehrten, die Entführung – eine von vielen – eines Vorstandsvorsitzenden, die illegale Pastis-Destille in der Nähe des Mas Thibert, die freiwilligen und die unfreiwilligen Vermissten; man wusste gar nicht mehr, wem man zuerst die Handschellen anlegen sollte.

«Die in Digne gehen einem ganz schön auf den Keks!», hatte sein Chef etwas grob gesagt, nachdem er eingehängt hatte. «Nur weil es da ein Kinkerlitzverbrechen gegeben hat, rufen die gleich die nationale Kripo. Seit dem Mord von

Lurs fühlen die in dem Bezirk sich schrecklich wichtig! Auf geht's, Coquet! Lassen Sie die Haschproduzenten von Cuges vorerst in Ruhe und gehen Sie nach Digne. Und dann klären Sie mir diese Geschichte in Nullkommanix auf, ja? Ich brauche Sie hier wieder.»

Und nun war Coquet da: Mit seinen fünfundzwanzig Jahren stand er zwischen diesem blassen, glatt rasierten Untersuchungsrichter, dem, wie er genau spürte, sein eigener Bart missfiel, und diesem Kommissar mit den traurigen Glubschaugen, der ihm vorzuwerfen schien, dass er ihm die Wurst vom Brot wegaß. Worin er sich allerdings täuschte. Laviolette hatte gar nichts dagegen, diese heillos verwickelte Geschichte einem anderen anzudrehen.

«Diesen... Kieselstein – ich habe Mühe, diesen Gegenstand als Geschoss zu bezeichnen –, diesen Kieselstein haben Sie also eingeklemmt zwischen Kupplung und Bremse gefunden?», fragte Coquet. «Und dort ist er gelandet, nachdem er das Opfer am Kopf getroffen hat? In einem Wagen, der mindestens sechzig fuhr, in einer Kurve und aus diesem Winkel? Das ist absolut unwahrscheinlich.»

Dieser Außendienstler aus Marseille ging Chabrand – dem der Geduldsfaden sonst noch früher riss – allmählich ernsthaft auf die Nerven.

«Wenn Sie eine bessere Erklärung haben», sagte er betont sanft, «... wir sind ganz Ohr.»

In Wirklichkeit befürchtete er, dass man ihm sein schönes Verbrechen in einen ganz banalen, gewöhnlichen, unpoetischen Mord verwandeln würde.

«Nein, ich kann Ihnen vorerst keine bessere Erklärung liefern. Ich sage nur, dass es heutzutage, wo wir doch über alle möglichen Waffen verfügen, schlichtweg lächerlich wäre, mit einem Stein morden zu wollen.»

«Das klingt, als meinten Sie ein Steinchen!», unterbrach ihn der Richter barsch. «Von einem bestimmten Gewicht an sollte man Kieselstein sagen. Noch dazu mit derart sicherer Hand geworfen, dass er einen Mann mitten in der Nacht und trotz aufgeblendeter Scheinwerfer trifft.»

«Erstens war herrlicher Vollmond», warf Laviolette ein. «Und zweitens hatte das Opfer trotz Verbot bei normalem Wetter die Nebelleuchten eingeschaltet, die, wie Sie wissen, den Boden ganz flach beleuchten.»

«Wie kann man das mit Sicherheit wissen?»

«Das wurde auf dem Metallteil des Armaturenbretts nachgeprüft. Der Schalter stand auf der Position Nebelleuchte. Sie haben den Gendarmeriebericht gelesen, also haben Sie sich überzeugen können, dass der Mörder seine Stellung sehr klug ausgewählt hatte: Er befand sich auf dem Sockel der Quelle.»

«Um sich da hinauf zu schwingen, muss man schon ein Akrobat sein!»

«Woher wollen wir wissen, dass unser Mörder es nicht ist? Vorerst hat er noch kein Gesicht. Richtig...», fuhr Laviolette fort, er sprach mehr zu sich selbst als zu den anderen. «Er verbirgt sich hinter dem Pfeiler der Quelle. Er hört die ersten Rennfahrer kommen. Der Schleudereffekt ist jedes Mal der gleiche: Die Reifen rutschen jedes Mal etwa zehn Meter weit seitwärts; im Abstand von knapp zwei Metern von der Quelle kommen die Wagen für den Bruchteil einer Sekunde fast zum Stehen, danach werden sie von der durch das Zurückreißen des Steuers frei gewordenen Energie auf die andere Straßenseite geschleudert; aber da ist eben dieser Bruchteil einer Sekunde, in dem sie, wie soll ich sagen..., fast in der Luft hängen. Es ist mondhell. Wie alle Einwohner von Digne kennt der Mörder den Wagen seines

Opfers, er sieht, wie er durch die offenen Haarnadelkurven heransaust; er klettert auf den Sockel, und im Augenblick, in dem sich dieses unheilvolle In-der-Luft-Hängen ereignet, trifft er sein Opfer, das in diesem Moment weniger als zwei Meter von ihm entfernt ist.»

«Nein», sagte Coquet, «das haut nicht hin.»

«Warum nicht?»

«Weil es mit oder ohne Vollmond bei der Dichte des Kiefernwaldes selbst zu dieser Jahreszeit unmöglich ist, die Kurven der Straße zu erkennen. Ich habe es nachgeprüft. Nein. Es muss jemand gewesen sein, der die Startnummern kannte. Jemand, der mit der Organisation zu tun hatte, denn erst in der Stunde vor diesem Probelauf wurde die Liste festgelegt: Die Startplätze wurden ausgelost. Meine Untersuchungen habe ich also in dieser Richtung fortgeführt. Und ich habe einen Verdächtigen!»

«Aha! Und der wäre?», fragte der Richter.

«Jemand, der die Möglichkeit hatte, diesen Mord zu begehen: derjenige, der dem Opfer auf der Strecke sechs Minuten voraus war. Er konnte anhalten, warten, den Unfall provozieren und wieder losfahren.»

«Und dann mit gut sechs Minuten Verspätung am Ziel ankommen ...»

«Ja genau: Er hatte sechs Minuten Verspätung. Oder fast. Ein Freiwilliger hat die Zeiten auf der Place du Tampinet gestoppt und sie notiert. Der Verdächtige war der Letzte, danach hatten sie andere Sorgen. Er war vier Minuten langsamer als bei seiner schlechtesten Zeit auf dieser Strecke. Und zufällig ist er der beste Fahrer im Team, das haben alle gesagt. Er kann also zwei Minuten aufgeholt haben auf den letzten zwanzig Kilometern der Strecke. Und schon stimmt die Rechnung.»

«Und wie hat er seine schlechte Zeit erklärt?»

«Als er auf die Chaffaut-Brücke zufuhr, die, wie Sie wissen, einspurig ist, musste er angeblich einem völlig unbeleuchteten Traktor, der zwar nach ihm auf die Brücke gefahren war, aber nicht rückwärts fahren konnte, den Vortritt lassen.»

«Hat man diesen Traktor ausfindig gemacht?»

«Nein, noch nicht. Fraglich ist, ob er überhaupt existiert.»

Der Untersuchungsrichter und der Kommissar hörten dem jungen Polizisten, der so schnell arbeitete, mit Interesse zu.

«Und das Tatmotiv?»

«Oh, es ist hervorragend, absolut schlüssig. Vor zwei Wochen haben sich das Opfer und der Verdächtige nach dem Fußballspiel Digne–Laragne in die Wolle gekriegt. Die ganze Crème der Digner Sportfreaks war Zeuge.»

Plötzlich erinnerte sich Laviolette. Auch er war dabei gewesen, als sich nach dem Spiel so etwas wie ein kleiner Aufruhr ereignete. Er hatte deutlich gehört, wie jemand rief: «Du Aussätziger, du!» Dann Arme, die hochgehen, Fäuste, die auf Gesichter niedersausen. Die Menge, die sich teilt, um nichts abzubekommen und dennoch als Zuschauer in der ersten Reihe zu sein, und zwischen den Leuten, auf dem Stückchen freien Feld, zwei Kerle, die nach Kräften versuchen, sich gegenseitig die Fresse zu polieren. Laviolette erinnerte sich gedacht zu haben: «Wie die aufeinander eindreschen! Verdammt noch mal, wie die beiden aufeinander eindreschen!» Einer von beiden hatte bereits eine aufgeplatzte Augenbraue, der andere blutete aus der Nase. Offenbar waren ihre Siegelringe in Aktion getreten. Der Kommissar hatte schon seine Trillerpfeife an den Lippen, aber wie ein zögernder Schiedsrichter konnte er sich nicht zum Eingreifen entschließen, so sehr faszinierte ihn das Schauspiel. Was Coquet erzählte, stimmte also genau. Aber Laviolette kam ihm nicht zu Hilfe. Etwas machte ihn stutzig, wenn er an die Szene dachte, deren Zeuge er geworden war.

«Und was war der Grund dafür, dass... die beiden ‹sich in die Wolle gekriegt haben›, wie Sie sagen?», fragte Chabrand.

«Das Opfer warf dem Verdächtigen vor, er habe ihm eine Tour geklaut.»

«Eine Tour geklaut?»

«Ja, Sie wissen doch: diese Reisebusse voller Belgier oder Schweizer, lauter Rentner, Mitglieder irgendeines Vereins, die in der Zwischensaison die Route Napoléon hochfahren. Ein echter Segen für die halb leeren Hotels. Das Opfer beschuldigte den Verdächtigen, er habe ihm einen solchen Bus abgezwackt, der schon auf seinem Belegungsplan stand, indem er ihn beim veranstaltenden Fremdenverkehrsverein unterboten hatte.»

Chabrand verzog den Mund.

«Als Motiv scheint mir das etwas mager...»

«Stimmt, etwas mager», dachte Laviolette, «aber was verbirgt sich dahinter? Hinter dieser scheinbaren Magerkeit?»

Coquet breitete die Arme aus:

«Ich liefere Ihnen keinen Schuldigen, sondern nur einen Verdächtigen. Meine Vorgesetzten, die Öffentlichkeit, die Journalisten, alle wollen sie schnelle Ergebnisse sehen. Also bitte: Es ist alles ganz logisch. Der Rest liegt in Ihrer Hand.»

«Vorsicht!», sagte Chabrand und erhob sich.

Er richtete den Zeige- und den Mittelfinger auf die beiden großen Kieselsteine, die vor ihm lagen.

«Vorsicht!», wiederholte er. «Wir haben Ihnen von dem ersten Mord erzählt. Wir haben Ihnen alles gesagt, was wir darüber wussten. Wir sind im Innersten überzeugt...»

«Hoppla! Will der mich mit hineinziehen oder redet er wirklich wie Ludwig XIV.?», fragte sich Laviolette.

«Wir sind im Innersten überzeugt – und diese Überzeugung stützt sich auf begründete Vermutungen! –, dass die beiden Morde von ein und demselben Täter begangen wurden. Sie müssen uns also notgedrungen den Verdächtigen für die *beiden* Verbrechen liefern. Das ist es, was uns interessiert, den Kommissar und mich.»

Nein, er sprach nicht wie Ludwig XIV.! Er zog Laviolette tatsächlich mit hinein.

«Und für das erste der beiden Verbrechen brauche ich ebenfalls die mögliche Erklärung und das Motiv, vergessen Sie das nicht.»

«Also hören Sie...»

«Ich habe gesagt: begründete Vermutungen», sagte der Richter und hob den Finger. «Erstens: In beiden Fällen handelt es sich um eine gleich geartete Verletzung. Zweitens: Die mutmaßliche Tatwaffe ist in beiden Fällen die gleiche...»

«Ein großer Kieselstein!», rief Coquet. «Und den ersten haben Sie einfach dazuvermutet: Ein solcher Stein befand sich nicht in der Nähe der ersten Leiche!»

«Drittens», fuhr Chabrand fort, ohne sich aus der Ruhe bringen zu lassen, «gehören beide Opfer demselben Autosportmilieu an. Viertens: Im Kofferraum der beiden Wagen hat man diverse Ausrüstungsgegenstände für Radfahrer gefunden. Fünftens: Die Obduktion hat in beiden Fällen ergeben, dass die Opfer wenige Stunden vor ihrem Tod ein sehr... üppiges Mahl zu sich genommen haben. Sechstens...»

Er hielt plötzlich inne. Nein, das würde er nicht sagen: «Sechstens: Sie waren beide sehr schön.» Die weitere feste Überzeugung, die Laviolette und er teilten, würde er nicht preisgeben: dass es sich nämlich um eine Liebesgeschichte handeln könnte. Er befürchtete, dass sich Coquet offen über sie lustig machen würde, denn bei der Kripo glaubte schon lange kein Mensch mehr an die Liebe.

«Kurz und gut», sagte er abschließend und ließ sein «Sechstens» einfach offen, «Sie vergessen bitte nicht, solange nicht das Gegenteil erwiesen ist, dass Sie nur einen Zeugen vernehmen. Ich lege Wert darauf, dass Sie ihn siezen. Nun fehlt nur noch eins: dass Sie uns seinen Namen nennen.»

«Jean-Bernard Honnoraty.»

«Wie bitte?», rief Laviolette. «Hut ab! Er hat einen Onkel, der Mitglied des Staatsrats ist, und in zweiter Ehe hat seine Mutter einen Häuptling der Anwaltskammer von Marseille geheiratet. Der wird mit wallender Robe herbeieilen. Der lässt sich sowieso keine Gelegenheit entgehen, sich zwischen sechzig Journalisten einen Weg zu bahnen und seinen Namen herauszuposaunen, welchselbiger es übrigens gar nicht nötig hat. Jean-Bernard Honnoraty! Sie nehmen auch nur vom Feinsten, was?»

«Wenn Sie mir einen anderen Verdächtigen anzubieten haben, gerne! Ich bin ganz Ohr!», verkündete Coquet mit einem breiten Lächeln.

Chabrand sah ihn böse von der Seite an.

Seit zwei Stunden wurden ihm immer wieder dieselben Fragen gestellt:

«Aus welchem Grund haben Sie sich vierzehn Tage vor dem Verbrechen mit dem Opfer gestritten?»

«Ich habe es Ihnen schon gesagt: Er hat mich beschuldigt, ihm eine Tour geklaut zu haben. Das war alles! Wir waren beide etwas erhitzt, aber drei Tage danach haben wir uns wieder versöhnt.»

«Gibt es Zeugen dieser Versöhnung?»

«Keinen. Es hat sich bei der ersten Treibjagd von Les Courbons so ergeben. Zufällig standen wir dreihundert Meter voneinander entfernt. Ich bin auf ihn zugegangen und habe ihm erklärt, dass es sich um einen Übermittlungsfehler des Reisebüros gehandelt hatte. Ich hatte übrigens den Brief dieses Reisebüros dabei, das den Fehler auch zugegeben hat.»

«Haben Sie diesen Brief noch?»

«Nein, ich habe ihn weggeworfen. Es gab keinen Grund, ihn aufzubewahren. Aber ich werde Ihnen den Namen und die Adresse mitteilen.»

«In Ordnung. Wir werden das überprüfen. Weiter.»

«Es hat ihm alles eingeleuchtet. Er war es, der mir die Hand gegeben hat. Das ist alles.»

«Nehmen wir das einmal an. Aber ich muss Sie leider darauf hinweisen, dass wir sowohl bezüglich des echten Motivs der Auseinandersetzung als auch bezüglich der späteren Versöhnung lediglich Ihre eigenen Beteuerungen zur Verfügung haben. Kommen wir zu Ihren Erklärungen, was die gefahrene Strecke in der Mordnacht anbelangt. Wenn ich meine Notizen zu Rate ziehe, stelle ich fest, dass Sie im Vergleich zum Durchschnitt, den Sie normalerweise auf dieser Strecke fahren, vier Minuten Verspätung hatten. Die

Wetterbedingungen jedoch waren hervorragend und es heißt, Sie seien der beste Fahrer des Rennstalls. Nun, was haben Sie dazu zu sagen?»

«Das habe ich Ihnen doch neulich schon gesagt...»

«Neulich habe ich Auskünfte gesammelt. Heute verhöre ich Sie. Verstehen Sie den Unterschied?»

«Also gut, dann wiederhole ich es eben: Als ich auf die Chaffaut-Brücke zufuhr, habe ich auf der anderen Seite der Brücke einen Traktor gesehen, der ohne Licht auf mich zukam. Es war mondhell. Da er mindestens fünfzig Meter entfernt war, habe ich gemeint, dass ich genug Zeit habe, dass ich noch rüberkomme, aber auch er ist weitergefahren, und so war ich nach etwa zwei Drittel der Brückenlänge blockiert. Ich habe mich hinausgelehnt und ihm zugerufen, er solle zurückfahren, aber er hat geantwortet, das könne er nicht. Daraufhin bin eben ich rückwärts gefahren bis zur Einfahrt auf die Brücke. Dann hat er seinen Motor abgewürgt. Er hat seinen Anlasser betätigt. Aber: nichts! Er ist abgestiegen. Eine Minute lang hat er im Seitenfach seines Anhängers herumgewühlt und hat schließlich eine Kurbel herausgekramt. Und es hat eine weitere Minute gedauert, bis es ihm gelungen ist, seinen Motor wieder anzuwerfen.»

«Eine Minute ist lang. Wie können Sie sicher sein?»

«Ich habe auf die Uhr geschaut; ich wollte genau wissen, wie viel Zeit ich verlor und ob ich noch Chancen hatte, diese Zeit vor dem Ziel aufzuholen.»

«Als ich bei Ihnen war, haben Sie erklärt, dass Sie erstens den Fahrer nicht erkannt haben, weil er einen Anorak mit Kapuze trug; zweitens, dass Sie seine Stimme nicht erkannt haben! Dabei sind Sie doch von hier! Und Hotelbesitzer noch dazu! In Ihrem Hotel gibt es außerdem eine Bar, wo

Einheimische verkehren. Es ist unvorstellbar, dass Sie nicht jeden kennen.»

«An der Stimme? Nein. Und im Übrigen ist es kein Hotel, sondern ein Motel; und in diese Bar, von der Sie reden, kommen außer den Gästen auf der Durchreise nur ein paar Wildschweinjäger, meine Freunde. Das Haus befindet sich an der Einfahrt nach Chabrières. Kennen Sie den Ort? Es wäre schwierig, auch nur fünfzehn Einwohner zu versammeln.»

«Nun gut, lassen wir das. Das Einzige, was Sie erkannt haben, behaupten Sie, war der Traktor. Ein roter Massey-Ferguson. Ich muss zugeben, dass wir zwischen Les Mées und Seyne und von Barrême bis Sisteron dreizehn rote Massey-Ferguson ausfindig gemacht haben. Sie sehen also: Wir haben uns angestrengt. Aber keiner dieser Traktoren – hören Sie? keiner! – befand sich in der Nacht vom 24. Oktober in der Nähe der Chaffaut-Brücke. Kein Einziger.»

Coquet saß rittlings auf einem Stuhl vor dem Verdächtigen, der bequem in einem Sessel saß. Keine Lampe blendete den Zeugen, keine hemdsärmeligen Schergen standen müßig in der Gegend herum und ließen ihre Muskelpakete spielen, um dem «Patienten» zu suggerieren, dass es gleich Schläge hageln würde. Es war Polizeiinspektor Coquet, der voll im Licht saß. Polizist und Zeuge saßen Bart an Bart, hinter diesen Bärten verborgen; der eine trug einen Bart à la Pescarolo, der andere à la Georges Moustaki – und witzigerweise war es der Bart des Polizisten, der dem des berühmten Rennfahrers ähnelte.

Laviolette war bei dem Verhör zugegen. Er beobachtete Jean-Bernard Honnoraty sehr aufmerksam und fand ihn reichlich nervös für einen erfahrenen Rennfahrer. Er steckte voller Ticks. Mal kratzte er sich heftig am linken Ellbogen, mal schob er die Hand durch das halb offene Hemd, um sich wie besessen an der Brust zu kratzen. Coquet war im Gegensatz zu ihm eher sparsam mit seinen Gesten und völlig unleidenschaftlich. Laviolette bewunderte diese neue Generation von Polizisten, die nie laut wurden, die nicht drohten, die sich niemals in der Wortwahl vergriffen. Man spürte, dass Coquet weder Vorurteile hatte noch sonst voreingenommen war. Den Verdächtigen sah er nicht als Schuldigen. Er hatte eine Reihe von außer Zweifel stehenden Fakten gesammelt, und es war Aufgabe des Zeugen, diese Fakten zu widerlegen, wenn er dazu in der Lage war. Andererseits spürte man aber auch, dass hinter Coquet ein Riesenapparat stand, der dazu da war, Individuen zu zermalmen.

«Also gut», fuhr er fort, «beachten Sie doch bitte zwei Dinge, die aus meiner Sicht entscheidend sind. Erstens: Sie haben sich mit dem Opfer versöhnt, aber dafür haben wir nur Ihr Wort; zweitens: Sie behaupten, Sie seien durch einen Traktor aufgehalten worden, Sie haben den Fahrer nicht erkannt und wir haben ihn nicht ausfindig machen können.» Und, mit erhobenem Zeigefinger: «Gegebenenfalls würden wir mit Ihrem Verteidiger wetten, dass er nicht in der Lage ist, genauer zu ermitteln, als wir es getan haben!»

«Aha! daran erkennt man, dass er jung ist», dachte Laviolette, «jetzt lehnt er sich etwas weit aus dem Fenster ...»

Coquet war aufgestanden, um zwei-, dreimal um seinen Stuhl herumzugehen. Auch Jean-Bernard Honnoraty wollte aufstehen, aber Coquet hielt ihn zurück.

«O nein! Sitzen bleiben! Wir sind noch nicht fertig.»

Das war also die einzige Folter, die man ihm auferlegte: Sitzen bleiben, langsam steif werden bei diesem endlosen Palaver.

«Und jetzt», sagte Coquet, «werden Sie mir Ihren genauen Zeitplan in der Nacht des 17. März erläutern.»

«Was soll denn das schon wieder?»

«Sagt Ihnen das nichts, die Nacht des 17. März?»

Einige Sekunden lang dachte Jean-Bernard schweigend nach.

«Doch», antwortete er schließlich, «es war die Nacht, in der Jeannot Vial umkam.»

«Ganz richtig. Nun, es wäre sehr ratsam, sich zu erinnern, was Sie in jener Nacht getan haben, und zwar *ebenfalls* sehr genau.»

«Sie machen Witze! Sie wollen doch nicht behaupten, ich hätte auch meinen Freund Jeannot umgebracht? Ich frage mich, aus welchem Grund ...»

«Den Grund? Auch den haben wir ausfindig gemacht. Vor zwei Jahren hatten Sie eine schlechte Sommersaison, und Sie brauchten einen neuen Rennwagen; aber es fehlten Ihnen vierzigtausend Franc, um den Fiat Ihrer Träume erwerben zu können. Vierzigtausend Franc, die Ihnen Ihr Freund Jeannot geborgt hat. Stimmt's?»

«Stimmt, aber ...»

«Also! Warum sagen Sie es nicht? Warum sagen Sie: Ich frage mich, aus welchem Grund?»

«Ich habe sie zurückbezahlt.»

«Zwanzigtausend Franc haben Sie ihm zurückgezahlt! Aber letztes Jahr war die Saison wieder schlecht. Sie konnten ihm die Restsumme nicht zurückerstatten. Und er hat sie von Ihnen verlangt. Seine Mutter hat es uns erzählt. Es war einfach so abgelaufen, eine Sache unter Freunden, in bar. Keine Quittung! Kein Schuldschein.»

«Richtig! Ich hätte also einen Freund umgebracht wegen zwanzigtausend Franc!»

«Wir haben schon Schlimmeres erlebt.»

Laviolette spitzte die Ohren, Coquet hatte gut und sauber gearbeitet. Die «innerste Überzeugung» des Untersuchungsrichters, dass es nämlich zwischen den beiden Verbrechen eine Verbindung gab, hatte er nicht akzeptiert, vielleicht akzeptierte er sie noch immer nicht. Und dennoch hatte er nicht gezögert, sich über seine eigenen Zweifel hinwegzusetzen. Er hatte recherchiert. Er hatte ein Motiv gefunden, ein etwas mageres zwar, aber immerhin, und da er Ergebnisse vorweisen musste...

Er wiederholte: «Nun, was haben Sie in der Nacht des 17. März getan?»

«Wie soll ich Ihnen diese Frage beantworten? Was ich immer mache vermutlich...»

«Wo befindet sich Ihr Motel?»

«Ich habe es Ihnen schon gesagt: an der Einfahrt zu den Clues de Chabrières. Aber ich wohne in Digne. Für die Nacht habe ich ein Ehepaar eingestellt. Am Abend rechne ich ab, ziemlich spät, und dann fahre ich nach Digne. Manchmal gehe ich noch auf ein Glas ins *Café des Gavots*, das meinem Cousin Gaubert gehört und wo die Kumpels vom Rennstall sich auch manchmal treffen...»

«Nein, an jenem Abend waren Sie nicht dort. Wir haben es nachgeprüft. Und Sie haben an jenem Abend auch nicht – und das ist außergewöhnlich – die Kasse Ihres Hotels abgerechnet. Leben Sie allein?»

«Ich habe eine Junggesellenwohnung in Les Courbons.»

«Haben Sie eine Freundin?»

«Gelegentlich.»

«Eine feste, meine ich. Das heißt: Hatten Sie um den 17. März herum eine? Haben Sie vielleicht die Nacht mit ihr oder bei ihr verbracht? Wer war es?»

«Das geht Sie nichts an.»

«Aber ja doch, mein armer Freund! Wenn Sie wüssten, was uns Polizisten alles was angeht! Ich tu, was ich kann, ich leiste Ihnen Hilfestellung, so gut es geht: Ein Zeuge, eine Freundin, irgendeine logische Erklärung soll her! Daran stirbt man doch nicht!»

«Eine etwas unglückliche Wortwahl», dachte Laviolette.

Er beobachtete die beiden jungen Männer und empfand Mitleid. Sie wirkten irgendwie rührend hinter ihren Bärten, die zwar echt waren, aber dennoch unecht wirkten, weil sie die noch unfertigen Gesichter, die noch vorhandene Unschuld in ihren jugendlichen Gesichtszügen verbargen.

«Also gut, Sie wollen nichts sagen?»

«Ich will sagen, dass ich weder Jules Payan noch Jeannot Vial ermordet habe. Ich vertraue der Justiz und ich vertraue Ihnen. Man verurteilt nicht jemand aufgrund von vagen Mutmaßungen.»

«Vage Mutmaßungen? Dann hören Sie sich meine Mutmaßungen genau an: Sowohl für den ersten als auch für den zweiten Mord hatten Sie die Zeit, das Mittel – einen Stein – und das Motiv. Den einzigen Zeugen, der Sie im zweiten Fall entlasten könnte, finden wir nicht. Sie sind auch nicht in der Lage, uns zu helfen, damit wir ihn entdecken. Das Alibi, das Sie im ersten Fall entlasten könnte, wollen oder können Sie uns nicht liefern! Ich bin ehrlich, wohlgemerkt! Ich spiele mit offenen Karten, weil Sie mir sympathisch sind ... Ich bin überzeugt, dass Sie unschuldig sind ... Aber sagen Sie uns doch die Wahrheit!»

Es trat ein Schweigen ein. Auf Jean-Bernards Gesicht standen Angst und Hilflosigkeit. Zweimal öffnete er den Mund, wollte sprechen, schwieg aber dann.

«Was gibt es denn da, was so schwer auszusprechen ist?», fragte Coquet.

«Nichts weiter als das, was ich Ihnen schon gesagt habe», murmelte Jean-Bernard.

Vergeblich versuchte er, sich am Rücken zu kratzen, an einer bestimmten Stelle unterhalb des rechten Schulterblatts, die er nicht erreichen konnte. Coquet wartete eine gebührend lange Zeit. Schließlich breitete er die Arme aus.

«Wie Sie wollen. Aber ich muss dem Richter Bericht erstatten.»

Er ging aus dem Zimmer, um zu telefonieren. Laviolette betrachtete den Zeugen mit leicht gönnerhaftem Blick. Er trat an ihn heran und setzte sich, ebenfalls rittlings, auf Coquets Platz. Er legte die Hand auf Jean-Bernards Schenkel.

«Ist dir klar, was du da machst? Nein, nein, ich duze dich nicht, weil ich der Bulle bin und du der Verdächtige, sondern weil ich dreißig Jahre älter bin als du. Du kennst mich doch, oder? Du hast mich öfter auf dem Fußballplatz gesehen oder in der Kneipe oder am Ziel bei Fahrradrennen. Ich bin kein Bösewicht. Wir haben nie miteinander gesprochen, weil sich keine Gelegenheit dazu geboten hat, aber... Na ja, du weißt, dass du mir vertrauen kannst. Sag mir nur den wahren Grund, warum du deinem Freund Payan ein blaues Auge verpasst hast. Sag es mir. Und so wahr ich Laviolette heiße: du kommst hier ohne Handschellen raus, das schwöre ich dir!»

«O nein, nicht so!», rief Jean-Bernard. «Bitte nicht!»

Er bedeckte das Gesicht mit beiden Händen und schüttelte heftig den Kopf: nein, nein, nein!

Coquet kam zurück.

«Sie werden dem Richter vorgeführt», sagte er. «Ich überlasse es ihm, Ihre Argumente einzuschätzen.»

Laviolette ging. Ein heftiger Nordwind, der eigentlich den Namen Blizzard verdiente, blies von Trois-Évêchés herüber, und der Hof war scheinbar leer. Aber unter den Vordächern, wo die Wächter ihre Mofas parkten, standen sie: fünfundzwanzig Sonderkorrespondenten, die lärmend und schnatternd auf die Beute warteten.

Sie stürzten sich mit ihren Mikrofonen auf Laviolette. Geduldig bahnte er sich einen Weg; mit einem engelhaften Lächeln wiederholte er immer wieder:

«Ich bin nicht mit der Ermittlung beauftragt. Ich habe Ihnen nichts zu sagen. Inspektor Coquet von der Kripo wird Ihnen mitteilen, was er für richtig hält. Ich bin nicht mit der Ermittlung beauftragt, ich habe Ihnen nichts zu sagen …»

Er stieg in seinen alten grünen Ford Vedette, und mehr als dreißig Stunden lang blieb er verschwunden.

Drei Stunden blieben noch, länger durfte man den Mann nicht festhalten. In seinem Kabuff rieb Chabrand die Hände aneinander, er war sehr beunruhigt. Die Akte war in der Tat dünn. Coquet versuchte zwar immer noch, Zeugen ausfindig zu machen und mittels immer neuer Peilungen Jean-Bernard Honnoraty in der Nacht vom 17. März zu orten sowie den Fahrer des roten Traktors in der Nacht vom 24. Oktober aufzuspüren. Und zu allem Überfluss war Laviolette seit dem vorvergangenen Abend spurlos verschwunden, ohne Erklärung, ja sogar ohne seinem Stellvertreter dienstliche Anweisungen zu hinterlassen. Er war schlichtweg desertiert! Einfach weg!

«Wie lange wohl», fragte sich Chabrand, «könnte man sich noch auf die Geheimhaltung der Untersuchung berufen, um den Zeugen daran zu hindern, mit seinen Freunden und Verwandten Verbindung aufzunehmen?»

Drei Stunden! In drei Stunden würde Untersuchungsrichter Chabrand ganz allein, in eigener Verantwortung, beschließen müssen, einen Schuldigen freizulassen oder einen Unschuldigen einzusperren! In einer echten Demokratie, dachte der Richter, würde eine solche Entscheidung kollektiv getroffen, und zwar per Abstimmung. Seinem Gewissen gegenüber, das ihm zuflüsterte: «Auf diese Weise wäscht jeder seine Hände in Unschuld», stellte er sich taub.

Es klopfte. Er rief «Herein». Die Tür wurde vorsichtig geöffnet, und im Türspalt tauchte das dicke Gesicht von Kommissar Laviolette auf.

«Ich störe Sie doch hoffentlich nicht?»

«Da sind Sie ja», rief der Richter ohne Begrüßung. «Sie nehmen's wohl nicht so genau mit dem Dienst.»

«Och, wissen Sie ... Wenn man mich jetzt rausschmeißen würde ... Drei Jahre vor meiner Pensionierung ... Ich hab mein Häuschen, meinen Garten ... Ich lebe ziemlich anspruchslos ...»

«Und Ihr Grab, haben Sie das auch schon?», antwortete der Richter im Ton der Persiflage.

«Aber ja doch! Auf dem Friedhof von Gaubert! Ein Plätzchen an der Sonne, wo Veilchen wachsen! Aber lassen wir das! Ich bin gekommen, um Ihnen aus der Patsche zu helfen. Ist Inspektor Coquet nicht da?»

«Er ist weg, um die Buchhaltung und den Briefwechsel des Verdächtigen einzusehen; er will nachprüfen, ob diese ganze Geschichte mit der geklauten Tour Hand und Fuß hat.»

«Wissen Sie, wo man ihn erreichen kann?»

«Selbstverständlich.»

«Gut! Dann rufen Sie ihn an und herbei. Der Verdächtige ist nicht mehr verdächtig.»

«Haben Sie etwas entdeckt?»

«Pfeifen Sie vor allem Coquet zurück. Er soll dabei sein, wenn ich es erzähle. Ich habe eigenmächtig ermittelt, auf eigene Kosten und auf eigenes Risiko. Ich will nicht, dass man mir auch noch nachsagt, ich hätte die Kripo übergangen, nur um persönlichen Ruhm einzuheimsen.»

«Die Kripo ist Ihnen scheißegal! Das sieht man Ihnen doch an!»

«Mag sein. Aber ich habe Achtung vor Coquet. Er ist ein braver Junge. Er behandelt die Verdächtigen besser, als ich es selbst täte.»

«Und was meinen Sie damit?»

Obwohl er von Berufs wegen alle Geheimnisse des Polizeiverhörs kannte, brachte Chabrand die diesbezügliche Realität mit seinen privaten Vorurteilen nie auf die Reihe.

«Aber …», stammelte der Kommissar völlig verdutzt, «einfach, dass er sie menschlich behandelt, mehr nicht.»

«Ach so! Nun, dann erzählen Sie mir jetzt, was Sie wissen.»

«Von wegen! Sie glauben doch nicht, dass ich zweimal das Gleiche erzähle? Nein: Sie rufen jetzt Coquet, und dann … Ach ja, übrigens: lassen Sie Honnoraty sofort frei. Er hat genug gelitten.»

«Das geht auf Ihre Verantwortung?»

«Klar! Oder wollen Sie zuerst Coquet fragen, ob er einverstanden ist?»

«Ich übergebe Ihnen das Gespräch. Erklären Sie es ihm.»

Der Richter hatte die Nummer gewählt. Coquet war an der Strippe. Laviolette nahm den Hörer.

«Es dauert noch eine halbe Stunde», brummelte der Richter, als Laviolette eingehängt hatte. «Bis Sie dann Ihre

Geschichte los sind, ist es neun… Und ich habe heute Mittag gerade mal ein Tellerchen Polenta gegessen, so sehr war ich in Gedanken mit dieser Sache beschäftigt…»

«Ach, ich bitte Sie!», sagte Laviolette im Jammerton. «Bitte niemals dieses Wort in meiner Gegenwart.»

«Welches Wort denn?»

«Polenta! Tut mir Leid, ich kann es einfach nicht hören! Weil es mich an Polente erinnert.»

Chabrand blickte zur Decke. Sehr geistreich war er ja nicht, dieser Laviolette!

Sie warteten auf den Inspektor und mussten irgendwie die Zeit totschlagen, der eine, indem er an dem zwölften Kapitel des weltbewegenden Buches herumfeilte, an dem er seit fünf Jahren schrieb, der andere, indem er am Fenster stand und die Melodie von *Le Duc de Bordeaux* vor sich hin pfiff, bis die Scheiben völlig beschlagen waren.

Coquet traf zwanzig Minuten später ein, nicht sehr zufrieden, weil man ihn bei seinen Recherchen unterbrochen hatte, und eher sauer auf Laviolette, den man überall gesucht hatte. Er war fest entschlossen, seine Machtposition zu nutzen und ihm ins Gesicht zu sagen, was er von ihm hielt.

«Da sind Sie ja», sagte Laviolette. «Ich weiß, was Ihnen jetzt auf der Zunge brennt. Betrachten Sie es als gesagt, setzen Sie sich und hören Sie mir zu.»

Er selbst setzte sich auf den unbequemen Stuhl mit der steifen, geraden Rückenlehne und dem rutschigen Sitz, den vier Generationen von Richtern genutzt hatten, um ihre Verdächtigen ins Gebet zu nehmen. Der reinste Beichtstuhl!

«Also gut! Leihen Sie mir beide je ein aufmerksames Ohr. Erstens: Ich weiß, wo sich Jean-Bernard Honnoraty in der Nacht vom 17. März aufhielt. Zweitens: Ich habe den Zeugen vom 24. Oktober gefunden. Sie erinnern sich vermutlich, Coquet, dass sich Honnoraty während der Vernehmung unentwegt kratzte?»

«Stimmt. Ich hatte deshalb sogar gehofft, dass er schlappmachen und auspacken würde. Das passiert häufig bei den Verdächtigen, dass sich ihre Ticks verstärken.»

«Ja, ich habe es anfangs auch für einen Tick gehalten. Und dann ist mir ein Detail wieder eingefallen, etwas, was mir aufgefallen war, als sich das Opfer und er am Schlawittchen gepackt hatten.»

«Wieso? Waren Sie dabei?»

«Wie ganz Digne war auch ich nach dem Fußballspiel am Ausgang des Stadions.»

«Aber Sie haben kein Sterbenswörtchen gesagt, als ich über diese Rauferei gesprochen habe.»

«Es ist mir erst hinterher wieder eingefallen, als ich darüber nachdachte... Da kann man nichts machen: In meinem Alter wird man vergesslich. Kurz und gut, als dieses Detail wieder richtig in meinem Gedächtnis verankert war, habe ich mich ganz gemächlich auf den Weg nach Marseille gemacht, um dort die Mutter des Verdächtigen zu treffen; Sie wissen schon: die, die dort diesen Staranwalt geheiratet hat. Es war früh am Tag. Der Ehemann war noch zu Hause. Ich habe mich vorgestellt, aber auch betont, dass ich nicht in dienstlichem Auftrag käme, dass sie also keineswegs verpflichtet seien, mir zu antworten. Dass aber die Lage, in der sich ihr Sohn befinde... Na ja. ‹Ich möchte übrigens nur eine einzige Frage stellen›, habe ich ihnen gesagt: ‹Leidet Ihr Sohn an einer schweren Hautkrankheit, ja oder nein?› Die Mutter antwortete auf der Stelle: ‹Nein.› Ihr Mann sah mich einige Sekunden lang schweigend an. Da habe ich die Arme ausgebreitet und gesagt: ‹Ja, dann...› Ich bin aufgestanden und wollte gehen. ‹Warten Sie!›, hat der Mann gesagt. Er hat seine Hand auf die Schulter seiner Frau gelegt: ‹Jeanne, sagen Sie ihm die Wahrheit!› – ‹Mein Gott! Sie wissen doch, André, wie sehr Jean-Bernard darauf besteht, dass es niemand erfährt!› Da ist es aus mir herausgeplatzt: ‹Ja ja, ich weiß, er besteht so sehr darauf, dass er im Begriff ist, sich zwei Morde anhängen zu lassen, nur damit es niemand erfährt! Hören Sie, Madame, dieses Geheimnis ist nur in seinen Augen so wichtig! Für Sie doch nicht! Für mich doch nicht! Kein Mensch wird etwas davon erfahren, außer denjenigen, die ermitteln!› – ‹Und die Journalisten?› – ‹Es ist nicht meine Angewohnheit, ihnen Vertrauliches mitzuteilen.› Daraufhin neigte sie sich zu mir und sagte leise: ‹Er leidet an Psoriasis! Der ganze Oberkörper, der Rücken und beide Arme von den Ellbogen bis zu den Schultern sind voll! Er leidet Höllenqualen, der arme Junge. Physisch und psychisch!›»

«Was ist das, Psoriasis?», fragte Coquet.

Chabrand beantwortete die Frage:

«Eine fürchterliche Hautkrankheit! Tödlich ist sie zwar nicht, aber chronisch, und Leute, die es erwischt, sind praktisch behindert, weil sie so schrecklich eingeschränkt sind.» Aus nachträglichem Nachahmungszwang begann er, sich heftig am Ellbogen zu kratzen. «Hinzu kommt», fuhr er mit einer gewissen Scheu fort, «dass es unmöglich ist, die Leute davon zu überzeugen, dass es nicht ansteckend ist.»

«Das ist es ja», sagte Laviolette. «Was mich nämlich auf die Spur gebracht hat, ist die Tatsache, dass Jules Payan am Tag, als sie sich stritten, Jean-Bernard Honnoraty als ‹Aussätzigen› beschimpft hat. Offenbar waren ihm die Argumente ausgegangen, und deshalb hat der andere auf ihn eingedroschen.»

«Aber wieso soll diese Erklärung ihm ein Alibi liefern?»

«Moment! Nicht so eilig! Bitte übersehen Sie nicht, dass diese Hautkrankheit nicht nur nette Zufallseroberungen, sondern auch ganz normale Beziehungen mit weiblichen Partnern sehr erschwert, wenn nicht unmöglich macht. Man muss den Damen erst einmal erklären, dass man nicht ansteckend ist, versuchen Sie das mal, oder man muss zufällig auf eine ebenfalls an Psoriasis erkrankte Partnerin stoßen. Verstehen Sie, was ich meine? In Anbetracht dieser Tatsache», fuhr Laviolette fort, «fällt es also nicht schwer, sich vorzustellen, dass seine Weigerung, für die Nacht des 17. März ein Alibi zu liefern, etwas mit diesem Geheimnis zu tun hat. Ich habe die Mutter und den Stiefvater nach dem Namen des behandelnden Arztes gefragt, aber sie wussten ihn beide nicht. Das hätte übrigens nichts erklärt. Wie zu allen anderen Ärzten geht man zu einem Dermatologen tagsüber und nicht in der Nacht. Also muss es ein besonderer Umstand, der mit seiner Krankheit zu tun hat, gewesen sein, der dazu geführt hat, dass er in der Nacht des 17. März außer Haus war. Sehen Sie denn manchmal fern?»

«Um Gottes willen, niemals!», rief Chabrand entsetzt.

«Was hat das mit der Sache zu tun?», fragte Coquet.

«Nun ja! Ich bin kein Intellektueller, und zu meiner Schande gestehe ich, dass ich mir jeden Abend meine Pantoffeln hole und es mir in einem Sessel bequem mache, die Füße auf einem Schemel; ich gieße mir ein Gläschen Semoustas ein und setze mich vor die Glotze. Und so kam es, dass ich vor einiger Zeit das Interview mit einem Pariser Dermatologen mitgekriegt habe. Er erklärte, dass er gerade Versuche mache mit einer neuartigen Behandlung von Psoriasis-Patienten; diese Behandlung bestehe darin, dass er die Patienten in einem besonderen Bett schlafen lasse, in dem sie genauestens dosierten und kontrollierten Bestrahlungen ausgesetzt sind (UV, wenn ich mich recht erinnere, aber dazu kam noch irgendetwas anderes). Sobald also die Mutter des Verdächtigen das Wort ‹Psoriasis› ausgesprochen hatte, erinnerte ich mich an diese Sendung. Im Telefonbuch habe ich nach dem Namen des Mediziners gesucht und habe ihn angerufen. Oh! Ganz einfach war es nicht. Natürlich sprach er sofort vom Berufsgeheimnis. Ich habe ihm geantwortet, dass ohne seine Zeugenaussage einer seiner mutmaßlichen Patienten in Gefahr sei, vors Schwurgericht zu kommen. Er hat mich nach meinem Namen und meiner Funktion gefragt und um meine Telefonnummer gebeten. Eine Stunde später hat er mich angerufen und mir wortwörtlich Folgendes gesagt, was beweist, dass er nicht auf den Kopf gefallen war: ‹Ich habe keinen Patienten, der so heißt; hingegen gibt es einen Freund meiner Tochter, der diesen Namen trägt, und er hat in der Tat die Nacht des 17. März bei uns zu Hause verbracht. Wir haben übrigens bis ein Uhr früh geplaudert. Genügt das, um ihn zu entlasten?› – ‹Aber selbstverständlich!›, habe ich geantwortet. ‹Besten Dank, Herr Professor, für Ihr umsichtiges Mitwirken.› Und falls es Ihnen nicht genügt, meine Herren, hier ist die Fotokopie des Flugtickets Marseille-Paris hin und zurück. Ich habe den Stewardessen, die auf diesen Flügen Dienst machten, das Foto gezeigt; diejenige vom Hinflug hat sich nicht erinnert, aber die vom Rückflug sehr wohl … Ihr … Gast war ihr angenehm aufgefallen und sie hat mit Begeisterung von ihm erzählt. Das wär's also für die Nacht des 17. März. Und was den 24. Oktober betrifft, kann ich Folgendes sagen …»

Er rieb sich die Hände und setzte die gespielt bescheidene Miene derer auf, die sehr genau um ihren Wert wissen.

«Ich werde Ihnen jetzt eine Grundstufenlektion in

Sachen Polizeiermittlung erteilen: Zum einen war der fragliche Traktor kein Massey-Ferguson, sondern ein Ford-Johnson; zum andern war er nicht rot, sondern gelb. Ja, so ist das: Wenn von der Fragwürdigkeit der menschlichen Aussagen die Rede ist, denkt man immer zunächst an die Zeugen. Aber auch die Verdächtigen können sich täuschen, manchmal sogar, wie in unserem Fall hier, zu ihren Ungunsten. Einen kleinen Moment, ich bin noch nicht fertig. Als Sie auf der Suche nach den roten Massey-Ferguson waren, haben Sie nur nach Privateigentümern geforscht, nicht wahr?»

«Landwirte und Großgrundbesitzer, Werkstattinhaber, Tiefbauunternehmer, Spezialisten für Rodungsarbeiten... Wen hätten wir sonst noch aufsuchen sollen?»

«Die Gemeindeverwaltungen.»

Coquet führte entsetzt die Hand zum Mund:

«O Scheiße!»

«Ja, so ist das. Die Gemeinden benutzen häufig Traktoren, um den Kipper von der Straßenreinigung zu ziehen, der oft nur ein kleiner Karren ist, und im Winter setzen sie sie als Schneepflug ein und außerdem für Bauarbeiten und Transporte, die in einer Gemeinde anfallen. Und der Traktor von Chaffaut-Saint-Jurson ist ein gelber Ford-Johnson.»

«Wir haben sämtliche Einwohner von Chaffaut-Saint-Jurson befragt, und keiner hat uns von diesem Traktor erzählt.»

«Die sind einfach in Deckung gegangen. Sie haben denen von einem roten Massey-Ferguson erzählt, und die kannten halt nur einen gelben Ford-Johnson. Also hatten sie ein ruhiges Gewissen. Man darf nicht vergessen, dass Ihre Leute und die Gendarmen nicht gerade beliebt sind, verstehen Sie. Sobald sie gesichtet werden, stellen sich den Leuten die

Nackenhaare auf. Jeder hat etwas zu verbergen, und dieses Etwas kann durch irgendein ungeschicktes Wort herauskommen. Je weniger man sagt... Der Empfang, den man ihnen bereitet? Och, der ist immer gut: Man bietet ihnen einen Kaffee oder einen Pastis an... Aber etwas sagen? Das bestimmt nicht!»

Weil er eigentlich ein bescheidener Mensch war, fügte er nicht hinzu: «Außerdem sind Sie nicht von hier, verstehen Sie? Ich, ich bin von hier! Da gibt es Dinge, die man einem Zugereisten nicht so leicht anvertraut!»

«Kurz und gut, des Rätsels Lösung ist eine ganz einfache: In der Nacht vom 24. Oktober hat sich einer der Gemeinderäte, ein gewisser Pauléon aus Les Marges, den Traktor der Gemeinde ‹ausgeborgt›, um den Rest seiner Lavendelernte zur Destille zu fahren. Das war bereits so eine Sache, über die man besser nicht redet. Da gibt es so viele Leute, die einen um die Stellung als Gemeinderat beneiden. Vor allem aber... vor allem lag unter dem Lavendel ein ‹heißes Mädchen› verborgen, das sein Schwager ihm wie einen ungeheuren Schatz anvertraut hatte. Sein Schwager ist Schnapsbrenner.»

«Und was ist das, ein ‹heißes Mädchen›?»

«Ja, das ist es eben!», rief Laviolette.

Er drehte sich eine Zigarette mit seinem kleinen Gerät und ließ die beiden ein bisschen warten. Immerhin etwas kürzer, als derjenige, der ihm diese kapitale Auskunft geliefert hatte, ihn hatte zappeln lassen. Und er hatte eine Menge Pastis trinken müssen, mit Tagelöhnern, Straßenarbeitern, Honoratioren, um so weit vorzudringen! Und in vielen Bauernküchen hatte man ihm auf einer Herdecke einen Kaffee aufgewärmt!

«Ein ‹heißes Mädchen›», fuhr er fort, «ist eine Korbflasche mit Schwarzgebranntem. Wenn Sie's genau wissen wollen: Aus einer bestimmten Menge Traubentrester darf nur eine genau festgelegte Menge Alkohol gebrannt werden, mehr nicht. Soundsoviel pro Tonne. Bei guten Jahrgängen oder bei besonders sorgfältigen Winzern kann es aber passieren, dass der Ertrag viel höher ist als die genehmigte Menge. Was tut man in diesem Fall? Man meldet es beim Finanzamt. Die Überproduktion füllt man in Korbflaschen; man stellt sie sorgfältig zur Seite und wartet ab. Oh! Nie sehr lange! Am nächsten Tag entsteigt einem behördlichen Dienstwagen ein Inspektor, meist ein blasser Typ mit einer Alkoholallergie; er lässt sich besagte Korbflaschen zeigen, nachdem er das in fünffacher Ausführung erstellte Protokoll zur Kenntnis genommen und die Bücher unterzeichnet hat... Und dann wuchtet er diese Zwanzig-Liter-Korbflaschen hoch, mit einer Kraft, die man einem Menschen, der den ganzen Tag am Schreibtisch hockt, nicht zutrauen würde. Und dann gießt er sie aus, ins Gras oder in den Straßengraben, bis das letzte Gluckern verklingt, bis der letzte Tropfen versickert, unerschütterlich und gewissenhaft leert er diese Flaschen, möge die Erde sich mit dem Inhalt berauschen! Das heißt, unerschütterlich... Nach derlei Heldentaten passiert es nicht selten, dass man diese Herren zum Auto zurückgeleiten muss, so sehr steigen ihnen die Alkoholdünste in die Nase und von der Nase direkt in den Kopf.»

Laviolette schnäuzte sich lautstark.

«Und dann», fuhr er fort, als er wieder Atem geschöpft hatte, «stehen häufig sechs oder sieben Schnapsbrenner beisammen, und während sie das Massaker betrachten, herrscht Totenstille. Diese Geschichte erzähle ich nicht für den Untersuchungsrichter, der sowieso nur Wasser trinkt, aber Sie, Inspektor, Sie sind doch ein Genießer: Können Sie sich das Bild, das ich da beschreibe, vorstellen?»

«Auch ich kann es mir vorstellen!», erwiderte Chabrand herablassend.

«Gut! Wenn Sie es sich also vorstellen können, dann werden Sie auch unschwer verstehen, dass man – o nein, nicht oft! – dass man es manchmal einfach probiert, trotz des enormen Risikos (einer Strafe, die den ganzen Hof auffressen würde und die Rente der beiden Alten, die Witwenrente der zweiten Frau, die Erbschaft vom Onkel Titoun und das Säckchen mit den Goldmünzen, das man in der Doppeldecke des Alkoven versteckt hat).»

«Und das heißt?»

«Das heißt, dass man vergisst, eine dieser Korbflaschen zu melden, und von diesem Augenblick an verwandelt sie sich in ein ‹heißes Mädchen›, weil sich alle an ihr die Finger verbrennen. Nie findet man ein Versteck für sie, das sicher genug wäre. Man lebt in ihrer Nähe, als wäre der Inhalt Nitroglyzerin. Man verschleppt sie bei Nacht von einem sicheren Freund zum anderen, und das so lange, bis sie endlich in einer besonders finsteren Nacht zwischen zwei Strohballen in der Scheune landet oder an der Hauswand im Hof zerschellt, weil man im Dunkeln gestolpert ist. So was ist öfter passiert. Es handelte sich also um ein ‹heißes Mädchen›, und das hatte Pauléon in der Nacht vom 24. Oktober unter seiner Lavendelladung versteckt, als er Jean-Bernard die Chaffaut-Brücke versperrte, und dabei saß er auf einem gelben Ford-Johnson. Natürlich gibt er das alles nicht zu Protokoll. Natürlich würden all diejenigen, die mich auf seine Spur gebracht haben, einen Rückzieher machen, falls unglücklicherweise irgendwann das Wort ‹heißes Mädchen› fiele. Den Honnoraty-Sohn kennen sie alle gut, sie halten seine Familie in Ehren, aber sie würden den Jungen eher ohne mit der Wimper zu zucken aufs Schafott schicken als zugeben, dass in jener Nacht eine Korbflasche mit illegalem Schnaps auf dem Gebiet der Gemeinde herumgefahren wurde. Verstehen Sie das? Das wäre gar zu schlimm! Aber was soll's? Dieses unwichtige Detail werden wir einfach verschweigen und alles wird wieder ins Lot kommen.»

«Alles wird ins Lot kommen!», sagte der Richter höhnisch. «Nur dass wir wieder von vorne anfangen müssen! Und das nennen Sie mir aus der Patsche helfen?»

«Aber sicher! Ich weiß, dass Sie ein redlicher Mensch sind, der lieber keinen Schuldigen hat als einen falschen!»

~ 5 ~

«HALLO! Spreche ich mit Laviolette? Ja, hallo! Hier Honnoraty! Casimir Honnoraty vom Staatsrat! Ja, hallo, sind Sie's, Laviolette? Hallo! Würde es Ihnen Spaß machen, die Ermittlungen zu leiten?»

Dieser Staatsrat grölte ins Telefon, so laut es nur ging, und betonte schamlos die letzte Silbe seines Namens. Der Kerl hatte keine Spur von Pariser Akzent angenommen, wirklich nicht. Seiner Stimme nach hätte er Viehhändler in Seyne-les-Alpes sein können, schließlich war sein Großvater noch ein Vertreter dieses Gewerbes gewesen. Er war noch an die weiten Fluren gewöhnt, wo man bei Sturm das Vieh zusammenruft und Hindernisse grundsätzlich beiseite wischt, und so wiederholte er endlos seine lautstarken «Hallos» und seine «Würde es Ihnen Spaß machen». Als Laviolette endlich Gelegenheit hatte, ein Wort zu sagen, antwortete er ebenso lakonisch wie selbstverständlich: «Nein!»

Er hatte das Gefühl, im Kopf des Herrn Staatsrat die ganze Bandbreite der Mutmaßungen zu überblicken, die dieses schlichte «Nein» hervorgerufen hatte. Der Mann war es nicht gewöhnt, dass man ihm Widerstand leistete. Genauso wenig war er es gewöhnt, dass man eine Ehre zurückwies, egal ob diese Ehre mit erheblichem Risiko verbunden war oder nicht. Dieses «Nein» passte nicht zu seiner ziemlich schlichten Menschenkenntnis, die allerdings in der hohen Position, die er innehatte, bei weitem genügte. Er schwieg einige Sekunden lang, ehe er hinzufügte:

«Und wenn ich Sie ganz kollegial und herzlich darum bitten würde?»

Diesmal hatte er kein Wort überbetont. Den ganzen Satz hatte er gleichmäßig ausgesprochen.

«In dem Fall...», antwortete Laviolette.

Und legte auf.

«Den Buckel sollen sie mir runterrutschen, ganz kollegial und herzlich, diese Herren!»

«Wie bitte?»

Es war Courtois, der seinem Vorgesetzten eine Akte brachte.

«Nein, nein. Nichts. Nur ein kleiner Seufzer», sagte Laviolette.

Am übernächsten Tag seufzte er allerdings viel heftiger.

«Ein Schreiben vom Präfekten, Chef!»

Dem Polizisten Mistigri standen sämtliche Haare zu Berge. Um nichts in der Welt hätte er in der Haut seines Chefs stecken mögen! Eine Vorladung des Präfekten! Per Bote! Das stelle man sich einmal vor! Und anzutanzen hatte er sofort! Der würde sich was anhören müssen, der Chef!

«Gut!», sagte Laviolette.

Er schlüpfte in seinen Mantel, setzte sich seinen Hut auf, wickelte den riesigen Schal um, und auf ging's. Zu Fuß wanderte er durch die Gassen von Digne zur *Préfecture*, seine Vorladung in der Tasche.

Selbst der Gerichtsdiener, der ihn empfing und dem er sie mit einem sparsamen Gruß – er führte einen einzigen Finger an den Rand seines Hutes – aushändigte, grüßte ihn wie alle anderen, denen er an jenem Morgen begegnete, mit ausweichendem Blick, so als ob er, Laviolette, gerade seine Stelle verloren hätte und nun käme, um wegen einer neuen vorzusprechen.

Der Präfekt stand hinter seinem Schreibtisch, neben ihm der Staatsanwalt. Kaum hatte er ihn von weitem erblickt, rief er ihm zu:

«Ach, guten Morgen, lieber Herr Kommissar!»

Dann durchquerte er mit ausgestrecktem Arm den Raum, gab Laviolette die Hand, fasste ihn an der Schulter und führte ihn vor den etwas zurückhaltenderen Staatsanwalt; Letzterer hatte sich nicht von der Stelle gerührt; er reichte ihm eine lasche, unentschlossene Hand und lächelte verklemmt.

Laviolette wurde in einen bequemen Sessel komplimentiert. Alle drei entspannten sich um das niedrige Couchtischchen. Der Präfekt bot Zigarren an. Laviolette lehnte mit einer Handbewegung ab und begann, sich eine Zigarette zu drehen.

«Folgendes», sagte der Präfekt ohne weitere Präliminarien, «wir haben beschlossen, Ihnen fortan diese entsetzliche Geschichte anzuvertrauen! Die meisterhafte Art, wie Sie diesen jungen Mann entlastet haben – der übrigens wohl beleumundet ist und aus bester Familie stammt – verleiht Ihnen das Recht, alle weitere Verantwortung in dieser Sache zu übernehmen!»

Laviolette starrte, wenn auch ohne provozierende Absicht, an die Decke. Er konnte sich lebhaft vorstellen, wie Honnoraty im Innenministerium angerufen hatte, und ebenso, wie der Vorgesetzte in Marseille in rückhaltloser Zustimmung nickte, hocherfreut darüber, dass er seinen gesamten Stab wieder zur Verfügung haben würde ... Kurz und gut: Alle Beteiligten kamen zu ihrem Vorteil.

«Verstehen Sie», fuhr der Präfekt fort, «bevor Sie kamen, sprachen wir gerade mit Staatsanwalt Caffarelli darüber, das ist eine Familienangelegenheit! Das ist eine Geschichte, die nur die Leute aus Digne was angeht. Stellen Sie sich vor: zwei Jahre vor den Wahlen! Es darf einfach nur eitel Sonnenschein herrschen. Die Sache darf keine Wellen schlagen. Unser Département braucht Ruhe. Die Zeiten sind leider vorbei», fügte er mit Bedauern in der Stimme hinzu, «als man die Freizügigkeit der Journalisten in bestimmten Gebieten einschränken konnte …»

«Tja, leider!», sagte Laviolette.

«Nun ja, Sie verstehen …»

«Ich nehme an, ich habe keine andere Wahl?»

Diesmal las der Präfekt geheimnisvolle Zeichen an der Decke.

«Keine andere Wahl? Natürlich doch! Man hat immer die Wahl. Aber man wird Ihnen sämtliche Polizeieinheiten des Départements zur Verfügung stellen. Man wird Ihnen jegliche Amtshilfe gewähren, die Sie brauchen … Wir wissen, dass Sie die Dienstjahre, die Fähigkeiten und die Ausbildung eines Hauptkommissars haben, dass nur ein dummes Zusammentreffen von Umständen dazu geführt hat, dass …»

Ein unterdrücktes Lächeln huschte über die Lippen der drei Gesprächspartner, während vor den Augen von Kommissar Laviolette die Worte «Tante Louise» aufflammten.

«Mein lieber Kommissar», fuhr der Präfekt fort, «wir wissen, warum Sie in Digne sind, aber wir wissen auch – das hat man uns ganz beiläufig und objektiv wissen lassen –, dass Sie zwischen 1942 und 1944 viermal mit dem Fallschirm über dem besetzten Frankreich abgesprungen sind und der Feind Sie nie erwischt hat. Sie sind also ein pfiffiger Kerl, und außerdem haben Sie Glück.»

«Ich war damals zwanzig!», antwortete Laviolette.

«Dafür sind Sie weiser geworden», versetzte der Präfekt und erhob sich. «Das ist eher selten! Ich hoffe, es ist Ihnen klar, welche Widerstände wir zu überwinden hatten und welche Chance wir Ihnen bieten; natürlich nehmen Sie das Angebot an. Bedenken Sie doch: Das ist eine echte Rehabilitierung! Ich werde meinerseits dem Gendarmerie-Kommandanten und den mir direkt unterstellten Offizieren mitteilen, dass fortan Sie die Oberhand haben über alles, was diese Angelegenheit betrifft. Abgemacht?»

«Sie machen das mit so viel väterlicher Fürsorge!», seufzte Laviolette. «Aber wissen Sie, verehrter Herr Präfekt, dass es möglicherweise noch ein, zwei Morde braucht, bis ich den Mörder schnappe? Mit Coquet hätten Sie sich das sparen können.»

«Was erzählen Sie da? Sie werden ihn viel schneller finden!»

«Ihr Wort in Gottes Ohr!», sagte Laviolette.

Er hatte schon den halben Weg bis zur Tür zurückgelegt. Der Präfekt, der die ganze Zeit seine Hand auf seiner Schulter hatte, zog sie plötzlich zurück und sagte erstaunt:

«Warum tragen Sie eigentlich Ihre Orden nicht, Kommissar?»

«Scheiße!», dachte Laviolette. «Jetzt habe ich sie schon wieder vergessen!»

«Verzeihen Sie», stammelte er. «Sie sind immer an meinem Sonntagsanzug, und am Montag vergesse ich sie dann … so wie heute.»

«Sie vergessen, die Bändchen an das andere Knopfloch zu stecken?»

«Ja, genau. Auf Wiedersehen, Herr Präfekt. Habe die Ehre, Herr Staatsanwalt. Und vielen Dank noch mal.»

Aber der Staatsanwalt studierte mit einem verbindlichen und niemandem im Besonderen geltenden Lächeln das Porträt des Staatspräsidenten an der Wand.

Der vergiftete Pfeil traf Laviolette in dem Augenblick, als er die Hand auf die Klinke legte.

«Und vergessen Sie eines nicht, Kommissar: Ich weiß…», (und diesmal verzichtete er auf jenes überaus praktische «wir», das aus seinem Mund «das französische Volk gegen Kommissar Laviolette» bedeutete), «ich weiß, dass Sie an Digne hängen.» Das zweite «ich weiß» war etwas leiser wiederholt worden.

Er ließ eine Sekunde verstreichen, und als Laviolette die Tür öffnete, fügte er hinzu:

«Und dass Ihnen daran liegt, in Digne zu bleiben.»

Als Laviolette die heilige Halle verließ, war ihm eiskalt. Er fror wie ein Schneider im April.

«Ich wusste nicht, dass Sie Orden haben!», sagte Chabrand etwas verkniffen.

«Ach so, ja. Ach, wissen Sie, das sind uralte Auszeichnungen; sie stammen aus einer Zeit, in der es noch nicht schicklich war, einen Orden abzulehnen.»

Der Richter beobachtete ihn misstrauisch. Rein körperlich war der Kommissar mit seinem runden Gesicht, dem Wollschal, den Hosenträgern und dem Kugelbauch der Prototyp des spießigen Bullen, aber sein Wesen entsprach nicht immer diesem Bild, und das machte Chabrand gereizt. Es passte nicht in die Dialektik des Richters, einem klugen und unangepassten Menschen seine Bürgerlichkeit zu verzeihen. Nach seinem Weltbild war ein Bürger grundsätzlich ein Bourgeois und ähnelte, von außen wie von innen, Vater Ubu, so wie alle Katholiken heuchlerische Vatikanfrömmler zu sein hatten. Ebenso wie alles Lichte stets auf einer Seite und alles Dunkle auf der andern angesiedelt sein musste. Deshalb war ein uneindeutiger Mensch wie Laviolette störend.

Durch seine Bifokalbrille und über den Aktenstapel hinweg betrachtete er den Kommissar. «Akte Vial und Jules Payan». Wobei diese Aufschrift klar zum Ausdruck brachte, dass man in der Sache nicht vom Fleck kam, denn üblich ist es nicht, dass der Name der Opfer auf den Ordnern steht.

«Sie glauben doch nicht, Chabrand, dass die mir mit ihrem Geschenk eine Freude gemacht haben?»

«Nichts liegt mir ferner! Ich denke, sie wollten unser freiwilliges Tandem nicht auseinander reißen.»

«Beziehungsweise uns beide gemeinsam fertig machen.»

«Schon möglich! Ich bin jedenfalls noch mal alle Einzelheiten dieser Sache durchgegangen. Abgesehen von der falschen Fährte mit Honnoraty gibt es nur eine Gewissheit: Beide Männer hatten Glück in der Liebe. Wir haben über sie eine Art gallischen Decamerone zusammengestellt, mit viel Mühe übrigens, weil wir auch alle erforderliche Diskretion wahren wollten ...»

Der Richter schwieg eine Zeit lang und der Kommissar pfiff vor sich hin, ganz vertieft in seine Gedanken. Dann fuhr Chabrand fort: «Das Liebesleben der beiden Opfer ... Was Jeannot Vial betrifft, so haben wir seine Affären sehr genau, ganz minutiös verfolgt bis fünf Monate vor seinem Tod. Bei Jules Payan bis zweieinhalb Monate vor seiner Ermordung. Da versanden die Spuren. Nichts mehr, gar nichts. Es ist also anzunehmen, dass beide zu einem bestimmten Zeitpunkt einer Frau begegnet sind – vermutlich war es dieselbe –, auf die sie sofort völlig fixiert waren, dass diese Person aber derartig diskret war und auch so viel Diskretion gefordert hat, dass es unmöglich ist, sie ausfindig zu machen…»

«Sie behaupten also, dass es keiner Rivalin, keiner gewesenen und keiner zukünftigen, gelungen wäre, diese Person zu entlarven und sie uns auf einem Tablett zu servieren?»

«Offenbar nicht, da sich niemand gemeldet hat.»

«Aber diese Person selbst? Wie konnte sie reaktionslos hinnehmen, dass nacheinander zwei ihrer Liebhaber ermordet werden? Sie muss doch zwischen den beiden Morden einen Zusammenhang gesehen haben.»

«Sicher hat sie Angst», sagte Chabrand.

Er stand auf und ging zum Fenster. Der düstere Novembertag umlagerte die Dächer von Digne und die ehemaligen Scheunen mit den aufgerissenen Türen, wo höchstens noch ein paar in den Seilscheiben des Heubodens verfangene Strohhalme im Wind bebten. Alles kündete von längst entschwundenen Wonnen. Zum ersten Mal verdüsterte sich die sonst so standfeste Seele des Richters und Angst schnürte ihm die Kehle zu. Jenseits der Ermordeten ahnte er ein lebendes Opfer. Ein unbekanntes, gesichtsloses Opfer, dem er seine noch tastende, noch blinde Zuneigung entgegenbrachte.

«Sie hat Angst…», wiederholte er leise.

Der Kommissar, der seinerseits aufgestanden war, neigte sich zum Fenster hin.

«Oder aber…», sagte er, «mir fällt eine andere mögliche Erklärung ein: Wenn sie sich einfach nicht vorstellen kann, dass…? Es gibt Fälle, da kann man sich einfach nicht vorstellen…»

Beide standen sie am Fenster, wie durchtränkt von der

Wahrheit, die der Wind draußen auf seinen Flügeln trug, die zu erfassen ihre wachsamen Sinne jedoch außerstande waren.

Es gab Neuigkeiten über den Mörder.

Zwei Wildschweinjäger, die um den 15. Dezember herum die Wälder in der Nähe der Kapelle Saint-Michel-des-Fusils durchstreiften, waren neugierig geworden, als sie seltsame Geräusche gehört hatten. Diese Geräusche kamen aus einem Vorbau der Kapelle, wo der Pfarrer einst sein Holz für den Winter aufbewahrte und heute nur noch ein paar Kieshaufen der Straßenverwaltung lagen, damit bei Bedarf der Waldweg ausgebessert werden konnte.

Nach ihrem eigenen Eingeständnis hatten die beiden nicht sonderlich phantasiebegabten Männer die Geräusche wohl schon eine Viertelstunde lang vernommen, ehe sie dann tatsächlich neugierig wurden.

«Aber was waren das denn für Geräusche?», fragte Laviolette.

«Tja… das war so ein Geräusch… Ein Geräusch… wie könnte man das beschreiben?»

Über den dichten Augenbrauen und den eng nebeneinander liegenden Augen bildete sich auf ihrer Stirn ein enges Muster von Falten, so sehr dachten sie nach.

«Das gleiche Geräusch habe ich schon einmal gehört, als ich ein kleiner Junge war!», sagte der eine plötzlich. «Das war beim Marquis d'Ille. Meine Großmutter arbeitete dort als Geschirrwäscherin, wenn er große Abendempfänge gab. Und da erinnere ich mich an das Geräusch: Es war abends um acht, wenn die Gäste zur Suppe gerufen wurden!»

«Ein Gongschlag vielleicht?», fragte Laviolette.

«Ja genau! Ein Gongschlag!»

«Ja und dann? Was habt ihr dann gemacht?»

Was sie gemacht hatten? Nun ja. Erstens war es halb vier Uhr nachmittags. Und an einem 15. Dezember um diese Zeit ist es nicht mehr besonders hell. Und zweitens stieg da so ein Nebel oder ein Dunst von der Erde auf… ja was eigentlich, wie soll man so was schon nennen?

«Nun ja, es war nicht so dunstig, dass wir auf das Jagen verzichten wollten, man hat ja seinen Stolz, und nicht licht genug, dass wir ein Wildschwein hätten schießen können, falls uns wunderbarerweise eins über den Weg gelaufen wäre. Und siehe da, plötzlich haben da die zwei Hunde etwas aufgespürt. O nein, eine Wildsau war's nicht, bei Gott nicht! Ein Hase vielleicht? Oder ein Kaninchen? Nein! Ein Eichhörnchen. Beide Hunde bissen und schüttelten an einem Baum herum und bellten, was das Zeug hielt. Haben Sie schon mal zwei kräftige Dackel gehört, die etwas aufgespürt haben? Die konnte man sicher bis nach Chabrières hören. Und plötzlich sagst du mir dann, ich meine, sagt mir mein Kumpel: ‹Guck!› und deutet auf den Vorbau. Und ich guck hin. Und ich seh was…»

«Dasselbe wie das, was ich gesehen habe», wirft der Kumpel ein.

«Ihr habt ‹etwas› gesehen?», wiederholte Laviolette mit gefalteten Händen, den Blick flehend zur Decke gerichtet.

«Ja genau: etwas eben. Was sollen wir Ihnen denn erzählen? Es war ganz genau so, wie wir's gesagt haben: halb vier Uhr nachmittags, so ein Nebel-Dunst, ich weiß auch nicht genau, und – der Vorbau… so in 250 Meter Entfernung! Kein Wunder, dass wir da sagen: etwas!»

«Und wie sah dieses Etwas aus, falls es keine fliegende Untertasse war?»

Sie spitzten beide die Lippen, reckten die Stirn und die

Nase nach vorn. Dann gaben sie einen Laut von sich, der bedeuten sollte: «Das ist zu viel verlangt.»

«Verstehen Sie, als ich meinen Kumpel gerufen und ihm gesagt habe: ‹Guck!›, da hatte uns das Etwas schon den Rücken gedreht und war am Verschwinden ... so um halb vier Uhr nachmittags!»

«Aha! Wir machen Fortschritte! Dieses Etwas war also ein Jemand.»

«Ääh ... Äääh ...»

«Was soll das: ääh ... bäääh? Ihr seid doch keine Schafe! War es also jemand? Ja oder nein?»

«Ääh ... ja!»

«Na also! Sie haben also jemanden von hinten gesehen und dann haben Sie Ihren Kumpel gewarnt?»

«Richtig.»

«Gut. Und wie sah er aus, dieser Jemand?»

«Der hatte so eine Pelerine um.»

«Oder eine weite Joppe.»

«Und eine Baskenmütze!»

«Es hätte ein Gebirgsjäger sein können.»

«Oder ein Schulkind.»

«Nein, eine Pelerine war's nicht.»

«Woher willst du das wissen? Sogar du hast ja schon keine mehr getragen!»

«Und was ist mit der Baskenmütze?»

«Vielleicht war's keine Baskenmütze. Vielleicht waren's nur längere, hoch gebauschte Haare, wie die jungen Leute sie heutzutage tragen.»

«Fünf Zentimeter schlägt er dabei raus, mein Junge; er findet nämlich, dass er nicht groß genug ist ...»

«Und meiner ...»

Sie waren nicht mehr zu bremsen. Aber man konnte ihnen

auch nichts weiter entlocken. Sie hatten den Mörder «gesehen», aber sie wussten nicht, wie er aussah.

«Also gut!», unterbrach Laviolette resigniert ihre Diskussion. «Und dann? Was habt ihr dann gemacht?»

«Dann sind wir halt unter das Vordach hingegangen...»

«Und natürlich habt ihr rundherum alles zertrampelt, so dass, falls es irgendwo eine Spur gegeben hätte...»

«Och, wissen Sie, da ist alles mit Steinen gepflastert. Spuren waren da keine. Die hätten wir gesehen.»

«Und drumherum?»

«Drumherum, da ist eine richtige Wiese. Das Gras ist zehn Zentimeter hoch. Da lassen nur die Hunde ihre Spuren, weil sie sich im Gras wälzen.»

«Gut. Und dann?»

«Dann sind wir, wie wir schon gesagt haben, unter das Vordach gegangen, und da haben wir es gefunden.»

«Was denn?»

«Es ist noch im Auto draußen. Wollen Sie es sehen?»

«Aber ich bitte darum, wenn es nicht zu viel verlangt ist», sagte Laviolette höhnisch. «Aber natürlich habt ihr ‹es› auch reichlich befummelt?»

«Wir mussten's Ihnen doch bringen!»

«Also gut. Dann holt das Ding.»

Sie gehorchten. Der Lieferwagen stand draußen vor dem Tagungszentrum. Kurz danach kamen sie zurück. Laviolette hörte sie im schmalen Flur draußen schnaufen. Sie trugen ein dreieckiges Blechschild vor sich her, auf dem ein Straßenarbeiter dargestellt war, der sich über einen Steinhaufen neigte.

«Verdammt!», zischte der Kommissar. «Haben Sie das gesehen, Courtois?»

An der Stelle, wo sich der Kopf des Straßenarbeiters hätte befinden sollen, war das Blech zerbeult und das Email abgesprungen. Auf der Rückseite des Schilds sah man als Relief die Ausbeulungen im Metall.

Mit roter Kreide zeichnete Laviolette einen Kreis von zwanzig Zentimetern Durchmesser, und zwar genau um den Punkt, an dem sich der Kopf des Straßenarbeiters befunden hatte. Mit der Spitze seines Bleistifts zählte er die Dellen in dieser Fläche. Es waren acht Stück, alle in dem Kreis verteilt. Und keine einzige Delle anderswo auf dem Blechdreieck.

«Und unter dem Schild haben wir auch das gefunden.»

Einer der beiden Jäger präsentierte auf seiner offenen Hand einen entzweigesprungenen Bléone-Kiesel. Schweigend nahm Laviolette die beiden Stücke und versuchte, ihr Gewicht abzuschätzen.

«Glauben Sie … dass wir den Mörder gesehen haben?», fragte einer der beiden Zeugen.

«Ach, ihr nennt das ‹sehen›? Nein, natürlich nicht. Das war sicher jemand, der für die Olympischen Spiele trainierte. Auf jeden Fall wisst ihr von nichts, verstanden? Den Journalisten erzählt ihr nichts.»

«Oh! Da können Sie ganz beruhigt sein: Wir sind schweigsam wie ein Grab.»

«Und im Übrigen schreiben wir uns eure Adressen auf. In ein paar Tagen brauchen wir euch.»

Als sie weg waren, blieben Laviolette und Courtois nachdenklich vor dem beschädigten Baustellenschild stehen.

«Da ist jemand schrecklich wütend.»

«Ja, jemand der schrecklich genau zielen kann.»

«Auf jeden Fall ist das eine Antwort auf eine Reihe von Einwänden, die wir mehrfach gehört haben: Jemand, der geschickt genug ist, um mit einem schlichten Kiesel achtmal einen Kreis von zwanzig Zentimetern Durchmesser zu treffen, kann sehr wohl mit dem gleichen Kiesel einen Menschen umbringen, egal unter welchen Umständen.»

«Wenn er ihn von Hand wirft? Glauben Sie?»

«Nein, das glaube ich nicht. Aber auf alle Fälle ist es jemand, der eifrig trainiert...»

«Und regelmäßig...»

«Und wenn er trainiert, dann bedeutet das, dass er in Übung bleiben will. Und wenn er in Übung bleiben will, dann heißt das, dass schon ein anderer auf seiner Liste steht... Gut! Haben Sie alles notiert?»

«Baskenmütze, Gebirgsjäger, Pelerine, weite Joppe, hoch frisiertes Haar...»

«Ziemlich mager als Personenbeschreibung!»

Er lachte sarkastisch auf. «Wenn ich daran denke, dass andere für so was Phantom-Bilder zur Verfügung haben! Nun denn, setzen Sie alle Mann auf diese Geschichte an. Rufen Sie die Gendarmerie an... Es sollen alle loslegen.»

«Sie wollen doch nicht sagen, dass wir alle Baskenmützenträger suchen sollen? Alle Gebirgsjäger? Alle Pelerinenträger oder -trägerinnen?»

«Doch, genau das will ich sagen. Und wer kein Alibi anzubieten hat, spricht heute Nachmittag zwischen vierzehn und siebzehn Uhr hier vor.»

«Das geht doch nicht! Das können Sie doch nicht im Ernst von unseren paar Leutchen Personal erwarten!»

«Aber ja doch, mein lieber Courtois, aber ja doch! Wenn ein Mörder spazieren geht und für seinen nächsten Mord trainiert, darf man keinen Aufwand scheuen. Es kommt überhaupt nicht in Frage, dass wir unsere lieben Mitbürger friedlich schlafen lassen. Auf geht's, Befehl ausführen! Ich werde derweil den Richter aufsuchen. Man wird uns zur Erfüllung unseres Auftrags alle notwendigen Mittel zur Verfügung stellen!» Er zog seinen Mantel an und wickelte sich den Schal um. «Und wissen Sie, mein lieber Courtois: Sie sollten sich ein wenig ernsthafter um Ihre Fortbildung kümmern. In Digne gibt es demnächst eine Stelle zu besetzen.»

«Welche?»

«Meine. Ach ja, und denken Sie daran: Bringen Sie den Kiesel und das Schild zum Erkennungsdienst. Diese verdammten Jäger haben zwar alles nach Kräften betatscht, aber man kann nie wissen...»

Als sein Chef das Zimmer verlassen hatte, blieb Courtois sprachlos auf der Schwelle stehen.

«Zur Erfüllung unseres Auftrags!», wiederholte er mehrfach. «Zur Erfüllung unseres Auftrags! Der hat nicht mehr alle Tassen im Schrank.»

Nach acht Tagen anstrengender Recherchen stieß man auf einen pensionierten Postbeamten, der seine Baskenmütze wie die Haube eines Zwiebeltürmchens auf dem Kopf trug. Und einen Gebirgsjäger, der sich gerade mit Urlaubschein in Digne aufhielt und von Jausiers heruntergekommen war. Man zögerte bei ein paar Schülern der Oberschule «Maria Borrelly», die sich André-Gide-Allüren gaben, indem sie sich mit Mönchspelerinen und graubraunen Filzhüten verkleideten, aber schließlich wurden sie vorgeladen, weil man ihnen klarmachen wollte, dass man mit der Polizei keinen Mummenschanz treiben darf. Und zu guter Letzt, um das Maß voll zu machen und die öffentliche Moral zu schützen, schnappte man noch einen rothaarigen Hippie. Es wäre auch in der Tat nicht normal gewesen, wenn man nicht wenigstens einen Vertreter dieser Teufelsbrut verdächtigt hätte, wo sie doch in der Vorstellungswelt der Leute die Landstreicher des 19. Jahrhunderts abgelöst hatten.

Als dieser magere Trupp versammelt war, verlud man ihn eines Nachmittags gegen zwei Uhr in zwei klapprige Citroën-Geländewagen, die wiederum von zwei Polizeiautos eskortiert wurden, und auf ging's zur Kapelle Saint-Michel-des-Fusils. Im Vorbeifahren schnappte man sich noch die beiden Jäger aus Sieyès. Zum Glück war das Wetter das gleiche wie am 15. Dezember. Dunst oder Nebel, so genau konnte man das nicht sagen, stieg vom herbstregenfeuchten Boden empor.

«MÖRDER VON DIGNE TRAINIERT
FÜR SEINEN NÄCHSTEN MORD»

Diese reißerische Überschrift auf der Titelseite einer Tageszeitung und noch ein paar weitere vom selben Kaliber klärten Kommissar Laviolette darüber auf, dass es der Presse – vermutlich mit Hilfe von zahlreichen Pastis – gelungen war, jenes Grab aufzustemmen, das die beiden Wildschweinjäger zu sein vorgegeben hatten. Also ließ er anlässlich des besagten Ortstermins den Waldweg zur Kapelle mit Hilfe eines Kastenwagens der Gendarmerie sperren.

Den armen Journalisten blieb nichts anderes übrig, als die vier Kilometer zu Fuß zurückzulegen und die Strecke über schmale Waldpfade abzukürzen. Die Rüstigsten wagten die Wanderung, darunter auch eine Frau und der ewig lächelnde Japaner. Während sie ihre eleganten englischen Lodenmäntel an den stacheligen Schlehenhecken zerfransten, bereiteten sie im Geiste für Kommissar Laviolette schon herrliche Schlagzeilen vor und tauchten ihre Federn schon in das Kupfervitriol, womit sie seine Heldentaten schildern würden.

Aber vorerst wurden sie von den zur Verstärkung herbeigerufenen Gendarmerieeinheiten und Feuerwehrleuten in gebührendem Abstand gehalten. So konnten sie zwar nicht viel sehen, aber umso besser phantasieren.

«Aufgepasst!», sagte Laviolette zu den beiden Zeugen. «Von dem, was ihr jetzt aussagen werdet, hängt möglicherweise das Leben von einem oder mehreren eurer Mitbürger ab. Vielleicht sogar euer eigenes.»

«Unser eigenes? Was soll denn das: unser eigenes? Wir haben doch nichts getan!»

«Der ist vielleicht komisch! Und Jeannot Vial? Und Jules Payan? Haben die vielleicht was getan? Wisst ihr denn, warum der Mörder tötet? Wisst ihr, nach welchen Kriterien er sich seine Opfer aussucht? Also! Warum nicht euch, hm? Die Frage ist doch eine kleine Anstrengung wert, oder? Aber Vorsicht! Keine Phantasieanstrengung! Eine schlichte Gedächtnisanstrengung, bitte sehr! Stellt euch genau da hin, wo ihr wart, als ihr diese Gestalt gesehen habt.»

Das schien ganz einfach zu sein. Aber nein, das war es nicht. Sie diskutierten mindestens fünf Minuten herum.

«Ach was, da war's nicht, Laurent. Es war ein Stück weiter.»

«Quatsch! Ich sag es dir, Jean, hier war's.»

«Überhaupt nicht. Dieser Baum da, der war links von uns.»

«Stimmt doch nicht. Der Feigenbaum da war's, rechts.»

«Auf jeden Fall hatten wir den Telegrafenmast nicht direkt vor der Nase...»

«Aber klar! Genau vor der Nase. Die beiden Dackel

haben ihn angepinkelt, bevor sie zur Eiche dort rübergelaufen sind, wo sie das Eichhörnchen aufgescheucht haben.»

«Zur Eiche? Du hast sie wohl nicht alle! Es war die Buche dort drüben, auf der anderen Seite vom Weg.»

Und so weiter...

Schließlich verständigten sie sich auf eine verhältnismäßig genaue Stelle, aber sie stritten weiterhin leise miteinander, bis unter dem Vordach die erste Gestalt erschien.

Der pensionierte Postbeamte mit der Baskenmütze war der Erste, danach war der Gebirgsjäger mit dem Barett an der Reihe. Sie tauchten in der Nachmittagsdämmerung unter dem Vordach hervor, wie man es ihnen befohlen hatte, und verschwanden wieder seitlich.

Aber nein, das Barett des Gebirgsjägers war zu breit und er trug es zu weit seitlich. Die Baskenmütze des Postbeamten war zu schmal, zu rund, und außerdem hatte die so ein Zipfelchen in der Mitte... Nein, das war es nicht!

Und was war mit den romantischen Capes der Schüler – die sich übrigens köstlich amüsierten?

«Nein! Wenn es überhaupt eine Pelerine war – wir sind ja nicht sicher, dass es eine war –, dann war sie heller», behauptete Laurent.

«Dunkler», erwiderte Jean. «Und was soll dieser ausgebeulte Pfadfinderhut? Nein, wirklich nicht! Wir wissen zwar nicht genau, wie er aussah, aber so jedenfalls nicht!»

Dann war der Sündenbock-Hippie an der Reihe. Die Zeugen erklärten, es sei überflüssig.

«Warum?»

«Ach was! Diese lange Latte!»

«Wie groß sind Sie?», fragte der Kommissar.

«Keine Ahnung. Ich bin noch nie gemessen worden», antwortete der Hippie.

«Ein Meter vierundachtzig!», erklärte der Jäger namens Laurent.

«Sechsundachtzig!», verbesserte der Jäger namens Jean.

Der Kommissar kratzte sich an der Nase und ließ sich einen Zollstock bringen. Der Hippie wurde an den Telegrafenmast gestellt. Trotz Widerstands hob ihm ein Fachmann vom Erkennungsdienst das Kinn an. Auf dem Mast wurde ein Strich gezogen. Dann wurde gemessen. Ein Meter fünfundachtzig!

«Sehen Sie!», frohlockten die beiden Jäger.

Nachdenklich betrachtete der Kommissar die sechs vor ihm aufgereihten Gestalten.

«Wie könnt ihr denn so sicher sein? Bei allem anderen seid ihr unpräzise, ausweichend, und da, wie aus heiterem Himmel, seid ihr sicher und ganz entschieden.»

Die beiden Jäger wechselten einen belustigten und leicht überheblichen Blick.

«Wir sind halt Jäger, verstehen Sie!», erklärten sie. «Und es ist noch nie etwas schiefgegangen, nicht ein einziges Mal. Auf die Höhe kommt es an bei der Jagd, das ist ganz entscheidend. Je nachdem, wie hoch das Wild ist, weiß man, womit man es zu tun hat. Wenn man die Flughöhe eines Vogels richtig einschätzt, kann man entsprechend knapp drüberhalten. Das nennen wir *vista*, und wer die hat, der weiß auch, dass ein Mensch, selbst wenn er sich niederkauert oder kniet, in der Schulter immer höher ist als das Wild hier in unserer Gegend und die Äste immer weiter oben bewegt. Täuschen lassen sich da nur die kleinen Ballerer. Für den Jäger ist ganz entscheidend, dass er die Höhe eines Ziels richtig abschätzen kann.»

«Merkwürdig», dachte Laviolette, «wie intelligent ein Trottel wird, sobald er über Dinge redet, die er gut kennt.»

Er bedeutete den beiden Zeugen, sie sollten auf die Kapelle zugehen, und Courtois, er möge ihnen mit Metermaß und Notizblock folgen.

Die vier Männer blieben vor der Säule des Vorbaus stehen, die links vom Eingang den Dachstuhl stützte und aus viereckigen, senkrecht aufeinander gefügten Quadern bestand.

«Sie, Laurent, zeigen Sie mir doch mal, wie hoch das ‹Etwas› war, das Sie gesehen haben.»

«So!», zeigte er.

«Und Sie, Jean?»

«Hier!», sagte Jean.

Zwischen den beiden Punkten, die die beiden auf einem Steinblock bezeichnet hatten, waren kaum drei Zentimeter Unterschied.

«Und ihr seid euch da ganz sicher? Trotz Nebel? Obwohl es halb vier war?»

«Ja. Wir täuschen uns nicht.»

«Ihr habt die Kleidung nicht richtig gesehen, ihr habt nicht erkennen können, ob es ein Mann oder eine Frau war, ob der Mensch eine Kopfbedeckung trug oder nicht, ob er dick oder dünn war, aber was die Größe anbelangt, seid ihr ganz sicher?»

«Wir haben Ihnen doch erklärt, warum wir uns in diesem Punkt nicht täuschen können, Kommissar!»

Die beiden waren ganz aufgekratzt. Courtois hatte seinen Zollstock an der Säule angesetzt und maß.

Eine Weile schauten die beiden Jäger dem Polizisten zu, angestrengt nachdenkend. Dann verschwand plötzlich die Heiterkeit aus ihrem Gesicht. Wie in einer Inszenierung legten sich beide zugleich die Hand auf den Mund.

«Verdammte Scheiße!»

«Ja, ja,» sagte Laviolette. «Am Ende seid ihr mir trotzdem ganz nützlich gewesen. Aber ich schwöre euch, bei meiner Berufsehre, dass mir vor Jahresende was einfällt, um euch beide mindestens vierzehn Tage lang einzulochen, wenn ihr den Journalisten auch nur ein einziges Wort von alledem erzählt. Merkt euch das!»

«Oh, das brauchen Sie uns nicht noch mal zu sagen! Um aus uns herauszuquetschen, was wir jetzt wissen, müssten die uns was anderes als Pastis bezahlen!»

«Doch, doch, das kann ich euch gar nicht oft genug sagen!», erklärte Laviolette betont gutmütig. «Von jetzt an kann der Mörder glauben, dass ihr etwas wisst, was für ihn gefährlich ist. Deshalb würde ich mich an eurer Stelle erst mal ein wenig tot stellen. Sonst braucht ihr euch demnächst vielleicht gar nicht mehr tot zu *stellen*. Ich weiß nicht, ob ich mich deutlich genug ausdrücke.»

«Och, wir verstehen es auch durch die Blume, keine Angst!»

Als es dunkel wurde, fuhr die ganze Korona wieder nach Digne hinunter. Nach einigem Palaver zwischen dem Kommissar und dem Einsatzleiter durften die Journalisten aus Gründen der Menschlichkeit in den Kastenwagen der Gendarmerie einsteigen.

Während der langen Abfahrt machte Laviolette den Mund nicht auf. Er vergaß sogar, sich eine Zigarette zu drehen. Er blickte sehr düster.

Zur Wintersonnenwende fand man einen toten Hasen unter den Lärchen des Deffand-Waldes. Er war beim Aufspringen aus der Sasse erwischt worden, ein Bléone-Kiesel hatte ihm den Kopf zertrümmert. Diejenigen, die ihn fanden, wollten ihren Fund zunächst verheimlichen, aber der Hase war zu klein für alle, worauf sich schließlich ihr Gewissen regte. So brachten sie das Corpus Delicti zu Kommissar Laviolette, ebenso den Kiesel, der den Hasen auf der Stelle getötet hatte. Und da sie klüger waren als die Jäger von Sieyès, hatten sie daran gedacht, das Wurfgeschoss in ein Taschentuch zu wickeln. Aber es half nichts. Der Stein wies keinerlei Fingerabdrücke auf und lieferte kein Indiz.

Zwischen Weihnachten und Neujahr schließlich wurde auch ein Musiker der Stadtkapelle, als er nach einer Probe nach Hause ging, Zeuge eines sonderbaren Vorgangs. Da sein Auto gerade streikte, ging er zu Fuß zu seiner Wohnung im Bahnhofsviertel zurück und überquerte dabei die Bléone-Brücke. Er machte folgende Aussage:

«Und dann hörte ich ein seltsames Geräusch. Da war jemand, der unten, unter der Brücke, auf den Kieseln ging... Und manchmal blieb er stehen... Und wenn er stehen blieb, hörte ich, wie mit Steinen herumhantiert wurde... Und dann nichts mehr... Und dann hörte ich, wie er einen Stein wegwarf... Und wieder nichts mehr... Und dann... dann ging er wieder weiter. Und hielt wieder. Und hantierte wieder mit Steinen herum... Und warf wieder einen Stein weg. Und so weiter, und so weiter, drei, vier, fünf Mal. Ich war ganz leise. Ich lehnte mich so weit ich nur konnte über das Geländer, um etwas zu sehen. Aber nichts! Da unten war dichtester Nebel. Ich konnte kaum die Straßenlaterne sehen, zehn Meter weiter.»

«Und Sie sind nicht auf die Idee gekommen, mal genauer nachzusehen, was da los war?»

«Von wegen! Genauer nachsehen! Bei alledem, was hier derzeit so passiert, weiß man nie genau, was einem blüht, wenn man mal ein bisschen genauer nachsieht.»

«War vielleicht auch besser so...», sagte Laviolette.

Sobald diese unerfreulichen Details bekannt wurden, sperrte sich Digne in seine Angst ein. Schon um neun Uhr abends ergab sich wie von selbst eine Art Ausgangssperre. In den hell erleuchteten Kneipen standen die Kellner in ihren weißen Jacken an den Fenstern und warteten vergebens auf die Stammgäste, die sonst Billard oder Karten spielten. Ohne die unerschrockenen und als Gäste höchst ausgabefreudigen Journalisten wäre der Umsatz deutlich geschrumpft. Nachdem er den Untersuchungsrichter zu Rat gezogen hatte, erklärte Laviolette:

«Ich werde eine Konferenz geben. Laden Sie die Presse ein.»

«Sie, Chef? Eine Pressekonferenz?»

Courtois dachte, er hätte nicht recht gehört.

Als die Journalisten, etwas beengt, in seinem Büro saßen und er ihnen das Rauchen erlaubt hatte, begann Laviolette folgendermaßen:

«Meine Herren, ich habe Sie nicht herbestellt, um Ihnen Enthüllungen zu bieten.»

Ein Raunen ging durch den Raum.

«Ich habe Sie hier versammelt, weil ich der Meinung bin, dass die Information mit Ihrer Hilfe besser durchdringt, als wenn ich in den Lokalseiten der Regionalpresse ein trockenes Kommuniqué veröffentliche. Bei Ihrer Phantasie wird die Sache noch makabrer klingen.»

Protestgemurmel war die Antwort. Laviolette legte einen Finger auf seine Lippen.

«Kurz und gut», fuhr er fort, «ich will die Bevölkerung von Digne warnen. Sie sind in der letzten Zeit ganz schön auf Ihre Kosten gekommen...»

«Das haben wir nicht gerade Ihnen zu verdanken...»,

murrte jemand ganz leise, während die Stifte auf dem Papier kratzten.

«Sie sind auf Ihre Kosten gekommen», wiederholte Laviolette, «was gewisse bedeutsame Ereignisse betrifft.»

«Aber was bedeuten sie?»

«Es scheint, dass der Mörder ganz bewusst seine Vorgehensweise offenbaren und von sich aus, vorsichtig zwar, aber immerhin, einige Details seiner Persönlichkeit enthüllen wollte, die allerdings so vage sind, dass sie uns auf keinen Fall zu ihm führen werden.»

Immerhin machte der Korrespondent von *Le Monde* einen dicken roten Strich unter die Notizen, mit denen er das Ende von Laviolettes Satz festhielt. Am selben Abend noch konzentrierte er sich voll auf dessen Wortlaut, was zur Folge hatte, dass am nächsten Morgen ein sehr scharfsinniger Artikel erschien, den Laviolette mit größtem Interesse las.

«Zu welchem Zweck soll er das getan haben?», fragte noch jemand.

Der Kommissar überlegte ein paar Sekunden lang, was er antworten sollte.

«Ich glaube», sagte er schließlich, «dass der Mörder jemanden einschüchtern und ihn davon abhalten will, etwas Bestimmtes zu tun. Als Warnung sozusagen. Ähnlich wie die Elektrizitätswerke Schilder anbringen: ‹Elektroleitungen berühren streng verboten. Lebensgefahr auch bei am Boden liegenden Kabeln!› Verstehen Sie, was ich meine?»

«Aber wovon will er ihn abhalten? Wozu?»

«Ja, wenn ich das wüsste, wäre ich jetzt schon damit beschäftigt, Ihnen die Geschichte zu erzählen. Aber zu meinem Leidwesen müssen Sie darauf noch etwas warten. Es gibt einen einzigen Hinweis, eine einzige Besonderheit: Beide Opfer, Jeannot Vial und Jules Payan, hatten, abgesehen von der Tatsache, dass sie auf die gleiche Art und Weise umgekommen sind, in den Monaten vor ihrer Ermordung jemanden kennen gelernt, den wir trotz aller Bemühungen nicht identifizieren konnten. Einen Mann? Eine Frau? Wir wissen es nicht. Sie haben ihr Geheimnis mit ins Grab genommen. Deshalb möchte ich mit Ihrer Hilfe zwei Dinge erreichen. Erstens: dass die Person, die sie vor ihrem Tod kennen gelernt haben, sich sofort bei der Polizei meldet. Zweitens: dass zu dieser späten Jahreszeit, die günstig ist für allerlei... Begegnungen, jeder Einwohner von Digne, der eine neue Bekanntschaft macht, mich sofort benachrichtigt!»

Flüchtiges Lächeln huschte über die Lippen der Korrespondenten. Die männlichen Wesen schauten sich von der Seite an; die Frauen wagten nicht, von ihren Notizblöcken aufzuschauen. Der Kommissar nahm sich Zeit, um sich eine Zigarette zu drehen und sie anzuzünden.

«Und jetzt», fuhr er fort, «werden Sie etwas zu lachen haben. Ich weiß, dass Sie alle sehr mutig sind und vor nichts zurückschrecken. Meine Landsleute sind es auch. Zurzeit jedoch vermeiden es alle, außer denjenigen, die von unaufschiebbaren Verpflichtungen gerufen werden, nachts das Haus zu verlassen und zwischen neun Uhr abends und sieben Uhr morgens draußen spazieren zu gehen. Dafür bin ich ihnen sehr dankbar, denn ich habe ohnehin schon genug zu tun. Aber darauf muss ich Sie noch einmal mit Nachdruck hinweisen: Der Mörder tötet immer nachts und immer mit der gleichen Waffe, einem Kieselstein, mit dem er sein Opfer erschlägt. Wenn Sie ein Kieselstein am Fuß, auf der Brust oder zwischen den Beinen trifft, wird er Ihnen wehtun, aber er wird Sie nicht umbringen. Am Kopf jedoch und wenn er mit der...» (Fast hätte er gesagt: «anatomischen Genauigkeit», aber er zensierte seine eigenen Worte, denn das wollte er besser noch nicht offenbaren) «... Zielsicherheit geschleudert wird, zu der der Mörder, wie wir jetzt wissen, fähig ist, gibt es kein Pardon. Also möchte ich Ihnen folgenden Rat geben: Falls Sie sich unbedingt nachts in Digne herumtreiben müssen, dann tragen Sie doch bitte einen Integralhelm.»

Dieser Satz rief schallendes Gelächter hervor. Sie hörten überhaupt nicht mehr auf, bogen sich, schlugen sich auf die Schenkel. Einer der Journalisten verstieg sich sogar dazu – er hatte einen unverkennbaren Lausanner Akzent – ein provençalisches Witzchen von sich zu geben:

«D'aqueou commissaire pas men!»

Laviolette überließ sie ihrer Heiterkeit. Auf seinen Hängebäckchen erschienen lediglich zwei Mona-Lisa-Grübchen. «Wenn sie wüssten, welchen Trumpf ich noch im Ärmel habe!», dachte er.

Die allgemeine Fröhlichkeit wuchs am folgenden Tag noch weiter an. Nachdem ein holländischer Journalist seiner Redaktion per Telefon einen recht geistreichen Artikel durchgegeben hatte, bekam er ein Telegramm von seinem Chefredakteur: «Sind der Meinung der Polizei. Nach Konsultation des Versicherungsbezirksvertreters erfahren wir, dass die *Solothurn* sich weigern würde, Schadensersatz zu leisten, falls nicht alle Vorsichtsmaßnahmen ergriffen werden. Anweisung der Direktion: Helmpflicht.»

Da der Unglückselige Frau und Kinder hatte, ging er schweren Herzens ins nächste Sportgeschäft und kaufte sich einen Motorradhelm. Und zur Steigerung der Freude gab es nur noch einen, und der war rot! Als er am nächsten Abend kurz vor neun im *Café des Sports* erschien mit dieser Trophäe unterm Arm – er wagte es doch nicht, das Ding zu tragen –, wurde er mit Freudengeheul begrüßt. Man dachte, es sei ein Witz. Man klopfte ihm auf die Schulter, um ihn zu diesem herrlichen Einfall zu beglückwünschen. Man bezahlte ihm eine Runde nach der andern. Man nannte ihn « Helmmut».

Das aufmunternde Lachen inmitten der unausgesprochenen allgemeinen Angst hielt noch lange an und heiterte die Abende in Digne auf.

Exakt bis zum 3. Februar.

~ 6 ~

«MADRE *de dios!* Warum denn immer ich? Womit habe ich diesen Fluch verdient?»

Es war der Lange, wie immer mit dem zerfransten Zigarettenstummel im Mundwinkel, die Lippen gefährlich verschwollen, wie immer in Espadrilles, trotz der fünf Zentimeter Schnee. Er verspielte so viel Geld im Lotto, dass er sich nie ein Paar Schuhe leisten konnte.

Die Szene spielte sich genau neben einer Telefonzelle ab, und zum Glück hatte er gerade noch zwei Francs-Stücke in der Tasche.

«Hallo! Hier Chinchilla!»

«Wie bitte?»

Der Gesprächspartner am anderen Ende der Leitung brach in ein gewaltiges Gelächter aus.

«Da gibt's nichts zu lachen! Hier Chinchilla! Antonio Chinchilla! Hier liegt schon wieder eine Leiche!»

Er legte auf, denn Digne war nicht mehr das friedliche Städtchen von einst. Jede Nacht waren in den Hauptverkehrsstraßen und der Umgebung Gendarmeriepatrouillen unterwegs, und als sich besagter Chinchilla, Antonio umdrehte, sah er zwischen zwei Platanen einen Streifenwagen, dessen Scheinwerfer die Szene beleuchteten. Also gab es keinen Grund mehr, die Polizeiwache zu benachrichtigen.

Der blinkende Müllwagen stand neben dem großen Weihnachtsbaum, der seit den Feiertagen auf der De-

Gaulle-Esplanade prangte, und rechts und links davon standen die beiden maghrebinischen Müllarbeiter in ihren orangefarbenen Jacken. Anfang Januar war der Baum von seinen Girlanden und Lichtern entblößt worden, und seitdem stand er da, dürr und zitternd im eiskalten Wind, abgesägt für alle Ewigkeit. Und niemand hatte es gewagt, ihn mit der Motorsäge zu zerkleinern und ihn auf den Müll zu bringen. Man wartete lieber, bis er endgültig wie eine Baumleiche aussah. Aber obwohl er nun keine Wurzeln mehr hatte, wollte er sich partout nicht dazu entschließen, seine grüne Farbe und seine Nadeln aufzugeben. Schließlich hatten am Vorabend die Müllarbeiter den Auftrag bekommen, ihn zu entfernen.

Den Toten hatten sie entdeckt, als sie vor dem Weihnachtsbaum anhielten und unmittelbar bevor der Polizeiwagen vom Boulevard Victor-Hugo einbog.

Mit einem einzigen Blick hatte Chinchilla ein schönes weißes Fahrrad, das am Baum lehnte, registriert und den Mann, der auf dem Bauch lag, quer auf der Flanke des großen, schneebedeckten Erdhaufens neben dem Loch von der Baustelle.

«Vorsicht!», riefen die Polizisten zum Wagen heraus. «Rühren Sie sich nicht vom Fleck! Bleiben Sie stehen, wo Sie sind.»

Sie stiegen aus, blieben aber ebenfalls in gebührendem Abstand stehen.

Es waren Courtois und der Brigadier Mistigri. Chinchilla blieb verdutzt an der Tür der Telefonzelle stehen. Und die beiden Araber hielten unentschlossen die Motorsäge, die sie gerade aus dem Müllwagen geholt hatten, um den Baum zu zerlegen.

Die Schneedecke war weich, aber dicht, die Flocken

waren vor weniger als einer Stunde gefallen und hatten sich am Rand der geräumten Straßen über die alten schmutzigen Schneehaufen gelegt, die tagsüber zu schmelzen begannen und nachts wieder festfroren. Von den Stellen um die warmen Schornsteine herum tropfte ein bisschen Tauwasser über die Dachkanten und bewirkte einen schmalen schneefreien Streifen vor den Hausmauern.

Dank der Funkverbindungen dauerte es kaum zehn Minuten, bis der Ort des Verbrechens von Polizisten umringt war. Es war die Stelle am Fuß des Weihnachtsbaums zwischen dem leeren Parkplatz, der Telefonzelle, dem Pissoir unterhalb der Esplanade und der offenen Baustelle der Post, die gerade neue Telefonleitungen legte. Das Standbild von Gassendi überragte das Ganze. Es war vom Neuschnee weiß bestäubt. Über ihm und den Straßenlaternen drohte der bleischwarze Himmel aufzubrechen. Es war vier Uhr morgens, von einem Wagen zum andern riefen sich die Polizisten die Anweisungen zu.

«Vorsicht! Geht keinen Schritt vor! Die Stelle vor dem Baum muss absolut frei bleiben. Diesmal muss es eine Erklärung geben. Es muss einen Hinweis geben.»

An der Schwelle der Telefonzelle stand Chinchilla auf seinen Schnursohlen und grübelte über die Nachteile des Lottospielens nach. Er beneidete die beiden Araber, die wasserdichte Stiefel trugen. Auch sie spielten hin und wieder Lotto, aber sie gewannen auch hin und wieder.

Die Vertreter der Obrigkeit waren in Rekordzeit vor Ort. Als das Telefon auf seinem Nachttisch geläutet hatte, war Laviolette nur der eine kurze Satz durch den Kopf geschossen: «Jetzt ist es so weit!» Dabei hatte er ein merkwürdiges Gefühl in der Magengrube gespürt. Plötzlich hatte er sich um zehn Jahre zurückversetzt gefühlt. In jene Nacht, als das

Telefon geläutet hatte, weil sein Vater gestorben war. Auch damals hatte er sich gesagt: «Jetzt ist es so weit!»

Als Letzter entstieg der Richter seinem Auto. Wie üblich hatte sein Citroën nicht anspringen wollen. Er trug den eleganten tannengrünen Carrick, den er sich zu Weihnachten gegönnt hatte. Er hatte den Kutschermantel selbst entworfen, nach dem Vorbild eines alten englischen Stichs aus dem 19. Jahrhundert, und er hatte ihn in der schicksten Boutique von Digne fertigen lassen, da, wo alle halbwegs eleganten Männer der Stadt ihre Hemden und Krawatten kauften; wo es Strickjacken aus «in Quellwasser gewaschener Wolle» gab und Stoffe, die die Ladenbesitzerin jeden Sommer im tiefsten Schottland ausfindig machte. Dieser Carrick sah prachtvoll aus. Um dem i sein Tüpfelchen aufzusetzen, hatte sich der Richter noch ein Paar Stiefel aus feinstem Leder geleistet. Aber er musste sich selbst eingestehen, dass dieses Zur-Schau-Stellen von gutem Geschmack ihm keineswegs auf die Sprünge half, an diesem 3. Februar um vier Uhr morgens, angesichts dieses neuerlichen Mords.

Der Mann von der Spurensicherung verfolgte mit zu Boden gerichteter Kamera Schritt für Schritt den Weg, den das Opfer im Schnee zurückgelegt hatte, ausgehend von der Rue Piétonne Nummer 12, wo es hergekommen war.

Allem Anschein nach hatte der Mann sein Fahrrad geschoben. Er hatte es an den Baum gelehnt. Dann war er in das Pissoir gegangen. War wieder herausgekommen. Das erste Mal war er auf dem Weg zwischen dem Pissoir und dem Fahrrad getroffen worden. Die Blutspuren begannen an dieser Stelle, und der Kiesel, der ebenfalls blutbefleckt war und ihn am Hinterkopf getroffen hatte, war bis unter den Baum gerollt, wo man ihn neben dem Holzkasten fand, in dem der Stamm steckte. Danach hatte sich das Opfer um 180 Grad gedreht, dabei dem Fahrrad den Rücken zuwendend, und war auf den Erdaushub der Post zugestolpert. Dort war er mit dem Gesicht nach unten zu Boden gefallen, diagonal, wobei sich die in Fahrradschuhen steckenden Füße zwischen den dicken Steinen, wie sie von Erdhaufen immer ganz nach unten rollen, verfangen hatten.

Der Mann lag da, steif, einen Arm wie ausholend über dem Kopf. Die Finger steckten im Schnee, und in diese weiche Unterlage hatte er noch zwei Buchstaben gemalt.

«Vorsicht, Constant! Leuchten Sie diese Stelle gut aus! Streuen Sie ein wenig Ruß in die Vertiefungen.»

Eigentlich benutzte man längst etwas ganz anderes als Ruß, aber Laviolette nannte es eben noch wie in der guten alten Zeit.

«Betonen Sie den Kontrast! So stark wie es geht! Wir erwarten kein künstlerisches Meisterwerk von Ihnen, sondern ein scharfes Foto.»

Er stand neben dem Fotografen und neigte sich über den Toten. Auch der Richter stand da und der Staatsanwalt, und Doktor Parini. Der gleiche Laut drang gleichzeitig aus ihrem Mund:

«Or...»

Damit hörte die Botschaft auch schon auf. Der zweite Stein hatte das Werk des ersten vollendet und die Bewegung der Hand unterbrochen, die im Begriff war, einen dritten Buchstaben zu schreiben, denn die Finger steckten tief im Schnee neben dem fertigen «r».

Das Verbrechen lag kaum eine Stunde zurück. Der Tote war noch warm.

«Es muss ein Polizeiauto hier vorbeigefahren sein vor einer Stunde oder weniger, es kann gar nicht anders sein.

Das Kontrollnetz war so angelegt, dass keine Straße länger als eine Stunde ohne Aufsicht bleiben konnte. Wer von Ihnen ist zwischen zwei und drei hier vorbeigefahren?»

«Wir, Chef!»

Es waren die Polizisten Jouve und Montagnié.

«Hat es da noch geschneit?»

«Ja, es hat erst vor kaum einer halben Stunde aufgehört.»

«Und ihr habt nichts bemerkt?»

«Doch, wir haben das Fahrrad gesehen, das an der Wand lehnte, Rue Piétonne Nummer 12. Aber es war niemand in der Nähe.»

«Und das war alles? In der Nähe des Weihnachtsbaums habt ihr auch niemand gesehen? Niemand beim Pissoir? Niemand da oben am Geländer?»

«Das Geländer konnten wir vom Boulevard drüben kaum erkennen.»

Montagnié zupfte nachdenklich an seinem Schnurrbart herum.

«Ich hatte allerdings den Eindruck», sagte er, «soweit der Schnee das überhaupt erlaubte ... Aber Sie werden mich gleich auslachen ...»

«Hören Sie, Montagnié: Sie werden jetzt sofort aufhören herumzukokettieren, ja? Wenn Sie irgendetwas gesehen haben, dann sagen Sie es ohne Umschweife. Alles andere überlassen Sie mir.»

«Also gut ... Ich hatte den Eindruck ... Na ja, bei dem Schnee kann man ja nicht ganz sicher sein ...»

«Ja was denn nun?», rief Laviolette.

«... dass das Gassendi-Denkmal höher war als sonst», sagte Montagnié beschämt. «Ich habe es Jouve gesagt. Nicht wahr, Jouve?»

«Ja», bestätigte Jouve schüchtern.

«Und du hast mir geantwortet: ‹Hör auf, du machst mich wahnsinnig› ...»

«Kein Wunder! Seit neun Uhr sitzen wir in dieser Kiste und fahren Streife, und zehnmal hast du mir gesagt: anhalten! Einmal wegen einer Katze, die gerade an einer Dachrinne entlanggeklettert ist, einmal, weil ein streunender Hund eine Mülltonne umgeworfen hat, die du für eine Leiche hieltst... Und irgendwann knallte ein Fensterladen, und du hast behauptet, es sei ein Revolverschuss... Und dann das Gassendi-Denkmal: Rutsch mir doch den Buckel runter, habe ich mir da gesagt.»

«Der Chef hatte uns aber gesagt, wir sollen aufmerksam sein.»

«Schluss jetzt!», sagte Laviolette. «Alle Mann hinter mich, und rempelt mich bitte nicht an. Und schaut auf eure Füße. Bei der geringsten Spur: Stopp! Verstanden?»

Die kleine Truppe ging gemessenen Schrittes auf die Treppe zu, über die der Parkplatz mit der Esplanade verbunden war. Sie prüften jede einzelne Stufe: Sie waren alle jungfräulich.

Auch um die Statue herum lag der Schnee schimmernd unberührt in dem schmalen Zwischenraum zwischen Sockel und Geländer. Jenseits aber führten breite, unförmige Stapfen auf die Fassaden der Häuser zu. Jemand war hierher gekommen. Und jemand war auch wieder weggegangen.

«Jemand, der Schneeteller trug oder sich die Füße in Lumpen eingewickelt hat», sagte Laviolette nachdenklich.

«Chef, schauen Sie mal hier!»

Es war der Brigadier Mistigri, der jung und schlank war. Er war auf den Sockel des Denkmals gestiegen und deutete auf etwas zu seinen Füßen.

«Wie soll ich denn da schauen kommen?», fragte Laviolette ironisch und deutete auf sich selbst.

«Nein, nein. Versuchen Sie nicht heraufzuklettern», sagte Mistigri und meinte Courtois, der bereits den Rand des Sockels gepackt hatte und sich hinaufhieven wollte. «Sie werden es verwischen. Vorsichtig! Da ist eine Spur: eine Fußspur!»

«Eine Fußspur? So was!»

Laviolette suchte nach der schnellsten Art, diesen Fund zu nutzen, ehe er wieder verschwand. Eine Leiter? Nein, das dauerte zu lange. In den Streifenwagen gab es keine. Er beschloss, dass der städtische Müllwagen genügen musste. Er befahl, ihn wenden zu lassen und ihn im Rückwärtsgang vorsichtig bis an den Fuß der Treppe zu fahren.

«Habt ihr das Material dabei, um einen Abguss zu machen?»

Die beiden Typen von der Spurensicherung hatten schon ihre Sachen ausgepackt.

«Die bringen mich noch um!», rief Laviolette.

Hände und Füße zu Hilfe nehmend, von Montagnié geschoben, von Courtois gezogen, hatte der Kommissar sich auf das Dach des Müllwagens gehievt. Da lag er nun auf dem Bauch wie ein gestrandeter Wal und schöpfte Atem. Aber er wartete nicht, bis er aufstehen konnte. Er robbte bis an den Rand des Müllwagendachs, und von da aus sah er dank der Blitzlichter der Spurensicherung den Fußabdruck. Der Schuh des Mörders hatte sich in den jungfräulichen, festen Schnee eingedrückt, die Konturen waren völlig intakt.

«Er hatte keine Zeit, sie zu beseitigen», sagte Courtois.

Denn ein Stück weiter waren Spuren von behandschuhten Fingern rund um das Denkmal zu erkennen, die den Schnee beiseite gefegt hatten.

«Er ist auf die Schultern von Gassendi geklettert, um zu töten. Seine Lumpen oder seine Schneeteller, eins von beiden, hat er abgelegt. Dann ist er hochgeklettert, hat getötet, ist wieder gegangen...»

«Immerhin hat er zwei Anläufe genommen», sagte Chabrand, der inzwischen ebenfalls das Dach des Müllwagens erklommen hatte.

«Auf Gassendis Schultern hockend! Das würde ich mal gerne sehen, wie Sie das machen!», brummte Laviolette.

«Wie dem auch sei: Er hat einen Fehler gemacht. Seinen ersten. Diese Spur dürfte uns zu ihm führen.»

«Tja...», sagte Laviolette zweifelnd.

Er hatte genügend Zeit gehabt, die Fußspur eingehend zu betrachten, bevor sie zwecks Abdruck mit Gips ausgefüllt wurde. Dadurch, dass sie sich an der Nordseite des Sockels befand, an der Stelle, wo der Schnee am dichtesten war, war sie nicht in sich zusammengesunken. Jedes Detail des Sohlenprofils war deutlich erkennbar.

«Sehen Sie, Chabrand», fuhr er fort, «ich habe das dumpfe Gefühl, dass diese Spur das Geheimnis nicht nur nicht lüften, sondern es noch vertiefen wird.»

Er gab sich einen Ruck und trommelte seine Leute zusammen.

«Courtois, Mistigri, Montagnié und alle andern! Bleiben wir hier nicht wie Salzsäulen stehen. Hier können wir nichts mehr tun. Zwei Dinge müssen wir schnell prüfen, bevor in der Stadt der Verkehr losgeht, falls es überhaupt noch möglich ist: Erstens, woher der Radfahrer kam, bevor er in das Haus in der Rue Piétonne ging, und zweitens, wohin die unförmigen Spuren des Mörders führen. Courtois, Sie kümmern sich um das Fahrrad und ich folge dem Mörder.»

«Ich begleite Sie», erklärte Chabrand.

Beide zogen sie los, rechts und links von den sonderbaren Spuren zweier unförmiger Stümpfe. Diese Schritte waren schwer zu deuten, aber man sah, dass sich der Unbekannte bemüht hatte, auf dem Rückweg in die Stapfen des Hinwegs zu treten. Sie führten schnurgerade unter die kleinen Vordächer der Häuser, von wo das Wasser heruntertropfte und wo es nach wie vor einen schneefreien Streifen gab. An den Kreuzungen der Gassen verließen sie manchmal den Schutz der Vordächer. Von Kreuzung zu Kreuzung, über kleine Plätze und Sackgassen, wo die Spuren scheinbar grundlos hineinführten und dann wieder heraus, schienen sie nur ein Ziel zu verfolgen: Zeit gewinnen. Falls dies das Vorhaben des Mörders gewesen war, hatte er richtig kalkuliert. Denn der Himmel, der vorhin auseinander zu brechen drohte, tat es nun urplötzlich. Weiß brach es aus ihm herunter, still, wie ein blendender Fluch, die Bemühungen der Männer vereitelnd. Die Flocken waren so groß wie Silbertaler. Laviolette und Chabrand steuerten hilflos durch dieses Debakel unter den schneeumwirbelten Straßenlaternen; ihre Schritte waren schwerfällig, wie Soldaten der *Grande Armée* auf dem Rückzug tappten sie plump vor sich hin. Am Boden füllten sich die Fußspuren mit erschreckender Geschwindigkeit.

Als die beiden Männer die Kathedrale Saint-Jérôme erreichten, wo die Fußstapfen sie hingeleitet hatten, sahen sie, wie die allerletzten Spuren auf den jungfräulich weißen Stufen verschwanden.

«Kommen Sie», sagte Laviolette niedergeschlagen. «Der Himmel ist auf der Seite des Mörders.»

Mittlerweile war es sechs Uhr. Auf der Esplanade, dem Schauplatz des Verbrechens, hatte der Schnee alles gleichmäßig zugedeckt. Die Schicht war so dick, dass Gassendi eine päpstliche Tiara zu tragen schien.

Der Einsatz der Justiz war beendet. Der Tote befand sich in der Leichenhalle. Durch das grellweiße Gestöber betrachtete Laviolette die Fassade des Hauses Nummer 12, Rue Piétonne, ehe er es betrat.

Es war ein taghell erleuchtetes, zweistöckiges Haus; die Eingangstür stand sperrangelweit offen und heraus flossen ganze Ströme von Harmonie.

Laviolette trat schnell in den Flur, nahm seinen Schal ab, knöpfte seinen Mantel auf und schüttelte sich entschlossen. Auch seinen Hut klopfte er ab. Dann musste er heftig niesen. Er hatte das Gefühl, er stünde auf Stelzen und nicht auf Beinen. Dann befreite er auch seine Schuhe vom Schnee, indem er sie an der Wand abklopfte. Zwar hatte er gehofft, jemanden auf seine Anwesenheit aufmerksam zu machen, aber offenbar hatte er kein Glück. Der Flur war lang, die Türen zahlreich, die hinterste, auf die er zuging, stand offen.

Sie führte in einen Raum mit schweren Möbeln, auf dem plumpen Henri-II-Tisch lagen angefangene Strickarbeiten und offene Bücher herum, das Ganze war um einen gelben, wahrscheinlich kastrierten Kater herumdrapiert, der bestimmt sechs Kilo wog. Vor dem Kamin, in dem ein Feuer – das vermutlich nie sehr kräftig gebrannt hatte – vor sich hinstarb, saßen zwei Menschen und hörten Beethovens 4. Klavierkonzert in G-Dur. Sie saßen dicht nebeneinander, die Mutter in einem Sessel, der Sohn zu ihren Füßen an sie geschmiegt. Beide verschwanden in den üppigen Falten eines Pandschab-Schals, den ihnen einst Alexandra David-Néel geschenkt hatte. In dem Raum, auf dessen Fliesenboden kein Teppich lag, herrschten ungefähr acht Grad, aber die beiden Lauschenden störte das offenbar nicht. Sie hörten Beethoven und kommentierten ihn.

«Oh! Pio!», sagte die Mutter, «Hörst du, wie er leidet? O der arme Mensch! Man möchte ihn trösten. Da, hörst du? Er weint! Hörst du, wie er weint?»

«Ja, Mam!»

«Man möchte mit ihm weinen. Man möchte ihn einladen, mit uns zu essen. Oh, siehst du, jetzt ist es zu Ende: Er ist besänftigt. Er spielt. Hörst du, wie er spielt, Pio? Jetzt ist er wieder so, wie er war, als er ein kleiner Junge war.»

«Die Geduld aber soll ihr Werk tun ...», sagte sich Laviolette leise auf.

Aus Respekt vor Beethoven, den er mochte, und weil das vierte Klavierkonzert außerdem von Rubinstein gespielt wurde, wartete er das Ende ab. Als es still wurde und die beiden aneinander geschmiegten Menschen vor Rührung schnieften und noch letzte Tränen vergossen, fragte er höflich:

«Darf ich kurz mit Ihnen reden?»

Sie wandten sich zu ihm um und sahen ihn mit tränenfeuchten, unschuldigen Augen an; sie schienen in einer Dimension zu atmen, in der irdische Banalitäten nur noch Schall und Rauch waren.

«Aber bitte sehr! Unser Haus ist für Sie offen!»

Der Kommissar hätte es allerdings ganz gerne geschlossen. Der Nordwind gab inzwischen keine Ruhe mehr; durch den eisigen Flur schleuderte er pfeifend ein paar Flocken bis über die Schwelle des Zimmers, wo sie auf dem kalten Fliesenboden widerwillig schmolzen.

Laviolette hatte gehört, Maria Cordelier sei ein ausgesprochenes Original und ihr Sohn stehe ihr in nichts nach. In Wirklichkeit hatte er es hier mit zwei reinen Herzen zu tun, denen er vermutlich Verzweiflung brachte. Aber wie konnte er sie schonen?

Er beschloss, frontal anzugreifen. Vielleicht war irgendetwas aus ihren Reaktionen abzulesen, dann wäre seine Grausamkeit wenigstens nicht umsonst.

«Vorhin wurde ein paar Schritte von Ihrem Haus entfernt ein gewisser …»

Aus seiner Brusttasche zog er den Ausweis des Toten, den er in dessen Fahrradtasche gefunden hatte.

«… ein gewisser Chérubin Hospitalier, Philosophielehrer am Maria-Borrelly-Gymnasium, tot aufgefunden. Ermordet.»

Mutter und Sohn schmiegten sich noch enger aneinander, den Pandschab-Schal fröstelnd um Arme und Beine gewickelt. Sie zitterten und gaben keinen Ton von sich. Die Worte des Kommissars hatten sie zwar genau gehört, aber das Gift drang nur langsam in ihre esoterischen Gedanken vor.

«Mein armer Pio! Hörst du? Unser armer Chérubin! Unser armer Chérubin ist tot! Und nichts hat uns gewarnt! Kein einziges Zeichen!»

«Er ist nicht tot, Mam! So was darf man nicht sagen. Er ruht auf dem Lotos des Gesetzes.»

In diesem Moment sagte sich der Kommissar, dass er einige Mühe haben würde, die beiden zu verhören. Zum Glück zeigten sie dann doch die üblichen Reaktionen angesichts des Todes eines Sterblichen.

«Aber vor wenigen Minuten war er doch noch da und hat mit uns geredet!», sagte die Mutter, wie von einer Erleuchtung getroffen.

Sie sah den Kommissar an, als hätte sie ihn in flagranti beim Lügen erwischt und als könnten die Worte, die sie gerade ausgesprochen hatte, das Geschehene aus dem Buch des Schicksals ausradieren.

Dieser kleine Beweis für ihren gesunden Menschenverstand ermutigte den Kommissar zum Weiterreden:

«Vor wenigen Minuten bestimmt nicht! Es ist jetzt sieben Uhr morgens und der Unglückselige ist gegen drei Uhr erschlagen worden. Um wie viel Uhr war er bei Ihnen?»

«Um wie viel Uhr ist er gekommen, Pio?»

Pio warf einen Blick auf die unerschütterlich vor sich hin tickende alte Standuhr; die gewölbte Scheibe des Messingpendels spiegelte die drei Anwesenden und die Katze auf dem Tisch wider und führte sie mit in ihrer rastlosen Bewegung.

«Es wird ungefähr zwei gewesen sein», sagte Pio.

«Er muss ja etwas sehr Wichtiges zu berichten gehabt haben, um Sie so spät noch zu stören?»

«Uns stören?»

«So spät?»

«Aber das Haus ist doch offen, Monsieur, für alle, zu jeder Stunde. Jedermann weiß das.»

«Eines Tages», dachte Laviolette, «wird ein falscher Jünger, der die Katze klauen will, den beiden schlichtweg den Hals abschneiden, bei ihrem Lebenswandel! Ich kann nur hoffen, dass ich dann schon in Pension bin!»

«Sie führen ein sehr offenes Haus, offenbar verkehrt hier Gott und die Welt!», sagte er unvorsichtig.

«Von wegen Gott und die Welt! Hier geht der Geist des Meisters ein und aus!»

«O Verzeihung!»

«Ich werde mir den Tod holen!», dachte er. «Wenn ich sie bitte, die Tür zu schließen, dann tun sie es vermutlich, um mir einen Gefallen zu tun, aber ich bin nicht sicher, ob es dann nicht genauso kalt ist. Und da wage ich es zuweilen, mich normalen Menschen gegenüber herablassend zu geben! Bei normalen Leuten wäre es warm, und außerdem hätte man mir längst eine Tasse Kaffee angeboten. Die beiden da tunken ihre Frühstücksstullen wohl eher in Brunnenwasser als in Kaffee!»

«Nun gut», sagte er. «Ich muss aber doch fragen, worüber Sie sich unterhalten haben mit ihm.»

«Mit ihm konnten wir über alles sprechen. Er war ein wunderbarer Mensch. Verständnisvoll! Liebenswürdig! Wir haben über Swedenborg gesprochen, über Thomas von Aquin …»

«Kam Ihr Freund Sie öfter besuchen?»

«Jeden Abend, oder fast jeden Abend, seit zwei Jahren, seitdem er die Stelle hier in Digne hat.»

«Er fand uns komisch», sagte Pio mit einer gewissen Verbitterung.

«Das darfst du so nicht sagen, Pio. Viele andere haben uns auch komisch gefunden. Und trotzdem haben wir sie zum Meister geführt.»

«Ja, wenn sie schon halb tot waren!», sagte Pio höhnisch.

«Klar!», erwiderte der Kommissar. «Da hatten sie wohl keine Lust mehr, Sie komisch zu finden!»

«Ach wissen Sie», sagte die Mutter und befreite einen Arm aus dem Schal. Sie reckte den Zeigefinger prophetisch zur Decke hin: « Eines tut mir wirklich Leid. Dass Chérubin wohl keine Zeit hatte, den Tod kommen zu sehen! Wäre das der Fall gewesen, dann hätte ich ihn ganz sanft zum Meister hinführen können.»

«Woher wissen Sie, dass er den Tod nicht hat kommen sehen?»

«Ich habe ganz einfach in Ihrem Kopf das fotografische

Abbild des leblosen Chérubin gesehen. Er liegt auf einem schneebedeckten Kieshaufen. Der Arm ist hochgereckt. Er hat etwas in den Schnee geschrieben. Armer, armer Chérubin!»

«Ganz einfach!», brach es aus dem Kommissar.

«Ganz einfach!», wiederholte sie ohne mit der Wimper zu zucken.

«Ist Ihnen klar, dass dieses ‹ganz einfach› Sie schnurstracks in die Arme des Untersuchungsrichters führen könnte, wäre ich nicht großzügig und würde ich Sie nicht kennen? Denn jeder, der in dieser Sache ermittelt, müsste annehmen, dass Sie den Schauplatz des Verbrechens vor der Polizei gesehen haben.»

«Ach, Monsieur, dann könnte ich, falls man mich zu diesem Versuch zwingen würde, in den Köpfen derjenigen, die mich verhören, so viele wahre, unanzweifelbare Dinge sehen, dass sie ganz schnell den Rückzug antreten würden!»

Sie bedeckte ihren Arm wieder mit dem Schal und fügte bescheiden hinzu:

«Mein Name steht an der Tür, und ich bin über jeden Verdacht erhaben.»

«Das weiß ich, Madame», sagte der Kommissar und verneigte sich. «Aber… Sie würden mir einen ungeheuren Dienst erweisen, wenn Sie sehen könnten, nicht nur, was Ihr lieber Chérubin geschrieben hat, sondern vor allem, was er schreiben wollte.»

Sie zuckte mit den Schultern.

«Wie könnte ich das? Ich sehe nur, was wirklich existiert. Das, was nicht existiert, steht nicht in Ihrem Kopf geschrieben, und außerdem sehe ich nicht einmal das, wovon Sie behaupten, dass es wirklich geschrieben stand.»

«Wieso ‹behaupten›? Wieso sehen Sie es nicht? Sie beschreiben ganz deutlich die Leiche, die Lage auf dem Kieshaufen, den erhobenen Arm. Sie erklären, dass er etwas geschrieben habe, und Sie sehen nicht, was?»

«Sie sind alle gleich! Lauter Schein-Skeptiker! Zuerst staunen Sie, weil ich so vieles sehe, und Sekunden später machen Sie mir den Vorwurf, ich würde nicht genügend sehen. Dabei ist das, was ich Ihnen sage, doch überhaupt nicht merkwürdig, wenn Sie einen Augenblick darüber nachdenken. Diese Buchstaben, von denen Sie behaupten, dass sie existieren, kann ich deshalb nicht sehen, weil Sie sie ja selber nicht gelesen haben!»

«Aber ich bitte Sie! Ich sehe sie noch vor mir! Hier sind sie, eingraviert!», sagte er und schlug sich auf die Stirn. «Ich habe sie sehr aufmerksam betrachtet.»

«Verzeihen Sie! Sie haben sie vielleicht gesehen, Sie haben sie vielleicht betrachtet, wie Sie behaupten; aber Ihre Fähigkeiten haben Sie nicht genügend eingesetzt. Was ich damit meine: Die Leiche haben Sie gesehen, ebenso die Fußspur am Sockel vom Gassendi-Denkmal, den Ort des Verbrechens, alles. Dafür sind Sie schließlich zuständig. Das ist Routine. Das läuft ganz automatisch, das kostet keine besondere Mühe. Aber die beiden Buchstaben? Nein, da waren Sie viel zu faul, das überschreitet Ihre Möglichkeiten. Da haben Sie Ihre Gehirnzellen ruhen lassen. Sonst wüssten Sie die Lösung. Die beiden vorhandenen Buchstaben hätten Ihnen andere verraten und Sie wüssten den Schlüssel des Geheimnisses. Und der scheint Sie ja leidenschaftlich zu interessieren», sagte sie mit einer gewissen Verachtung.

«Wieso? Interessiert es Sie etwa nicht, ob man den Mörder Ihres unglücklichen Freundes erwischt oder nicht?»

«Meines unglücklichen Freundes, das sagen Sie. In den

Sphären, wo ich atme, gibt es den Begriff des Mordes gar nicht. Ein Mörder kann nicht ohne den Willen des Meisters handeln.»

«Meines Meisters, Madame! Wie gerne würde ich in Ihren Sphären atmen! Aber…», fuhr er fort und hob die Hand – denn er spürte plötzlich, dass sie im Begriff war, ihm ausgiebig zu erklären, wie er jene Höhen erklimmen könnte –, «aber… ich bin nichts als ein armer Beamter, der dafür bezahlt wird, dass er Verbrechen verhindert oder zumindest möglich macht, dass sie bestraft werden. Also werden wir, wenn ich Sie bitten darf, versuchen, der Frage etwas genauer nachzugehen. Ihr Freund Chérubin ist also so gegen zwei Uhr bei Ihnen eingetroffen; Sie haben sich über dies und jenes unterhalten. War er wie immer?»

«Wie immer war er sanft, schüchtern, aufmerksam. Ja, völlig normal.»

«Schien er nicht Angst zu haben?»

«Überhaupt nicht. Er sah sehr vergnügt aus, als er kam mit seinem Fahrrad», sagte Pio.

«Ach, er hat sein Fahrrad hier hereingebracht?»

«Irgendwann im Laufe des Gesprächs hat er es geholt, damit ich es bewundere. ‹Hast du gesehen, Pio, was ich mir für ein schönes Fahrrad gekauft habe?›, hat er gesagt.»

«Hatte er es gerade erst gekauft?»

«Ja, kurz davor. Er sagte, es sei der erste Abend, an dem er es zu seinem Vergnügen benutze.»

«Und er hat Ihnen nicht gesagt, woher er kam?»

«Wir haben ihn nicht gefragt.»

«Und er hat Ihnen auch nicht erklärt, warum er sich um zwei Uhr morgens bei Schnee im Trainingsanzug und in Fahrradschuhen in der Gegend herumtrieb?»

«Er war nie kälteempfindlich.»

«Das musste wohl so sein», dachte Laviolette. «Wenn einer jeden Abend hierher kommt, um bei diesen Temperaturen Swedenborgs Träume zu kommentieren, kann er nicht kälteempfindlich sein.»

«Das mag ja sein, dass er nicht kälteempfindlich war. Aber wie war er normalerweise gekleidet, wenn er hierher kam?»

«Och, so ungefähr wie Sie, ohne den Mantel.»

Er konnte nicht sagen: «Wie Sie und ich», denn was ihn betraf, so trug er, abgesehen von dem Pandschab-Schal seiner Mutter, lediglich einen peruanischen Poncho über einer weiten Leinentunika, die sorgfältig um ihn herum drapiert war auf den eisigen Fliesen, und alles ließ vermuten, dass er auf seinem nackten Hintern saß, denn er rutschte ziemlich häufig hin und her.

«Und abgesehen von Thomas von Aquin, Swedenborg und Konsorten hat er über nichts Besonderes gesprochen? Überlegen Sie, bevor Sie antworten.»

«Nein, nichts Besonderes … Wirklich nicht.»

«Mir scheint, Pio, er hat etwas gesagt, worüber ich schockiert war …»

«Aha! Was denn?»

«Moment, ich muss erst einmal nachdenken. Es war, als ich ihm vorgeworfen habe, dass wir ihn schon eine Woche lang nicht mehr gesehen hatten … Erinnerst du dich, was er geantwortet hat, Pio?»

«Er hat gesagt, er sei überglücklich», antwortete Pio trübsinnig.

Der Kommissar befreite sich in mehreren Windungen aus dem Strohgeflechtsessel, in den er sich unaufgefordert hatte fallen lassen und der seitdem ununterbrochen missbilligend geknarzt hatte.

«Uff!», sagte er. «Das ist immerhin etwas! Ach ja, noch eine Frage: Um wie viel Uhr hat er Sie verlassen?»

Pio schaute erneut zur Standuhr hin. Man fragte sich, durch welches Wunder ihm die Zeit, die sie angab, einen genauen Hinweis über den Zeitpunkt lieferte, an dem Chérubin Hospitalier auf der Esplanade in den Tod gelaufen war, jedenfalls sagte er ohne zu zögern:

«Zehn vor drei!»

Das mochte stimmen. Es gab keine Lücke zwischen dem Augenblick, als das Opfer das Haus hier verlassen hatte und dem Augenblick, als es vom Stein getroffen wurde. In der Zwischenzeit war Chérubin niemandem begegnet. Im Übrigen hatte man nur seine Spuren und die des Mörders gefunden.

Draußen hatte sich die Nacht verändert. Es wurde ganz langsam und vorsichtig Tag; die Bäume standen steif gefroren auf einem Teppich aus Glatteis. Kein Vogel. Kein Geräusch.

Laviolette stürzte sich in die erste geöffnete Kneipe auf seinem Weg. Mit offenem Mantel und vorgestrecktem Bauch drückte er sich an den erstbesten Heizkörper, der zum Glück auch anständig warm war.

Der Kellner, der Frühdienst hatte, erkannte ihn.

«Was darf ich dem Herrn Kommissar bringen?»

«Einen kochend heißen Grog, einen kleinen Schwarzen, ein Gläschen Schnaps und zwei Aspirin!»

Er war bis in die Seele hinein zum Eisklotz erstarrt.

~ 7 ~

DIE Sonderkorrespondenten, die sich mittlerweile anderswo um andere weltbewegende Ereignisse kümmerten, wurden in Windeseile wieder zusammengetrommelt. Sie kamen widerwillig zurück. Unser Digne zeigt sich im Februar nicht von seiner besten Seite. Und dann dieser konturenlose Mörder, der seine Verbrechen ohne Sinn und Verstand und ohne erkennbaren Rhythmus beging, in vier bis sechs Monaten Abstand, ohne Rücksicht auf eine ordentliche Presseberichterstattung! Man konnte ihn nicht einmal als «Rallyeman-Mörder» bezeichnen, da nun sein drittes Opfer ein Intellektueller war, auch nicht als Vollmond-, Halbmond- oder Neumond-Mörder, da er seine letzte Tat umsichtigerweise in einer völlig düsteren, wolkenverhangenen Nacht begangen hatte. Eigentlich ging er den Leuten bereits auf die Nerven. Mehr Pünktlichkeit, eine weniger unzusammenhängende Inszenierung, kurzum, stringenteres Handeln wäre dringend erwünscht gewesen.

Von den ziemlich gereizten Journalisten mussten die Polizei, der Staatsanwalt, der Untersuchungsrichter Chabrand und allgemein das Département Basses-Alpes einiges an Unfreundlichkeiten einstecken.

Auch andere hatten zu leiden. Alle unglückseligen Einwohner von Digne, Les Courbons, Les Sieyès, deren Namen mit «or» anfing, wurden gebeten, ihren auf die Minute genauen Zeitplan der Nacht vom 3. Februar vorzulegen.

Das war jedoch ganz einfach: Sie hatten alle geschlafen … allein oder mit einer Gefährtin. Es wäre auch völlig wahnsinnig gewesen, eine solche Nacht anderswo als im Bett zu verbringen.

«Zum Glück schränken diese beiden Buchstaben o und r unser Forschungsfeld ein», sagte Laviolette. «Hätte das Opfer ‹ro› oder ‹ra› geschrieben, hätten wir verdammt viel Aufwand treiben müssen.»

Zum Glück! Denn man fand nur vier Namen und Vornamen mit «or»: einen gewissen Orlando, Italiener und Schuhmacher seines Zeichens, taub und alt. Er hatte geschlafen. Dann einen gewissen Gabriel Oraison, Basketballspieler, jung und gelenkig; mit dem beschäftigte man sich etwas länger, aber als Laviolette im Laufe des Verhörs auftauchte und ihn sah, erklärte er, man könne ihn ohne Sorge zu seinem Lieblingssport zurückschicken. Dann gab es noch einen gewissen Orsini, einen Möbelpacker. In jener Nacht war er mit einem Kumpel in seinem gepolsterten LKW unterwegs. Um drei Uhr morgens hatte ihm die Autobahn-Mautstelle von Auxerre eine Quittung ausgehändigt.

Das war alles, was die Namen betraf. An Vornamen fand man nur einen einzigen, ebenfalls einen Italiener: einen gewissen Orpheo Tamburi, Klavierstimmer und blind.

Also musste man bei den Ermittlungen andere Wege einschlagen. Die Gewissenhaftigkeit der Polizei kannte keine Grenzen mehr. Man interessierte sich auch noch für die Berufe. Man entdeckte einen Orthopäden, er war klein und übrigens etwas wacklig auf den Füßen, aber sein Alibi war niet- und nagelfest: In jener Nacht hielt er mit drei anderen Personen die Totenwache für einen seiner Onkel, der in Fours gestorben war. Der Schneepflug hatte die Straße erst um sechs Uhr früh geräumt.

Daraufhin klingelte man bei einem leidenschaftlichen Ornithologen an, der auf den Höhen von Les Courbons wohnte und der bei den Behörden nicht in sehr gutem Ruf stand. Er war, wie es so schön heißt, «polizeibekannt». Was nichts anderes bedeutete, als dass er wegen Unzucht mit Minderjährigen über fünfzehn Jahren vor Gericht gestanden hatte.

Als er diesen Kandidaten erblickte, herrschte Laviolette Courtois an: «Schmeiß den Kerl raus!»

«Aber Chef...»

«Denk doch mal ein bisschen nach! Diese Schwuchtel wiegt mindestens neunzig Kilo. Kannst du dir die auf den Schultern von Gassendi vorstellen? Das ganze Denkmal wäre zusammengebrochen!»

Der leidenschaftliche Ornithologe kam mit einem blauen Auge und dieser Tirade davon, aber Laviolette hatte nun nichts als Luft in Händen.

«Nichts als Luft!», wiederholte Chabrand.

Von Nordosten wehte es übrigens gerade ganz schön, das war mehr als ein Lüftlein, das die Fenster des alten Gerichtsgebäudes vor Kälte blitzen ließ, als wären sie blank geputzt. Das Büro des Untersuchungsrichters war so gut beheizt, dass Chabrand seinen englischen Carrick und Laviolette Mantel und Schal anbehalten hatte.

«Stimmt nicht ganz», sagte Laviolette, der sich mit Akribie eine Zigarette drehte. «Stimmt nicht ganz, wenn wir die gebotenen Schlüsse ziehen aus der Sache.»

«Gut!», sagte der Richter.

Er stellte sich hinter seinen Schreibtisch und packte eines nach dem anderen die Beweisstücke aus: den ersten Kiesel, den er selbst aufgelesen hatte; den zweiten, schwarz verbrannten; denjenigen, den sie in Saint-Michel-des-Fusils entdeckt hatten; und schließlich die beiden letzten, die blutbefleckt waren. Alle wogen sie zwischen sechs- und siebenhundert Gramm. Alle waren ausgewählt worden, weil sie nicht ganz heil waren, sondern eine scharfe Kante aufwiesen wie ein echter vorgeschichtlicher Faustkeil.

«Ich habe durch das Labor in Marseille ballistische Versuche machen lassen. Es hat ziemlich lange gedauert, weil sie selbst eine Dienststelle des Militärs zu Hilfe rufen mussten. Und hier ist nun das Ergebnis.»

Er entnahm der Akte ein Blatt Papier mit Briefkopf und zwei dicken Stempeln, die eine Unterschrift bedeckten. Er las vor:

«*Die Wurfgeschosse, die uns zur Prüfung vorgelegt wurden, sind nicht geeignet, einen Gegner außer Gefecht zu setzen, es sei denn, ihre Wirkung wird unterstützt durch eine adäquate Abschuss-Waffe, die die Masse des Geschosses mittels Beschleunigung erhöht.* Das ist kurz und bündig und lässt keinen Widerspruch zu.»

«Eine Steinschleuder!», kommentierte Laviolette. «Die gesamte französische Presse wird sich über uns lustig machen! Und falls man im Innenministerium Zeit hat, die Artikel zu lesen, wird man sich dort schieflachen … Ich hab da so einen Kollegen … Aber was soll's!»

«Weiter heißt es: *Der Werfer muss sich einem intensiven Training unterzogen haben …*»

«So was!»

Mit dem Kinn deutete Laviolette auf das Beweisstück Nummer 6, das in keiner Akte und in keiner Schublade Platz fand: das Blechschild der Straßenmeisterei, auf dem der Kopf des Straßenarbeiters zertrümmert war. Man hatte es neben dem Aktenschrank an die Wand gelehnt und mit einer Kette und einem Vorhängeschloss unten an den Schrankfüßen befestigt, damit es nicht geklaut wurde. Zusätzlich war es amtlich versiegelt worden.

Laviolette zählte auf: «Eine Steinschleuder, eine Gummischleuder, eine Armbrust...»

«...eine mittelalterliche Wurfmaschine, ein Katapult», spottete Chabrand.

«Lachen Sie nur!», sagte Laviolette. «Wenn Sie das letzte Beweisstück hervorgeholt haben, wird Ihnen nicht mehr zum Lachen sein!»

«Nur Ihnen zu Gefallen», seufzte Chabrand.

Aus einer Schublade fischte er eine nagelneue Schachtel, die er vorsichtig öffnete. Sie enthielt den Gipsabdruck der Fußspur, die sie auf dem Sockelsims des Gassendi-Denkmals entdeckt hatten. Sie lag da, erschütternd vor lauter Echtheit, und gab sämtliche Details preis, sogar die kleinsten Kratzer in den runden Nagelköpfen und die beiden Eisenbeschläge an der Spitze und am Absatz, die die Abnutzung des Leders verhindern sollten. Es war auch haargenau zu erkennen, dass zwei Nägel fehlten.

«Bitte sehr!», sagte der Richter. «Sehen Sie sich ruhig satt an diesem Fund, der angeblich zur Wahrheit führen sollte.»

«Tut mir Leid, aber das haben Sie gesagt. Ich habe seinerzeit gesagt, wenn Sie sich bitte erinnern wollen, dass es die ganze Geschichte nur noch verworrener macht.»

«Und worauf beruhte Ihre Überzeugung?»

«Auf der Tatsache, dass ich solche Knobelbecher in meiner Kindheit getragen habe. Es waren echt lederne Schnürstiefel, die man nie verschleißen konnte, weil der Fuß wuchs und man nach einem Jahr einfach nicht mehr hineinpasste. Also kauften kluge Eltern sie immer eine Nummer zu groß. So dass man gleich zwei Gelegenheiten hatte, Blasen an den

Füßen zu bekommen: einmal, wenn sie neu waren, weil man darin schwamm; und dann, wenn sie alt waren, weil man nicht mehr hineinpasste. Aber egal. Die Rutschpartien damit sind unvergesslich! Es war einfach herrlich. Und die Schrammen auf dem Eis und den Parkettböden! Beim Bockspringen haben wir uns damit die Schenkel gegenseitig zerkratzt. Eines Tages…»

«Ihre Memoiren erzählen Sie mir bitte ein andermal», unterbrach ihn der Richter. «Die Ermittlungen haben nichts ergeben?»

«Absolut nichts. Die dreißig Nachgüsse wurden sämtlichen Schuhhändlern des Départements vorgelegt…»

Der Richter wollte etwas einwenden.

«Moment!», sagte Laviolette. «Wir waren bereit, noch viel weiter zu gehen: bis Marseille, Avignon oder Grenoble. Aber jemand hat uns eine kapitale Information geliefert. Jemand, der in Faucon-du-Caire einen Tante-Emma-Laden hat und der bestimmt fünfundsiebzig Jahre alt ist. ‹Das Modell ist mir nicht unbekannt. Moment mal›, hat er gesagt und sich dabei fast entschuldigt: ‹Im Winter bleibt einem hier viel Zeit zum Ordnung machen.› Seit dem Tod seines Vaters – von dem er das Geschäft übernommen hat – im Jahre 1925 hatte er Jahr für Jahr alles sorgfältig archiviert. Er hat uns eine bebilderte Preisliste von 1932 rausgeholt. Besagter Schuh wurde in Annonay von der Firma Meyssonnier et Lauze hergestellt…»

«Aber dann…»

«Nichts: aber dann! Die Firma Meyssonnier et Lauze hat 1938 dichtgemacht. Und zu dem Zeitpunkt hat sie solche Schuhe sowieso schon seit ein paar Jahren nicht mehr hergestellt. So!»

Nach dieser ausführlichen Erklärung packte Laviolette

seine Utensilien zum Zigarettendrehen aus und machte sich an die Arbeit. Er wollte dem Richter ein wenig Zeit zum Nachdenken lassen, ehe er mit den harten Dingen herausrückte, die er noch zu sagen hatte. Chabrand schwieg und starrte auf den Bericht, der vor ihm lag.

«Wollen Sie meine Meinung hören, Chabrand?»

«Sie würden mir einen großen Dienst erweisen!»

«Nun: Der Mörder spielt! Der Mörder spielt mit uns, und zwar nicht wie die Katze mit der Maus, sondern umgekehrt, jawohl, wie die Maus mit der Katze. Bislang war es ihm meines Erachtens völlig egal, ob wir ihn schnappen oder nicht. Erst jetzt hat er uns richtig eingeschätzt. Zu seiner eigenen Verblüffung stellt er fest, dass wir machtlos sind; daraufhin wird ihm das spielerische Element, das bis dahin noch nicht auf den Plan getreten war, immer mehr bewusst, er lässt sich darauf ein und beginnt sich als Schattenriss zu zeigen: bei der Kapelle, wo er ein Straßenschild massakriert; im Deffand-Wald, wo er einen Hasen zur Strecke bringt; im Flussbett der Bléone, wo er sich seine Kiesel aussucht. Und dann mordet er erneut und überlässt uns die herrliche Fußspur, von der er genau weiß, dass sie uns nirgendwo hinführt.»

«Absichtlich?»

«Absichtlich. Merken Sie sich das, Chabrand: Der Mörder spielt! Er spielt, er spielt, er spielt!»

Er wollte überhaupt nicht mehr damit aufhören, diese Worte zu skandieren. Dabei hob er zwei Finger hoch, und jedes Mal, wenn er sagte: «er spielt», reckte sich im Mundwinkel der Zigarettenstummel anklagend gegen seinen Gesprächspartner.

Da der Richter schwieg, fuhr Laviolette fort:

«Was steht denn in diesem Bericht, der Sie so zu faszinieren scheint?»

«Er fasziniert mich in der Tat, und ich beginne zu ahnen, wohin Sie mich führen wollen.»

«Der Bericht bringt Ihnen diesbezüglich Aufklärung?»

«Mehr oder weniger. Es ist der Bericht über die anthropometrische Untersuchung der Fußspur. Haben Sie ihn noch nicht bekommen?»

«Nein, vermutlich ist er heute Morgen in der Post und liegt in meinem Büro.»

«Wollen Sie hören?»

«Ich bin ganz Ohr, wie Sie zu sagen pflegen!»

«Größe 39. Schmaler Fuß. Der Träger scheint das Gewicht eher auf die Innenseite der Sohle zu verlagern als auf die Außenseite, was vermuten lässt, dass er an Genu valgum *leidet.»*

«X-beinig wie etwa zehn Prozent der Bevölkerung. Danke für den Hinweis!»

«Folgende Angaben», fuhr der Richter fort, der noch immer vorlas, *«erfolgen wie immer ohne Gewähr: Die Person ist vermutlich zwischen 1,58 und 1,61 Meter groß, eher schlank, und wiegt zwischen 54 und 58 Kilogramm.* Was sagen Sie dazu?»

«Ich bin sprachlos!»

«Ihr Wort in Gottes Ohr.»

«Und Sie? Ich meine, abgesehen von dieser freundlichen Äußerung? Was sagen Sie dazu?»

«Eine Frau vielleicht?»

«Eine Frau? Die uns den Abdruck eines solchen Schnürstiefels hinterlässt?»

Laviolette schüttelte den Kopf.

«Nein, Chabrand. Da müssen wir uns schon noch ein wenig weiter den Kopf zerbrechen. ‹Wir müssen noch tiefer in die Abgründe der Grausamkeit hinabtauchen›, wie die Journalisten sagen.»

Der Richter ließ Stille eintreten. Er starrte zum Fenster hinaus auf den in makaberes Licht getauchten Platz vor dem Gerichtsgebäude.

«Jetzt werde ich das As, das ich noch zurückgehalten habe, aus dem Ärmel zaubern», sagte Laviolette. «Damals bei der Zeugenvernehmung an der Kapelle haben mir die beiden Wildschweinjäger eine äußerst präzise Auskunft geliefert, vorausgesetzt, ich addiere beide Angaben und teile sie durch zwei: Die Gestalt, die sie im Dunst gesehen zu haben glauben, war ein Meter achtundfünfzig groß.»

«Warum haben Sie das nicht gleich gesagt?»

«Weil es mir genauso ging wie Ihnen jetzt: Ich konnte es nicht glauben. Da aber nun die Annahmen des anthropometrischen Gutachtens mit der Vision unserer Nimrods übereinstimmen, müssen wir uns den Tatsachen beugen – womit ich auch nicht mehr Ihren sarkastischen Bemerkungen ausgesetzt bin.»

«Ein kleiner Mann also …», sagte Chabrand zögernd.

«Sie können sich denken, dass ich in der Richtung bereits einiges geklärt habe. Mit der Hilfe aller meiner Mitarbeiter habe ich im ganzen Umkreis ein Dutzend Menschen ausfindig gemacht, die ungefähr diesen Maßen entsprechen – abgesehen vom schmalen Fuß und dem *genu valgum:* eins achtundfünfzig, Schuhgröße neununddreißig. Alle, hören Sie, allesamt haben sie ein unwiderlegbares Alibi für mindestens zwei der drei Verbrechen! Da wir wissen, dass sie alle drei vom selben Menschen begangen wurden, brauchen wir nicht weiter nachzubohren.»

«Also?», sagte Chabrand mit einem leisen Beben in der Stimme.

Aber es war keine Frage. Er erwartete auch keine Antwort. Er sprach mit sich selbst.

«Ein Kind also …», flüsterte er; er hatte die Hand vor den Mund gelegt.

Laviolette sagte kein Wort, wackelte nur mit dem Kopf. Zweimal umrundete der Richter mit langsamen Schritten seinen Schreibtisch. «Er weiß sich keinen Rat mehr», dachte Laviolette, der neugierig seine Wanderung verfolgte.

«Ein Kind!», wiederholte Chabrand und ließ sich in seinen Stuhl fallen.

Er war völlig verdutzt. Die Logik des Weltbilds, das er sich zurechtgezimmert hatte, ließ absolut keinen Raum für die Möglichkeit, dass ein Kind ein Mörder sein könnte; es sei denn, selbstverständlich, man lieferte ihm handfeste ideologische Gründe dafür.

«Aber wieso? Wieso nur?», wiederholte er heftig.

Mit der rechten Hand schlug er sich immer wieder gegen die Stirn. Er konnte es einfach nicht verstehen.

«Wieso?», wiederholte auch Laviolette. «Das ist doch seine Hauptwaffe. Vermutlich freut er sich gerade an dem Gedanken: ‹Die werden nie kapieren, wieso.› Und er hat Recht. Weil ich mich seit Tagen frage, genauso wie Sie jetzt: ‹Aber wieso? Wieso nur?› Hundert Antworten habe ich mir gegeben, eine unsinniger als die andere.»

«Ein Kind, das gestört ist?»

«Nein, schreiben Sie auch diese Hoffnung ab. Das Motiv wird zweifelsohne absolut konsequent sein, fast möchte ich sagen: vernünftig. Aber Spaß beiseite. Meine Leute haben geackert wie die Blöden und dank ihrer Hilfe ist es mir gelungen, die Schulklassen einzugrenzen, in denen es Kinder geben dürfte, die den genannten Maßen entsprechen. Wenn wir die Frühentwickler und die Spätentwickler mit einschließen, dann geht das ungefähr von der vierten bis zur neunten Klasse. Falls es anderswo noch Ausnahmen gibt, kümmern wir uns später darum. Bei diesen ganzen Untersuchungen habe ich mir ein wenig von Dr. Parini helfen lassen, der, wie Sie wissen, im Gemeinderat für die Schulen zuständig ist. Natürlich ohne ihm die Gründe für meine Fragen zu nennen.»

«Und was erwarten Sie von mir?»

«Ich brauche Hausdurchsuchungsbefehle, um alle in Frage kommenden Schulklassen zu durchforsten, in sämtlichen Schulen der Stadt. Wir müssen schnell vorgehen, und überall gleichzeitig. Bis zur Durchführung muss die Sache streng geheim bleiben.»

«Was hoffen Sie zu entdecken?»

«Die Tatwaffe.»

«In Ordnung. Aber was, wenn wir uns zum Gespött der Leute machen?»

«Den Opfern ist Schlimmeres passiert. Und schließlich müssen wir ja irgendetwas unternehmen.»

«Einverstanden», sagte Chabrand.

Gemeinsam erstellten sie die Liste der betroffenen Schulen.

«Und das Priesterseminar?», fragte Chabrand, als sie die Liste überprüft hatten.

«Was meinen Sie?»

«Das umfasst doch ein Vorseminar mit Halbwüchsigen, oder?»

«Vermutlich. Ich habe es nicht nachgeprüft. Aber es scheint mir ziemlich unwahrscheinlich ...»

«Wegen dieses verdammten Tugendbolds krieg ich noch Haue von den lieben Brüdern!», dachte Laviolette. «Das Priesterseminar! Der hat wohl einen Vogel! Verbringt seine Zeit damit, ohnehin schon tote Feinde umzubringen! So was hält sich für fortschrittlich und benimmt sich, als hätte die Trennung von Kirche und Staat noch nicht stattgefunden.»

«Es wäre sehr ungerecht, wenn wir das Seminar nicht einschließen würden», sagte Chabrand würdevoll, und fügte es auf der Liste hinzu.

«In Ordnung!», sagte Laviolette. «Aber da gehe ich selbst hin, und obgleich das nicht zu Ihren Aufgaben gehört, werden Sie mich begleiten! Ich könnte mir vorstellen, dass es Ihnen angenehm ist, den Feind am Boden zu sehen.»

«Gewiss», sagte Chabrand etwas kleinlaut.

Nicht nur Jungs aus der fünften und der sechsten Klasse, sondern auch Kerle, die schon rauchten – manche sogar Hasch – oder gelegentlich schon mit Mädchen schliefen …, solche Knaben also zu fragen, ob sie noch mit Steinschleudern spielten, das war doch völlig grotesk! Wirklich? War es das? Sechs fand man in den Bänken einer Untertertia und dazu den Lageplan sämtlicher Leuchtreklamen der Stadt, mit dicken Kreuzchen für diejenigen, die bereits abgeknallt worden waren. (Die Ermittlungen in dieser Sache waren längst eingeschlafen, nun kamen sie wieder in Gang.) Fünf entdeckte man in einer achten Klasse, mehr als zwölf in den fünften und sechsten Klassen; manche darunter wurden zusammen mit anderen interessanten Trophäen in den Schubladen verwahrt: toten, mumifizierten Spatzen etwa, oder der sorgfältig mit Stecknadeln gespannten Haut einer Ringelnatter.

Der Kommissar und der Richter waren weder fröhlich noch hochgemut, als sie an der Mauer des Priesterseminars entlanggingen. Der Winter ging ihnen aufs Gemüt mit seinem dünnen, unentschiedenen Regen, der immer wieder zu

Schnee wurde und auf Glatteis und schmelzenden Altschnee fiel. Krähen ließen sich durch die Luft treiben; ihre nassen Flügelschläge klangen wie jämmerliches Klatschen in einem Himmel, der schon um zwei Uhr nachmittags düster war.

Sie läuteten an der Pforte links vom großen Gitter, das nicht mehr geöffnet wurde. Sie hatten sich angekündigt. Ein Pförtner in Soutane kam mit einem großen blauen Regenschirm und machte ihnen auf. Er lächelte sogar. Wie brachte er das zustande? Im überdachten Teil des Schulhofs jaulte der Wind und schob Berge von totem Laub vor sich her. Der Christus im Saint-Sulpice-Stil an seinem triefend nassen Eichenkreuz mitten im verwaisten Hof war schwarz wie der Winter, gesättigt mit Regen und Einsamkeit. Die Gebäude im Hintergrund wirkten wie hohl, sie quietschten vor lauter Baufälligkeit und zischelten sich im Nordwind ihre Erinnerungen zu. Links vom Haupteingang war ein Klassenraum beleuchtet. Der Bruder, der vor ihnen herging, klopfte an der Tür. Innen rief jemand, sie möchten hereinkommen.

Der Lehrer hinter dem Pult war um die dreißig Jahre alt und hatte das gleiche gütige Lächeln wie der Bruder mit dem Regenschirm. Sechs Schüler saßen um den Ölofen herum. Sie standen auf. Der Richter betrachtete sie. Da war ein herrlicher Schwarzer mit tiefen, sanften Augen, zwei Asiaten mit kugelrunden Köpfen, ein Knabe aus der Auvergne (zumindest war Chabrand davon überzeugt, dass er aus der Auvergne stammte, denn er sah so unverschämt französisch aus, dass man sich eigentlich nicht täuschen konnte) und zwei Italiener mit Samtaugen, die schon damit zufrieden waren, dass sie sich vor der Armut in ihrer Heimat geschützt wussten.

Während sie noch standen, durchsuchte Laviolette flüchtig und halbherzig einige Pulte in diesem Raum, der groß genug war, um sechzig Schüler zu beherbergen. Er war nur hierher gekommen, um dem Richter einen Gefallen zu tun, und nun hatte er seinen Spaß daran, dass der Richter so gut wie keinen hatte.

«Gut», sagte Chabrand, «dann gehen wir in die anderen Klassen.»

«Sie haben den vollständigen Schülerbestand vor Augen», sagte der geistliche Lehrer.

Chabrand machte kehrt ohne zu antworten.

Laviolette reichte dem Priester die Hand und verabschiedete sich; der Priester lächelte. Der Pförtner mit dem Regenschirm brachte sie zum Eingangstor zurück. Nun fanden sie sich wieder in Gesellschaft der Krähen, die links von ihnen herumflatterten, und des Regens, der ihnen jetzt ins Gesicht schlug. Die langen kahlen Äste der Platanen schienen einen makabren Fandango aufzuführen. Der Richter und der Kommissar eilten mit nach vorn gerichtetem Regenschirm – der sie vor nichts schützte – durch die unfreundlichen Gassen. Sie machten den Mund nicht auf.

«Neununddreißig!», verkündete Chabrand und deutete mit tragischer Geste auf seinen Schreibtisch. «Neununddreißig Gummischleudern aller Art, die die Erfindungsgabe ihrer Besitzer belegen, aber nicht eine einzige würde solche Kiesel einen Meter weit befördern, ohne zu zerreißen.»

Vergeblich versuchte er die Bléone-Kiesel, die drei Menschen getötet hatten, auf diese schmächtigen Geräte zu laden. Er zückte den Bericht des ballistischen Dienstes, der diesmal schnell gearbeitet hatte. Er nahm einige der «Wurfwaffen» auf, die alle sorgfältig etikettiert waren und den Namen ihres jeweiligen Besitzers trugen. Dann ließ er sie entmutigt auf seinen Schreibtisch niederklappern.

Er trat neben Laviolette, der am Fenster stand und fasziniert das Schauspiel betrachtete, das da vor dem Justizgebäude aufgeführt wurde.

Etwa sechzig dicht zusammengedrängte und wohl geordnete Regenschirme bildeten eine Art Panzer, der an die «Schildkröte» der römischen Legionen erinnerte, wenn sie ein befestigtes Lager angriffen. Aus diesem absonderlichen Tier erhoben sich Spruchbänder, auf denen man – allerdings nur noch für kurze Zeit, denn die Aufschriften begannen sich schon aufzulösen – Dinge lesen konnte wie etwa: *Unfähige Polizei geht auf unsere Kinder los!*, *Polizei Pfui! Hände weg von unseren Kindern!*, oder auch: *Laviolette: Rücktritt!*.

Der einhellige Ruf «Nieder mit der Polizei!» wurde vom Lärm des Platzregens gedämpft. Aus der Nebenstraße tauchte eine weitere Schildkröte auf, genauso schwarz und genauso weiß, genauso würdig und genauso gespickt mit Spruchbändern.

«Beide Elternverbände gemeinsam!», sagte Laviolette. «Die Reaktion auf meine Maßnahmen ist einstimmig. Das kann nicht jeder von sich behaupten.»

Beide riefen sie die gleichen Parolen: «Rücktritt!» und «Laviolette abservieren! Laviolette ausrangieren!» Aber die politische Einstellung der beiden Verbände war krass unterschiedlich, deshalb konnten sie unmöglich gemeinsam protestieren. Die Folge war kakophones Durcheinander.

Der Regen hingegen fiel ganz unparteiisch, kalt, dicht, unaufhörlich, fast genauso hartnäckig wie neulich, als der Kommissar und der Richter das Priesterseminar besuchten. Auch der Wind tat das Seine und verdrehte die Spruchbänder wie Laken in der Wäscheschleuder. Einige Regenschirme minderer Qualität klappten um. Die Menschen traten auf der Stelle, taumelten. Der Platz war eng. Fast hätte man sich vermischt. Instinktiver Abscheu voreinander ließ die Regenschirme der beiden Bataillone erzittern, und es gelang ihnen, ihre Autonomie und ihre Würde zu wahren, es kostete lediglich ein paar zertretene Füße. Wohl geordnet zogen sie wieder ab, um ihre Empörung vor die Präfektur zu tragen und dort den Wunsch zum Ausdruck zu bringen, Laviolette möge nach Cayenne oder in eine sonstige Strafkolonie versetzt werden.

«Dabei befindet sich zwangsläufig der Vater oder die Mutter eines Mörders unter diesen Leuten», sagte Laviolette.

«Nicht unbedingt», erwiderte der Richter. «Viele Eltern sind keinem der beiden Elternverbände angeschlossen.»

Plötzlich wurde er nachdenklich. Wer hatte unlängst darüber gesprochen? Irgendjemand hatte ihm vor ein paar Wochen gesagt: «Ach wissen Sie, ich habe zwar ein schulpflichtiges Kind, aber ich bin in keinem Verband. Ich gehe davon aus, dass die Lehrer wissen, was sie tun. Früher haben sich die Eltern auch nicht eingemischt, und das war ganz gut so.» Wer war das nur gewesen? Jetzt erinnerte er sich. Er lächelte.

Laviolette seufzte laut.

«Diese Geschichte wird mich um Kopf und Kragen bringen. Die Verbände machen mich nieder. Und die Presse wird mir das Fell über die Ohren ziehen.»

Er warf einen melancholischen Blick auf die Schlagzeilen der Tageszeitungen, die der Richter verächtlich um sich herum verstreut hatte, nachdem er sie überflogen hatte. *Ist das Ungeheuer von Digne ein Kind? – Dreifacher Mörder: ein Gymnasiast? – Kommissar Laviolette verfolgt Pennäler!*

«Idioten!»

Indessen dröhnte in seinem Kopf das *De profundis* der

Polizisten, die in einer Sackgasse gelandet sind: «Die Ermittlungen sind an einem toten Punkt angelangt!»

Und dennoch spürte er, dass sich zwischen ihn und die Wahrheit nur die Winzigkeit einer nicht ganz zu Ende gedachten logischen Folgerung geschoben hatte. Vielleicht würde es genügen, gewissen Details Rechnung zu tragen, auf die er bisher nicht geachtet hatte. Aber welchen nur, welchen?

«Apropos», sagte er, «neulich bin ich noch einmal zu Maria Cordelier gegangen.»

«Maria Cordelier? Ach ja! Das ‹Haus des Meisters›?»

«Richtig. Das ‹Haus des Meisters›. Ich wollte etwas mehr über ihre Begabung als Hellseherin erfahren. Und sie hat mir glatt gestanden, dass sie es war, die am Abend, als Jeannot Vial ermordet wurde, die Mutter benachrichtigt hatte. Sie erinnern sich: das, was ich unbedingt erfahren wollte, obwohl der Staatsanwalt, und Sie übrigens auch, mich unbedingt daran hindern wollten?»

«Ja. Und wenn ich mich recht erinnere, haben Sie auch ein paar Kratzer abgekriegt. Was hat sie Ihnen denn genau gesagt?»

«Dass Arlène Vial an jenem Abend bei ihr war, wie jeden Freitagabend. ‹Zu einer mystischen Meditation, die sie von ihren Phantasien befreien soll.› Wörtliches Zitat. Seitdem ihr Mann sie vor zehn Jahren verlassen hat – und, was erschwerend hinzukommt, auch noch an ihrem fünfzehnten Hochzeitstag! –, verkehrt sie regelmäßig im ‹Haus des Meisters›. Und da hat Maria plötzlich gesehen …»

«Sie haben mir doch gesagt, dass sie behauptet, sie sei keine Hellseherin.»

«Sie sieht nur, was im Kopf ihrer Gesprächspartner geschrieben steht. Plötzlich hat sie, so sagte sie mir, ‹einen schwarzen Schleier sich über Arlènes Erinnerung ausbreiten sehen›. Ziemlich wörtlich hat sie gesagt: ‹Ich wurde von einer Art blendendem Hitzeschwall getroffen. Ich war gerade dabei, für ein Dutzend Jünger die *Fioretti* des heiligen Franziskus auf Italienisch vorzulesen, es hat mir regelrecht die Stimme verschlagen! Arlène, habe ich gerufen, was macht Ihr Sohn? Darauf hat sie geantwortet, dass er bei den Bahut-Lamastre Bridge spielt. Dann laufen Sie hin, habe ich ihr gesagt, schnell, laufen Sie hin!›»

«Sagen Sie mal! Das ist ja verdammt nützlich, was die Alte da kann!», rief der Richter. Ausnahmsweise hatte er vergessen, seine Sprache zu kontrollieren.

«Und wie! Ungefähr genauso nützlich wie das Protokoll eines Gerichtsvollziehers für einen Ehebruch! Als sie in die Rue Prête-à-Partir kam... Na ja, Sie kennen die Fortsetzung. Wenn es wirklich nützlich gewesen wäre, dann wäre sie vor uns eingetroffen. Und vor allem: sie wäre vor dem Mörder eingetroffen!»

«Gewiss. Aber warum erzählen Sie mir das eigentlich gerade jetzt?»

«Um Sie zu erleuchten. Und außerdem... weil sich vielleicht doch etwas Nützliches in diesem ganzen scheußlichen Wirrwarr aus Glaube und Magie verbirgt. Maria hat mir gestanden, dass ihr beim Tod dieses Chérubin Hospitalier ‹die Seele erfroren› sei und dass sie seitdem viel nachgedacht habe.»

«Und? Hat sie die Lösung ‹gesehen›?»

«Nicht wirklich, aber sie hat über dieses ‹or› gesprochen. Sie hat noch einmal betont, dass sie diese beiden Buchstaben in meinem Kopf nicht einmal gesehen hat, geschweige denn die Fortsetzung, weil ich sie ja selber nicht gesehen habe, und das wäre eben das ‹Sehen›, hat sie gesagt. Weil meine

Gehirnzellen unproduktiv und träge seien. ‹Vor allem aber›, hat sie mit erhobenem Zeigefinger hinzugefügt, ‹weil mein Herz zu rein ist, um es zu sehen. Sie aber, Sie müssen Ihren ganzen Willen dafür einsetzen. Ihre Seele. Sie müssen die Lösung finden. Sobald Sie dieses Wort erkannt haben, ist die Sache halb geklärt!› Daraufhin hat sie ihren Schal enger um sich geschlungen vor dem ewig absterbenden Feuer und hat hinzugefügt: ‹Es muss etwas ganz Scheußliches sein!›»

Der Richter lachte – jenes berühmte stumpfe Lachen.

«Das will ich gerne glauben! Drei Morde!»

Laviolette drehte sich methodisch eine Zigarette.

«Ich bin nichts als ein armer Polizist, der kurz vor der Pensionierung steht und mühsam seine Dienstjahre abgeleistet hat. Ich verfüge also nicht über großartige Möglichkeiten. Aber Sie... Wenn Sie sich ein wenig um dieses ‹or› bemühen würden? Was meinen Sie, hm? Wäre das nicht der richtige Augenblick, Ihren Geist ein wenig zu schärfen?»

«Was meinen Sie damit? Die Ermittlungen sind Sache der Polizei.»

«Gewiss, gewiss. Aber höheren Orts», sagte er und schaute salbungsvoll zur Decke, «wirft man uns in einen Topf. Ich habe Ihnen noch nicht erzählt, dass der Präfekt, als ich ihn zuletzt traf, mir im Augenblick, als ich den Raum verlassen wollte, gesagt hat: ‹Ich weiß, dass Sie Digne lieben!› Ich fürchte, das weiß er auch von Ihnen.»

«Oh!», sagte der Richter.

Im Geiste sah er sich schon in Paris, Lyon, Marseille oder Clermont-Ferrand, lauter Orten, wo er nicht die für die zweiunddreißig Kapitel seiner ‹Widerlegung› notwendige Ruhe zum Nachdenken finden würde. Er nahm sich fest vor, diesem ‹or› ein paar schlaflose Nächte zu widmen.

«Wir armen Polizisten», fügte Laviolette hinzu, «sind

leider gezwungen, ausgetretenen Pfaden zu folgen, sonst macht sich die Öffentlichkeit über uns lustig und unsere Vorgesetzten pfeifen uns zurück. Was zur Folge hat, dass wir lieber nicht weiter als bis zu unserer Nasenspitze denken. Wenn wir die Buchstaben ‹or› lesen, überlegen wir uns wie in einem drittklassigen Krimi, ob es sich nicht um die Anfangsbuchstaben vom Namen des Mörders handelt, auf den uns das Opfer aufmerksam machen will. Oder ob es sich um seinen Beruf handelt. Oder um irgendeine Besonderheit seiner Person. Darüber freut sich dann der Staatsanwalt. Wir sind auf völlig orthodoxe Weise an das Problem herangetreten, und dass wir die Lösung nicht gefunden haben, spielt keine Rolle. Erst nachts im Bett können wir endlich nachforschen, und das sind dann unbezahlte Überstunden.»

«Jetzt rücken Sie doch endlich raus damit!», jammerte der Richter. «Sie nerven mich und ich weiß überhaupt nicht, worauf Sie hinauswollen.»

«‹Or›: diese beiden Buchstaben hat ein Philosophielehrer in den Schnee geschrieben. Vergessen Sie das nicht. Zwischen dem Augenblick, in dem er vom Stein getroffen wird, und dem, in dem er vor dem Kieshaufen zusammenbricht, liegt eine Distanz von vier Metern und vermutlich sind sechs bis acht Sekunden verstrichen. In dieser kurzen Zeit muss sein bereits angeschlagener, von panischer Todesangst erfüllter Geist alle Einzelheiten seines jüngst vergangenen Lebensabschnittes gesammelt und dabei in aller Eile jene Gründe herausfiltriert haben, die es dafür geben konnte, dass man ihm Böses wollte. Im Augenblick, als er zusammenbricht, ist es ihm gelungen, eine Theorie zu konstruieren. Er bemüht sich, daraus die Synthese in einem einzigen Wort zusammenzufassen, das er niederzuschreiben beginnt:

‹or›. In diesem Augenblick trifft ihn das zweite Wurfgeschoss. So, das war's. Sie wissen genauso viel wie ich.»

«Nach einer so gewaltigen Anstrengung dürfen Sie sich ausruhen!»

«Mitnichten! Ich werde mich an das *genu valgum* ranmachen! Das heißt, ich werde mir die Mühe machen, alle Schüler ausfindig zu machen, die etwa 1,58 groß sind, zwischen 55 und 60 Kilo wiegen und auf die dieser abscheuliche Ausdruck zutrifft. Da die Anthropometrie dies nun einmal herausgefunden hat anhand dieses verdammten Schuhs! Das wird kein Honiglecken: Erst einmal müssen die Eltern überzeugt werden! Meine ganze Mannschaft hängt mit da drin. In den Turnstunden gucken sie sich die Athleten aus, deren Knie sich berühren. Ich hab welche ins Schwimmbad, andere auf die Tennisplätze beordert... überallhin, wo man sich mit nackten Knien zeigt. Sie können sich gleich auf eine zweite Demonstration der Eltern gefasst machen, wenn ich diese ganzen Knaben fragen werde... Abgesehen davon, dass ich den Erzeugern erst einmal klarmachen muss, dass ihr Prachtkind ein *genu valgum* hat! Sieh da, an dieses Detail hatte ich gar nicht gedacht! Kurzum, wenn ich all diese Knaben fragen werde, was sie in der Nacht vom 3. Februar und in den beiden anderen Mordnächten getan haben...»

«Erhoffen Sie sich davon wirklich Erfolg?», fragte der Richter skeptisch.

«Halben Erfolg! Vielmehr hoffe ich auf Ihre strahlende Intelligenz, um mich über die Buchstaben aufzuklären, die das Opfer nach dem ‹or› schreiben wollte.»

Er gab dem Richter die Hand. Dann ging er. Aber er schob noch einmal den Kopf durch den Türspalt und sagte:

«Um Ihnen nichts zu verheimlichen: Ich glaube, ich habe

eine Spur von einer Idee zu diesem Thema. Wir werden sie mit Ihrer konfrontieren, sobald Sie auch eine haben.»

In diesem Moment dachte der Richter, dass die Spruchbänder mit «Laviolette abservieren, Laviolette ausrangieren!» einiges für sich hatten.

~ 8 ~

MEIN lieber kleiner Mörder,
Es sind bereits drei Wochen vergangen, seitdem ich dir jene lange, pathetische Epistel zukommen ließ, und du geruhst bis heute nicht, mir zu antworten. Das ist nicht nett. Du weißt, dass das Lesen meine Augen sehr anstrengt, obwohl ich so gerne lese. Du weißt auch, dass ich nie vor drei Uhr morgens einschlafe und dass ich Gesellschaft sehr schätze. Dabei habe ich doch nicht viel von dir verlangt: lediglich dass du mir dreimal in der Woche vorliest. Und außerdem hättest du mir deine Morde erzählt. Du weißt, wie gern ich schöne Geschichten mag. Warum antwortest du mir nicht? Wo ich dich doch als kleines Kind auf meinem Schoß gehalten habe. Du weißt, dass du mir nur ein einziges Wort zu sagen brauchst... Du verstehst mich. Also bitte, gib dir ein ganz klein wenig Mühe. Du gibst dir doch auch sonst so viel. Es ziemt sich nicht, nachts allein herumzustreunen, ohne dass es deine arme Mutter weiß, die sich doch so abrackert...

Die alte Dame hielt einen Augenblick inne, die Feder in der Luft. Ein sarkastisches Lächeln verzog ihre Lippen. Dann fuhr sie fort:

Wenn du kommst, gebe ich dir jenes herrliche Präzisionsgerät zurück, das mir dein geliebter Vater vor nicht allzu langer Zeit geschenkt hat! Damit ist alles gesagt. Dann werde ich nie mehr danach schauen, ob dein Fenster oder die Dachbodenluke in der Nacht hell wird, wie dies in gewissen Nächten geschehen ist, die ich dir in meinem letzten Brief aufgezählt habe. Sonst, mein lieber Kleiner… Aber ich umarme dich trotzdem und bleibe überzeugt, dass du der Zärtlichkeit, die du für mich hegst, nicht widerstehen kannst.

A. de Champclos

P.S. Ich habe mir erlaubt, dir zu schreiben, weil ich weiß, dass immer du den Briefkasten leerst. Ansonsten hätte ich das selbstverständlich nicht getan.

Madame de Champclos schrieb grundsätzlich mit einem Gänsekiel, was das Entziffern ihrer großen, nachlässigen Schrift erschwerte. Jetzt löschte sie schwungvoll das frisch Geschriebene mit Sand, leerte den Sand in den Papierkorb und las ihren Brief noch einmal: Zufrieden hielt sie ihn mit ausgestreckten Armen vor sich, denn sie trug keine Brille; auf diese Eitelkeit hatte sie schon lange verzichtet.

Sie öffnete eine kleine Schublade des Sekretärs, entnahm ihr einen rosa Umschlag; dann schüttelte sie ihre Feder und begann, eine Adresse darauf zu schreiben. In Schönschrift schrieb sie den Namen und hielt inne. Eigentlich war es ja nicht weit weg, und da sie ohnehin das Haus verlassen musste, würde sie den Brief direkt in den Briefkasten des Adressaten einwerfen. Immerhin eine Briefmarke weniger, für die der Staat kassieren würde.

Die alte Dame ging gemächlichen Schrittes auf ihre neunundachtzig Jahre zu. Sie war durchaus noch rüstig. Man sagte ihr ein ungewöhnliches Gedächtnis nach. Sie erzählte gerne von ihrer Kindheit zwischen 1890 und 1900, als ob es gestern gewesen wäre. Manchmal verwechselte sie allerdings die Generationen, vor allem wenn die Ähnlichkeit zwischen den Eltern und den Kindern groß war. Zum Beispiel sagte sie dann zu jemand, den sie traf: «Oh! Welch eine Überraschung! Ich habe Sie seit mindestens zwanzig Jahren nicht mehr gesehen!»; dabei sprach sie zur Enkelin der Person, die sie meinte und die längst verstorben war, und die Enkelin war der alten Dame nie zuvor begegnet. Das sind so die unliebsamen Begleiterscheinungen des Alters. Aber das hinderte sie nicht daran, wacker ihre Aktiencoupons zu schneiden, zu wählen (immer links), genau zu wissen, wer gerade bei der Tour de France vorne war, und sich im Kino den letzten Godard-Film anzusehen und zu kommentieren. (Es wurden in Digne allerdings nur selten welche gezeigt.)

Ihr Computer war viel, viel weiter drinnen blockiert. Und so bemerkte niemand, dass hinter den korrekt von der Großhirnrinde programmierten Handlungen das komplette Informationszentrum ihres Gehirns verkalkt war. Die Relais waren allesamt kurzgeschlossen. Als hätten sich auf den Gehirnwindungen Krampfadern gebildet. Verrückt? Nein, das war sie nicht. Aber die Sicherungen waren durchgebrannt, sie war übermütig wie eine Pennälerin. Der Beweis war dieser zweite Brief, den sie an den Mörder schrieb.

An diesem Tag duftete es nach falschem Jasmin, es war Anfang Mai. Die alte Dame fühlte sich wie neugeboren und beschloss, die Zinsen ihrer Aktien abzuholen, was sie seit vierzehn Tagen hinausschob, des Wetters wegen, das für eine bald Neunzigjährige ungünstig gewesen war.

Sie nahm die Einkaufstasche, auf die ihre letzte Haushälterin – sie war es längere Zeit geblieben, weil sie der Versuchung widerstanden hatte, außerhalb der Feiertage Fleisch zu essen – ihr Motive von zwei La-Fontaine-Fabeln gestickt hatte. Sie setzte den spektakulären Rüschenhut auf, den sie sich 1905 bei der Schauspielerin Sarah Bernhardt abgeguckt hatte (und den ihre Hutmacherin seitdem immer wieder getreulich nacharbeitete). In dieser Aufmachung war sie sicher, von ganz Digne wieder erkannt, also auch nicht angerempelt zu werden. Sie öffnete die Schublade ihrer Louis-quinze-Kommode, in der zwei- oder dreihundert Aktien von 1973 lagen, die man ihr trotz ihres lautstarken Protests für ihre Pinay-Aktien gegeben hatte, deren Kurs damals an den Gold-Napoléon gekoppelt war. Eine ziemliche Menge. Aber das machte nichts, die Tasche war geräumig. Mit einer herablassenden Grimasse fügte sie noch ein ansehnliches Päckchen Obligationen der Stadt Digne hinzu, und schließlich steckte sie zwischen zwei solcher Päckchen noch den Brief an den Mörder, den sie höchstpersönlich in den Briefkasten einwerfen wollte.

In Digne herrschte Jubel, Trubel und Heiterkeit. Es war der Pankraz-Tag und der große Straßenverkauf war in vollem Gang. An allen Platanen hingen schlecht eingestellte Lautsprecher; die Werbesprüche, die sie ausstrahlten, waren nur verständlich, wenn man ihnen aus mindestens einem Kilometer Entfernung lauschte, hier jedoch dröhnten sie alles zu und machten jegliches Gespräch unmöglich. Die alte Dame schritt mit einem Lächeln auf den Lippen durch diese Hölle. Sie liebte den Lärm.

Unterwegs traf sie Bekannte, die sie nach ihrer Gesundheit fragten – so glaubte sie zumindest und antwortete in diesem Sinne, nämlich dass es ihr hervorragend gehe. Um fünfzehn Uhr fünfzehn betrat sie die Bank.

Der junge Mann, auf den sie ohne zu zögern zuging, kam gerade von einem Lehrgang und stammte nicht aus Digne.

Nicht, dass er die Erscheinung etwa komisch gefunden hätte. Die jungen Leute schauen nicht nach den Neunzigjährigen, oder zumindest sehen sie sie nicht. Wenn sie ihre Anwesenheit aus beruflichen Gründen wahrnehmen müssen, glauben sie sich eher mit einem Gespenst konfrontiert als mit einem normalen Sterblichen. Zugegeben: Mit ihrem gipsweißen Gesicht und dem schwarzen Hut einer tragischen Witwe wirkte die alte Dame tatsächlich wie das Gespenst einer englischen Lady. Als der junge Mann jedoch sah, wie sie mit sicherer Geste vier Packen der dreiundsiebziger Staatsanleihe und zweihundert Obligationen aus der Tasche zog und das Ganze so heftig auf die Theke knallte, dass eine Staubwolke im Sonnenstrahl aufwirbelte, wurde ihm klar, dass er es durchaus mit einer Lebenden zu tun hatte, und mit einer respektablen dazu, und fortan war sie in seinen Augen nicht mehr neunzig Jahre alt.

Und da sie nun eine gewöhnliche Kundin war, erklärte er, nachdem die Coupons abgeschnitten waren, sie erhielte nun eine Quittung und die entsprechende Summe würde ihrem Konto binnen acht Tagen gutgeschrieben.

«Wie bitte? Gutgeschrieben? Binnen acht Tagen? Merken Sie sich, junger Mann, dass auf meinem Konto niemals mehr als tausend Francs liegen! Ich soll mich also noch ein zweites Mal hierher bemühen... Ich, die Chevalière de Champclos? Bitte merken Sie sich, junger Mann...»

Ein Abteilungsleiter, der ihre Stimme erkannt hatte, kam herbeigeeilt, um das Missverständnis aus dem Weg zu räumen.

«Aber das war doch ein Irrtum, Madame la Chevalière! Wie üblich werden wir Ihnen die Summe auf der Stelle ausbezahlen, selbstverständlich, Madame la Chevalière!»

«Und in bar, wie üblich!»

«In bar, selbstverständlich, Madame la Chevalière!»

Aus welchem absonderlichen Theater-Gotha hatte sie sich wohl diesen Titel herausgefischt, über den jene sechs provençalischen Familien, die ihre Linie über verschlungenste Verwandtschaftsallianzen bis zum Vasallenkreis des Grafen von Toulouse zurückverfolgen konnten, nur gelacht hätten? In Digne jedenfalls grüßte man sie mit diesem Titel.

Um diesen jungen Schnösel für seine Frechheit zu bestrafen, ließ sie ihn noch ein wenig nacharbeiten. Sie brachte die Coupons ihrer Obligationen durcheinander, zählte zehnmal die verschiedenen Banknotenpäckchen nach (wobei sie sorgfältig darauf achtete, niemals den zehnten Schein hochzuheben), so dass sie schließlich um sechzehn Uhr fünfzehn die Bank verließ, und zwar in Begleitung des Abteilungsleiters, der es sich nicht nehmen ließ, sie bis zur letzten Sekunde zu beraten.

«Wissen Sie, liebe Chevalière, es ist doch sehr unvorsichtig – lassen Sie mich das in aller Freundschaft sagen –, mit solchen Mengen Wertpapieren, die alle auf den Inhaber lauten, herumzuspazieren. Das wäre zusammen mit Ihrem Schmuck in einem unserer Tresore viel besser aufgehoben.»

Die alte Dame wackelte mit dem Kopf, als ob sie ihm zustimmen wollte, sagte aber:

«Mein lieber Gillet, schauen Sie mich doch an: Mit meinem Hut und meiner Tasche sehe ich doch aus wie eine arme Irre. Widersprechen Sie mir nicht! Ich rechne mit der Dummheit der Straßenräuber. Die denken genauso konventionell wie alle andern Leute auch. Nie im Leben würden die glauben, dass eine Irre Geld in der Tasche herumträgt. Und noch dazu eine Irre in meinem Alter!»

Sie machte auf dem Absatz kehrt und mischte sich in den

allgemeinen Trubel. Mit ihrer Tasche, die lose am Arm baumelte, machte sie einen Schaufensterbummel am Boulevard Gassendi entlang. Sie traf eine Freundin, die fast genauso alt war wie sie und um ein Café herumstrich, weil sie es nicht wagte, allein ein Stück Torte essen zu gehen.

«Sie trauen sich nicht? Aber warum denn nicht? Kommen Sie, wir gehen zusammen.»

Ihr Auftritt erregte großes Aufsehen, denn es war einiges los in dem Café. Sie setzten sich dicht nebeneinander an einen Tisch im Freien. Eine gefräßige Zwölfjährige, die sich bemühte, ein Eclair mit einem Bissen zu bewältigen, wäre fast erstickt, weil ihr der Kuchen im Hals stecken blieb, als sie ihr Lachen zu unterdrücken versuchte.

Kaum hatten sie Platz genommen, begannen die beiden alten Damen über die Passanten, von denen sie viele kannten, herzuziehen. Über Unglück und Missgeschick Letzterer gaben sie laute Kommentare von sich, wobei sie mit dem Finger auf sie zeigten. Wegen der Lautsprecher konnte sie niemand hören, und sie hörten sich auch selber nicht, aber es war ganz angenehm, sich über das Liebesleben in der Stadt und Umgebung auf dem Laufenden zu halten.

Die Chevalière ließ sich von der Bedienung zur Unvernunft überreden. Sie trank zwar nur einen Tee mit Zitrone, verdrückte dazu aber einen großen Windbeutel, eine Meringe und ein Stück Sahnetorte. Ihre Zahnprothese klapperte vor Wonne.

Die Rechnung zu begleichen war nicht einfach. Die Einkaufstasche der alten Dame und die silberne Börse ihrer Freundin lieferten sich einen homerischen Zweikampf, während die Besitzerinnen mit schriller Stimme nach der Bedienung riefen. Diese kam betont langsam, denn das Trinkgeld würde mit Sicherheit nicht üppig ausfallen.

«Aber meine Liebe, ich bitte Sie!»

«Nein, nein, meine Liebe, das werde ich nicht zulassen.»

Die Chevalière trug den Sieg davon. Aus einem Bündel zückte sie einen Hundert-Franc-Schein, wobei der Brief an den Mörder zu Boden fiel.

«Liebe Chevalière, Sie haben etwas verloren!», sagte die Freundin, die ihre Geldbörse blitzartig weggesteckt hatte.

Ein wohlerzogener junger Mann bückte sich und hob den Umschlag auf. Er war mit der Adresse nach unten auf den Boden gefallen und genauso gab er ihn zurück, wie es eben der Anstand fordert.

Die alte Dame bedankte sich würdevoll und schraubte sich aus ihrem Sessel empor. Im Stehen, vor dem Café, wünschten die beiden sich noch gegenseitig alles Gute und marschierten in verschiedene Richtungen von dannen. Mehrfach drehten sie sich noch um, um sich durch die Menschenmenge hindurch freundlich zuzuwinken.

Es war inzwischen kurz vor sieben; den Lautsprecherlärm übertönend, rollte laute Militärmusik über den Boulevard heran und versetzte die Menge in Trance. Die alte Dame blieb unter einer Platane stehen und ergötzte sich am Lärm der Blechmusik.

Allmählich aber hatte es der heilige Pankraz satt, so ausgiebig gefeiert zu werden. Während die Sonne am Horizont niedersank, schickte der Eisheilige ein paar schwarze Wolkenanhäufungen über die Clues de Chabrières. In Richtung des unheilvollen Dreiecks Barrême, Saint-André, Castellane gewitterte es am Himmel.

In Digne aber war man so sehr damit beschäftigt, das zweite Gebirgsjägerbataillon, das alles zur Verfügung stehende Blech zum Klingen brachte, mit Vivat zu übertönen, dass man nicht sah, wie der Eisheilige sich in seinen Werken näherte. Urplötzlich entlud er seinen Grimm. Ein Blitz ließ die Blasinstrumente rot aufleuchten. Ein Donnerschlag übertönte den vereinigten Krawall der Militärmusik und der Lautsprecher, und im gleichen Moment ergoss sich das Wasser wie aus gewaltigen Kübeln über die Anwesenden: Männer, Frauen, Kinder, Greise und Soldaten. Nur dass diese Wasserkübel überhaupt nicht mehr aufhören wollten, sich zu ergießen. Nach wenigen Augenblicken quoll es aus sämtlichen Gullys herauf.

Eine überstürzte Flucht setzte ein. Seit ewigen Zeiten daran gewöhnt, ihres Hutes wegen auf die Launen des Himmels zu achten, warf die Edle von Champclos mindestens alle fünf Minuten einen Blick nach oben. Was zur Folge hatte, dass sie sich rechtzeitig vor dem Wolkenbruch unter das Vordach einer Kneipe retten konnte. Und da sie nun schon einmal da war, musste sie wohl oder übel etwas trinken. Sie bestellte einen Portwein, und nun konnte sie, hochzufrieden und gemütlich sitzend, der allgemeinen Auflösung zusehen.

Drei bunt aufgetakelte Grazien tauchten plötzlich mit triefender Dauerwelle vor ihrem Tischchen auf, vor Kälte quiekend, und verstellten ihr völlig die Sicht. Gerade wollte sie sie anherrschen, sie seien doch nicht durchsichtig, da stellte sie fest, dass sie es sehr wohl waren, zumindest teilweise, weil ihnen die klatschnassen dünnen Kleider am Leib klebten. Sie erlaubte sich ein paar spöttische Gedanken über solche nicht immer ganz vorteilhaften Durchsichtigkeiten.

Als sie sich diesem Zeitvertreib entriss, war es kurz vor acht und das Gewitter legte sich. Ganz Digne zog nach Hause, um die Schäden zu beheben und sich angenehm entspannt an den Abendessenstisch zu setzen.

Der alten Dame fiel ein, dass sie noch etwas zu erledigen hatte, also brach sie auf.

Es war ein langer Weg bis zu diesem Briefkasten, und zweimal musste sie sich unterwegs auf einer Bank ausruhen. Als sie ihr Ziel erreichte, war es endgültig dunkel, über der Stadt herrschte jetzt Stille. Nur das Gewitter grummelte noch von fern, irgendwo über den Quellen der Bléone.

Ein wenig müde zwar, aber zufrieden mit dem Tag, neigte die alte Dame zu Nachsicht und zu Skrupeln. Sie war im Begriff, ihren Brief in den Kasten einzuwerfen, als sie es sich anders überlegte. «Was wäre, wenn nicht er den Briefkasten leert? Zu dumm! Letztes Mal habe ich ihm den Brief in die Hand gedrückt, als er aus der Schule kam. Es wäre vielleicht doch besser… Ich möchte doch nicht, dass der arme Junge bestraft wird! Ich werfe ihn morgen ein. Ist morgen Donnerstag? Nein, Freitag. Nein, doch Donnerstag. Morgen gehe ich hin und warte auf ihn. Ich übergebe ihm den Brief persönlich!» Und so wanderte der Brief zurück in die Einkaufstasche.

Sie war nicht mehr weit entfernt von ihrer hohen, zweistöckigen Oase des Friedens. Allerdings bewohnte sie nur den zweiten Stock, der direkt auf die Rue Bonempère hinausging und von dem aus man den wunderhübschen Garten überblickte, der in Terrassen angelegt war und bis hinunter ans Ufer des schmalen Bachs namens Eaux-Chaudes reichte.

Auf dem kurzen Weg allerdings, der sie noch von ihrem Haus trennte, meldete sich der heilige Pankraz noch einmal. Man hätte gedacht, er habe sich entfernt in Richtung Gebirge, um dort den letzten Firn aufzulösen, doch stellte sich das als Finte heraus. Er kam noch einmal mit voller Wucht. Man hörte, wie er seine bösen Schwingen an den zerklüfteten Felsen der Clues zerriss. Dann stürzte er auf Digne nieder, von allen Seiten zugleich, in einem sonderbaren Tumult, der die Wetterfahnen wie Windmühlen im Kreis rasen ließ.

Die alte Dame wurde heimtückisch von diesen hässlichen Böen überfallen, die ihr das Seidenrips-Kleid an die Hüften klatschten und ihr den Hut vom Kopf reißen wollten. Das Stückchen Weg bis zu ihrem Haus legte sie in seltsamen Pirouetten zurück, mit denen sie sich den Attacken des Windes anpasste. Trotz allen Bemühens gelang es den Böen nicht, das Meisterwerk von «Madame Amandine, Hutmacherin, 33 rue Royale, Paris, 1905» zu Boden zu befördern.

Endlich erreichte sie das prächtige, von zwei Säulen flankierte Tor, das nicht mehr zu schließen war, seit vor zwanzig Jahren ein LKW beim Rückwärtsfahren den unteren Teil eingedrückt hatte. Von Zeit zu Zeit, etwa einmal im Jahr, schaute die alte Dame bei Pleindoux, dem Schmied, vorbei: «Sagen Sie mal, Monsieur Pleindoux, Sie sollten mir wirklich mal das Tor reparieren!» – «Ach ja! Ich muss halt mal vorbeikommen… Sie müssen entschuldigen, aber wir haben so viel Arbeit!» Und das war's dann für das laufende Jahr. Der Schmied hoffte, dass entweder die Kälte oder die Hitze die Greisin derweil hinwegraffen würde, mitsamt ihrem zu reparierenden Tor. «Reparieren! So was! Ich frage mich: Die schwimmt doch im Geld. Könnte sie denn nicht gleich ein neues bestellen?»

Die Alte schob sich seitlich durch die Öffnung des Tors, das nicht mehr zu bewegen war.

Die Schattengrotte des Gartens nahm sie auf, das Laub knisterte und aufgestörte Vögel protestierten in ihren Nestern im Gewoge der Bäume. Auch ein paar Frösche verkündeten quakend ihre Unzufriedenheit über diesen Sturm, der ihnen die Schleimhäute austrocknete.

Die alte Dame wühlte in ihrer großen Tasche. Irgendwo fand sich da drin neben ihren Schlüsseln immer auch eine Taschenlampe. Sie packte sie mit sicherer Hand. In diesem Augenblick dachte sie, dass es vielleicht besser gewesen wäre, über die Rue Bonempère ins Haus zu gehen, aber wenn sie durch den Garten ging, kürzte das ihren Weg um mindestens fünfhundert Meter ab. Das Unangenehme dabei war, dass sie so die endlose Buchsallee hochgehen und die monumentale Außentreppe hinaufsteigen musste, deren Absätze durch gewaltige Geranientöpfe und Muschelwerkdekorationen markiert wurden.

Dieser Garten, einst von drei Gärtnern gepflegt, die jedoch längst unter der Erde waren, wies eine üppige Vegetation auf, die er seiner günstigen Lage direkt am Wasser zu verdanken hatte. Die verschiedenen Pflanzen wuchsen so ungehemmt, dass sie sich gegenseitig überwucherten. Und in Nächten wie der gegenwärtigen war es, als ob man gegen eine dunkle Mauer stieß, sobald man das Tor durchschritten hatte.

Die Alte leuchtete mit der Taschenlampe vor sich her. «Ich müsste mal die Batterie auswechseln», dachte sie. Das Elend des Alters besteht vor allem darin, dass man sich so viele Kleinigkeiten vornimmt, die ewig im Stadium des Vorhabens stecken bleiben, mag daran nun Ungeschicklichkeit oder Mangel an Kraft schuld sein. Die Gesten des Alltags, die einst ganz automatisch vonstatten gingen, werden plötzlich zu unüberwindbaren Hürden.

Wie viele Tausende von Malen war sie diese Buchsallee im Garten ihres Geburtshauses hinauf- oder hinabgegangen, in neunundachtzig Jahren? Der Reifen, die Bommel, die

Zöpfe … Ihre Mutter, die oben an der unpraktischen, prunkvollen Treppe stand und «Adélaïde!» hinunterrief. Und später dann, diese Festabende zu Sankt Pankraz, wenn heimliche Verehrer versuchten, ihr im Schatten der Büsche näher zu kommen … In so vielen Jahren! Plötzlich traf sie eine Erinnerung wie eine Ohrfeige, eine Erinnerung, die aus einem halben Jahrhundert der Wohlanständigkeit auftauchte: Ja doch … in einer gewissen Sommernacht, während ihr Mann da oben schlief … Aber um Gottes willen, wer war das denn noch mal gewesen? Sicher jemand, der inzwischen auch schon tot war … Im Stehen hatte sie es getrieben, in aller Eile, unter diesem riesigen Buchsbaum, der sich kaum verändert hatte in den fünfzig Jahren, seitdem dieses unbedeutende Ereignis stattgefunden hatte. Fünfzig Jahre! Seit wie vielen Jahren hatte sie niemand mehr «Adélaïde!» gerufen?

Ja, dieser Weg hatte sie ein Leben lang begleitet, aber heute Abend wirkte er feindselig. Wie viel Uhr war es inzwischen wohl? Sicher nicht sehr spät. Wie zur Antwort schlug es von Sankt Hieronymus neun.

Die alte Dame ging schwerfällig den Buchsweg hinauf, alle Begeisterung war von ihr abgefallen; mühsam schleppte sie ihre dreihunderttausend Franc schwere Tasche am Arm, das Gewicht des Briefes an den Mörder nicht gerechnet. Endlich kam sie am Fuß der monumentalen Treppe an. Sie schöpfte einen Augenblick Atem. O mein Gott! Endlich schlafen! Aber nun musste sie noch fünfunddreißig Stufen hinaufklettern.

Sie fasste Mut und hob gleichzeitig die Taschenlampe und die unvermeidliche Tasche an.

In diesem Augenblick sah sie ihn: Er stand auf dem Geländer, an der Stelle, wo sich einst der große Tonkrug mit den Geranien befunden hatte, ehe ihn der Wind nach unten befördert und zerstört hatte. Sein Gesicht war genau im Lichtkreis der Taschenlampe aufgetaucht, und er machte nicht einmal den Versuch, sich abzuwenden. O Gott! Wie hatte sie diese Blicklosigkeit übersehen können, damals, als sie ihn auf den Knien reiten ließ? Diese meergrünen, trüben, unergründlichen Augen ohne sichtbare Pupillen, ohne Licht? Wieso hatte sie damals verhindert, dass er an dem dicken Bonbon, das sie ihm gegeben hatte, erstickte? Wieso hatte sie ihn nicht aus Versehen einfach fallen lassen, als er achtzehn Monate alt war und auf ihrem Schoß saß? Jetzt war es zu spät. Reglos und starr stand er da auf diesem Geländerabsatz wie ein Eros aus einem Alptraum – nur dass es kein Pfeil war, was er jetzt abschoss.

Sie machte den Mund auf, glaubte, sie könne schreien, aber sie war zu alt dazu. Selbst die Angst, selbst der Schrecken waren für sie abgenutzte Gefühle. Aus ihrer Brust drang nichts als ein leises Gegackere wie von einem Huhn, das mitten im Schlaf vom Fuchs aufgestört wird.

Das böse Sausen der rotierenden Waffe ging unter im Brausen des Sturms.

Dann sprang der Mörder von seinem Piedestal. Mit eisenklirrenden Schuhen kam er die Treppe heruntergerannt. Er setzte über die Leiche seines Opfers hinweg, ohne die Tasche, die ihr entglitten war, eines Blickes zu würdigen. Er verschwand in der Nacht in Richtung Bach.

Übrig war nur noch, quer über den unteren Stufen liegend, die Leiche dieser armen Frau, deren Geheimnisse sich im Wind auflösten. Die Zahnprothese rutschte aus dem offenen Mund. Der Hut war bei der ersten instinktiven Schutzbewegung weggeflogen und hatte auch die Perücke mitgenommen. Alles, was vornehme Zurückhaltung, Anstand, gute Erziehung gewesen war, hatte der Tod mit fortgenommen.

Ein Stückchen weiter stand die Einkaufstasche in labilem Gleichgewicht an einem Mäuerchen des Steingartens, der Wind blähte sie auf wie einen Fallschirm, bevor er sie schließlich kippte und die Geld- und Wertpapierbündel halb freilegte, zwischen denen der Brief an den Mörder steckte.

Oben am Himmel machte der Eisheilige weiter. Es war schon vorgekommen, im Laufe der Jahre, dass er zwar tagsüber wütete, dass es dem Festkomittee jedoch abends gelungen war, das Feuerwerk wie geplant abzubrennen, weil er zumindest vorübergehend Ruhe gab. Aber diesmal konnte keine Rede davon sein. Auch wenn das Gerüst längst stand und die Feuerwerkskörper – sie konnten sogar unter Wasser explodieren! – an den Rädern befestigt und die Kisten für die Raketen mit Abdeckungen versehen waren, nein, wirklich, diesmal würde es in Digne am Sankt-Pankraz-Abend kein Feuerwerk geben.

Der Wind drehte von Norden nach Süden, von Osten nach Westen. Er tauchte ab, kam wieder hoch, tobte erneut mit neunzig Stundenkilometern, obwohl er gerade zehn Minuten lang so getan hatte, als wolle er sich beruhigen. Um elf Uhr hatten die Pyrotechniker die Nase voll: Sie packten alles wieder in Kisten, die Kisten in den LKW und den LKW in die Garage.

Der Wind gab trotzdem nicht auf. Das Gesicht der Toten war barmherzigerweise zugedeckt mit ihrem Kleid, das sich über sie gestülpt hatte. Und die Tasche, die endgültig um das Gewicht der Wertpapiere erleichtert war, flog wie ein Luftballon in die Bäume hinauf. Schutzlos ließ sie auf dem Kiesweg die Aktienpakete, die Geldbündel und den Brief an den Mörder zurück.

Sofort begann das Ganze auseinander zu fallen und zu zerfleddern. Die Obligationen drückten gegen das dünne Gummiband, das sie zusammenhielt. Die obersten schlugen bereits um. Die mit Stecknadeln zusammengepinnten Geldscheinbündel beschlossen, in Zehnerpäckchen zwischen den Bäumen Verstecken zu spielen. Plötzlich platzte der Gummiring. Wie Gespenster stiegen lange Papierdrachen auf in die Nacht. Einige nisteten sich in Astgabeln ein, andere unter den Jasminsträuchern; einige vom Wind begünstigte tanzten lange über dem Bach und landeten dann als Papierkaravellen im Wasser, das sie forttrug. Wenn die Neffen der alten Dame, ihre Erben, dieses traurige Schauspiel hätten sehen können, hätten sie vor Schreck und vor Verzweiflung geheult.

Auch der Brief verlor seinen Halt zwischen den Wertpapieren und flatterte davon. Ein Stückchen begleitete er ein paar Obligationen, die sich auf die Straße wagen wollten, zunächst aber am Gitter hängen blieben. Der Brief blieb etwas zurück. Erst beim dritten Versuch gelang es dem Wind, ihn nach draußen zu befördern. Die erste Etappe der Freiheit war ein hell erleuchteter, aber menschenleerer Gehsteig. Dort stellte der Wind ihn auf die Kante und ließ ihn aufrecht über alle vier Ecken rollen: eine völlig absurde, aber durchaus effiziente Translation.

Von Baumstamm zu Laternenpfahl, von Türpfosten, wo er sich zunächst endgültig festzuhaken schien, zu Gully, wo er sich mehrfach hineinstürzen wollte, erreichte der Brief schließlich die Stadtmitte.

Ziemlich lange verweilte er auf dem Zement des Musik-Pavillons, tanzte dort ganz allein eine bizarre Mazurka, die ihn, als wäre er ein Nijinski, bis zur Decke des Gebäudes hochwirbeln ließ, von wo er dann in eleganten Kreiseln wieder herunterwirbelte. Aber ein Windstoß von der Seite jagte ihn aus diesem geschützten Platz und er setzte seine Reise fort. Mal segelte er wie von einem Diskuswerfer geschleudert dahin, mal bewegte er sich auf der Kante im Zickzack von einer Gehsteigseite zur andern wie ein Betrunkener.

Wie jede Nacht in der mittlerweile völlig verödeten Stadt fuhren Polizeiautos mit vollem Licht langsam durch die Straßen. In seiner spielerischen Laune packte der Wind den wandernden Umschlag von unten und knallte ihn auf die Windschutzscheibe eines der Peugeots, die Vorderseite mit dem Namen des Adressaten wies nach innen. Es dauerte den Bruchteil einer Sekunde, lange genug, damit der am Steuer sitzende Beamte das Stück Papier erkennen konnte. Zum Lesen aber reichte es nicht. Der Wind ergriff ihn sofort wieder und schickte ihn unter die Tische eines Straßencafés, wo er eine Weile unter dem gusseisernen Fuß eines weggeräumten Sonnenschirms klemmte, ehe ihn eine heftige Bö schließlich wieder fortjagte.

Es war der Zeitpunkt, zu dem Kommissar Laviolette mit seinem Ford Vedette eine Runde drehte, um seine Leute zu beaufsichtigen und sich zu vergewissern, dass in der Stadt alles normal blieb. Der schwere Wagen kämpfte gegen den Sturm an. Der Kommissar kam von einem Hochzeitsessen, wo beide Familien hatten beweisen wollen, dass sie den besten Weinkeller von Digne besäßen. Im Ergebnis hätte Laviolette seinen Führerschein für mindestens drei Monate verloren, falls man ihn um drei Uhr früh – so spät war es inzwischen – einem Alkoholtest unterzogen und in die Tüte hätte blasen lassen. Das war ihm jedoch bewusst, und er fuhr nicht schneller als dreißig. Eine Zigarre zwischen den Zähnen – sie war ausgegangen –, gab er sich traurigen Gedanken hin über seine Mittelmäßigkeit, seinen mangelnden Scharfsinn, das Schwinden seiner Fähigkeiten angesichts dieser drei rätselhaften Fälle, deren Sinn ihm nicht einleuchten wollte.

«Du bist total vermauert, alter Trottel! Du solltest denen deine Kündigung auf den Tisch schmeißen ... Du hockst da mit deinem dicken Hintern und blockierst die Zukunft der Jungen, das ist alles. Dabei müsstest du allmählich auf den Trichter kommen. Du verfügst über genügend Details, um alles aufzudecken. Was fehlt dir denn noch? Worauf wartest du?»

Er machte eine Vollbremsung. Vor den Scheinwerfern tanzte etwas Weißes herum. Eine Maus? Er hasste es, Mäuse totzufahren. Aber nein, es war keine Maus, es war lediglich ein Stück Papier. «Morgen sind die Straßen von Digne wieder sauber», dachte er. «Der Wind macht die Arbeit der Straßenreinigung.»

Wie angesogen flatterte der Brief an den Mörder unter den Ford Vedette und blieb zwischen einem Stoßdämpfer und dem Torsionsstab hängen.

Aber urplötzlich legte sich der Wind, und der Regen, den er zurückgehalten hatte, begann über der Stadt in langen, schwingenden Gardinen herabzufallen. Die Reifen ließen Fontänen hochspritzen, die den Brief aus seinem Versteck jagten und diesmal endgültig auf den Boden klatschten. Die Räder zahlreicher wachsamer Polizeistreifen fuhren über ihn hinweg. Der Umschlag platzte auf. Die Handschrift der alten Dame zerfloss zu einer bläulich-roten Lache. Um fünf Uhr war die Botschaft nur noch ein verklebtes Häufchen, halb begraben unter dem Schlamm, den ein vorbeifahrendes Baustellenfahrzeug hinterließ.

Mit einem Gänsekiel und einem Glas violetter Tinte der

Marke Baignol et Farjon kann man kein unvergängliches Werk schaffen, vor allem dann nicht, wenn sich der heilige Pankraz einmischt. Indem er sein sprichwörtlich schlechtes Wetter zwischen den Mörder und die Justiz schob, rächte er sich grausam dafür, dass ihn die Kirche aus dem Kalender gestrichen hatte.

Der Metzger, der ihr jeden Morgen ein Kotelett brachte, entdeckte die Tote am Fuß ihrer monumentalen Treppe. Im sich lichtenden Regendunst entdeckte er auch die Girlanden von Wertpapieren, die überall in den Bäumen und Büschen herumhingen. Das war mindestens so entscheidend wie der Anblick der Leiche dafür, dass er im Laufschritt davoneilte und um Hilfe rief, sobald er das Tor hinter sich hatte.

Was der energische Protest der Elternvereinigungen nicht erreicht hatte, passierte dank dem Mord an der alten Dame im Handumdrehen: Trotz der frommen Brüder und Casimir Honnoraty wurde Kommissar Laviolette die Ermittlung entzogen.

Dafür erschien Hauptkommissar Moracchini, genannt «Senkfuß-Columbo» wegen seiner Schuhgröße 47, die er wohl auch dringend brauchte, um seine eins zweiundneunzig im Gleichgewicht zu halten.

Erst am zweiten Tag nach seiner Ankunft besuchte er Laviolette, der gerade einen Stadtplan von Digne studierte, weil weitere Straßen zu Einbahnstraßen umfunktioniert werden sollten: Dringende Aufgaben, für die er ab sofort seine Talente einsetzen sollte, und zwar ausschließlich.

Der Hauptkommissar stellte seine fünfzehn Kilo schwere Aktentasche auf dem Boden ab – so viel wog mittlerweile die

Akte – und setzte sich rittling auf einen Stuhl vor Laviolette, ehe er ihm zwei Sekunden lang ins Gesicht sah.

«Ich dachte», sagte er, «dass Sie sich über uns lustig machen, aber ich glaube, ich muss Ihnen Abbitte leisten: Vermutlich haben Sie Recht.»

Er ließ ihm keine Zeit zu antworten. Er sah nicht aus wie ein glücklicher Mensch. Der strenge Blick, die hochgezogenen buschigen Augenbrauen, der kampfesmüde Schnauzer eines Berufssoldaten, der gerade eine Auseinandersetzung mit seinem Obersten hatte – in einem Wort: Er sah aus wie ein Mann, der keinen Silberstreif am Horizont sieht.

«Und ich würde es vorziehen», fuhr er fort, «Ihnen ins Gesicht zu sagen: Kommissar Laviolette, Sie sind reif für die Pensionierung! Ehrenwort! Bei allem Respekt und trotz der Überwindung, die es mich gekostet hätte, wäre es mir viel lieber gewesen, Sie allein gälten als Idiot, als so mit Ihnen gemeinsam vor der Öffentlichkeit als Idiot dazustehen.»

«Teufel auch!», sagte Laviolette.

«Ich habe eine Nacht damit verbracht, diese Akte unter die Lupe zu nehmen. Seite für Seite. Zeugenaussage für Zeugenaussage. Bericht für Bericht. Hervorragende Arbeit, gratuliere!»

«Hervorragende Arbeit, ja, aber ohne Ergebnis.»

«O doch, auch das Ergebnis ist hervorragend: Wir stecken bis zum Hals in der Tinte!»

Der Hauptkommissar erhob sich, was immer ein beeindruckender Augenblick war.

«Ein Kind!», rief er. «Ein Kind!», wiederholte er und schlug sich mit geballter Faust in die Handfläche. «Und dabei habe ich schallend gelacht, als der Staatsanwalt mir von Ihrer Theorie berichtet hat!»

«Teufel auch!», wiederholte Laviolette, sichtlich zufrieden.

«Aber wie denn? Warum denn? Wie sollen wir diese Horrorgeschichte der Öffentlichkeit plausibel machen?»

«Da wird es schon irgendwo einen Präzedenzfall geben. Wenn nicht in Frankreich, dann wenigstens in den USA, einem Land, in dem es von frühreifen Früchtchen aller Art wimmelt. Aber bei allem Respekt, den ich Ihnen schulde, verzeihen Sie: Eine Hoffnung bleibt uns doch noch. Dass nämlich dieser Mörder unauffindbar bleibt.»

Der Hauptkommissar gab einen lang anhaltenden Pfiff von sich.

«Sie haben Nerven! Wenn Sie den Präfekten gehört hätten! Das kommt überhaupt nicht in Frage, dass wir den Kerl nicht finden. Und es kommt genauso wenig in Frage», fügte er mit dumpfer Energie hinzu, «dass wir den falschen finden. Und dabei kann ich Ihnen eines versichern, Laviolette: Wenn wir einen Erwachsenen schnappen würden, zum Beispiel unter den Größenwahnsinnigen, die uns jeden Tag Briefe schreiben, um sich selbst anzuklagen, und die wir immer wieder wegschicken, manchmal allerdings ins Irrenhaus, wenn wir einen Einzigen schnappen und ihn so dezent in die Mangel nehmen, dass er am Ende die Taten zugibt und ein vollständiges Schuldbekenntnis ablegt und unterzeichnet, dann … ja dann kann ich Ihnen versichern, dass keiner, weder die Presse noch der Staatsanwalt, noch die Familien, noch der Präfekt versuchen würden, irgendetwas zu verstehen, so erleichtert wären sie darüber, dass Sie sich getäuscht haben!»

Laviolette lief ein kurzer Schauer über den Rücken.

«Zum Glück gäbe es dann noch den Untersuchungsrichter Chabrand», dachte er.

«Teufel auch!», sagte er noch einmal.

Der Oberkommissar seufzte.

«Aber diese Hoffnung können sie sich an den Hut stecken. Wir werden die Sache bis zu ihrem bitteren Ende durchstehen. Wir werden die Wahrheit entdecken, ob es ihnen gefällt oder nicht. Was ich nämlich allmählich bei denen aufsteigen sehe, verstehen Sie, das ist die Angst, dass der Mörder unter ihnen weilt, ich meine, unter ihrer Brut. So sicher sind sie ihrer Brut nämlich nicht!»

Er ging im Zimmer auf und ab und der Parkettboden knarrte.

«Nun ja… Ich glaube zu wissen, warum die alte Dame ermordet wurde, immerhin das. Bei ihr wenigstens ist die Sache ziemlich klar: Sie muss irgendetwas gesehen haben, was den Mörder gezwungen hat, sie zu beseitigen.»

«Das habe ich auch gedacht. Aber was kann sie denn gesehen haben?»

«Die hatte doch einen grandiosen Ausblick! Einen regelrechten Aussichtsturm. Eine Art Erker, von dem aus sie die Lage überblickte: die sechs Wohnblocks des Saint-Crispin-Areals, die vierzehn Reihenhäuser des Areals Les Thermes und dazu weiter unten ein paar alte Villen, wo noch einige reiche Familien wohnen.»

«Das macht eine Menge Leute.»

«Ja, das sind noch immer zu viele. Aber andererseits fallen auch gute zwei Drittel von Digne aus dem Raster.»

«Wieso fallen die aus dem Raster?»

«Na ja: Die Chancen sind groß, dass die Alte etwas von ihrem Aussichtsturm aus gesehen hat, und zwar damit.» Aus der Aktenmappe mit den Unterlagen zog er ein altes, aber deswegen nicht minder prächtiges Fernglas.

«Da sind sogar Initialen eingraviert.»

«Ach! Das hatte ich nicht bemerkt.»

«Doch: Schauen Sie!»

Laviolette befeuchtete seinen Zeigefinger und rieb am Messinggestell zwischen den beiden Linsen.

«A. de T.»

«Tatsächlich. Wahrscheinlich ein Geschenk…»

«Das scheint mir ein echtes Marinefernglas zu sein.»

«Richtig. Vor dreißig Jahren etwa gehörte so was zur normalen Ausrüstung bei der *Marine Nationale*.»

Ein anhaltendes Schweigen entstand zwischen den beiden Männern. Die Wahrheit war ganz nahe, aber ungreifbar; trotzdem wussten beide ganz sicher, dass sie etwas mit diesem Fernglas zu tun hatte. Wenn nicht die inzwischen erloschenen Augen der alten Dame, sondern eine Kamera hinter diesen Gläsern gewesen wäre, hätte man jetzt nur den Film abzuspulen brauchen, um zu wissen, in welche Richtung man von nun an suchen musste.

«Wir werden ein vollständiges Panorama erstellen: Alles, was man von diesem Fenster, von dieser Chaiselongue und von diesem Tischchen aus sehen kann, wo sie vermutlich schon seit langem die meiste Zeit ihres Lebens verbracht hat, werden wir auflisten», sagte Moracchini mit eher gedämpfter Begeisterung. «Ich werde mich selbst an ihren Platz setzen und mir jedes einzelne Haus notieren, das sie sehen konnte. Und danach werden wir jeden einzelnen Bewohner dieser Häuser verhören, *jeden*.»

«Und wenn es gar keinen Zusammenhang gibt zwischen der Angewohnheit der alten Dame, die Nachbarschaft auszuspionieren, und ihrer Ermordung?»

«Es gibt einen! Bei der Hausdurchsuchung habe ich im ansonsten völlig leeren Papierkorb Sand entdeckt. Außerdem habe ich entdeckt, dass das Tintenfass offen geblieben war. Und da sie einen Gänsekiel benutzte, können wir unschwer daraus schließen, dass sie einen Brief geschrieben hat, bevor sie das Haus verließ. Dazu haben wir zwei Zeugenaussagen: Die Freundin, mit der sie im Café war, hat sie darauf aufmerksam gemacht, dass ihr ein Brief aus der Tasche gefallen war. Und ein junger Mann hat diesen Brief aufgehoben, leider ohne einen Blick auf die Adresse zu werfen. Allerdings hat er ein ganz entscheidendes Detail festgehalten: Er meint, obwohl er es nicht beschwören kann, dass der Brief nicht frankiert war. Außerdem schrieb die Alte sehr selten, jedenfalls der Aussage der Putzfrau nach. Sie telefonierte lieber. Und im Übrigen hat niemand beobachtet, dass sie zur Post gegangen ist – wenn sie es getan hätte, hätte ihr unübersehbarer Hut dafür gesorgt, dass sich jemand daran erinnert. Aus all diesen Gründen nehme ich an, dass sie diesen Brief noch bei sich hatte, als sie starb, und dass man sie vielleicht sogar umgebracht hat, um ihr diesen Brief zu entwenden.»

«In dem Bericht, den ich nach der ersten Tatbestandsaufnahme erstellt habe, haben Sie vermutlich gelesen, dass trotz aller Bemühungen nur ein Teil der Wertpapiere wieder aufgefunden wurde. Es wurde kein Brief entdeckt, weder bei der Leiche noch in der Tasche, die in der Nähe in einem Baum hing, noch unten im Bachbett, noch im Garten. Wir haben gründlich gesucht. Die Erben waren wütend! Vielleicht ist der Brief einfach nur endgültig verschwunden, genau wie eine Reihe von Obligationen.»

Der Hauptkommissar stand schwerfällig auf.

«Mir bleibt nichts anderes übrig, als die Häuser einzeln aufzusuchen, die vom Aussichtsturm aus gesehen werden können, und alle Bewohner zu verhören. Wünschen Sie mir Glück!»

Er schüttelte Laviolette die Hand, wandte sich um und ging zur Tür. Dann besann er sich anders, ging noch mal auf Laviolette zu und kratzte sich dabei am Haaransatz.

«Da fällt mir noch was ein … ich muss Sie warnen. Damit der Mörder sich in Sicherheit wiegt, werde ich Sie zunächst einmal etwas desavouieren müssen. Aber keine Angst! Ziemlich diskret und in aller Freundschaft. Sie sind mir doch nicht böse?»

«Aber ich bitte Sie! Tun Sie alles, was Sie im Sinne der Ermittlungen für richtig halten.»

«Vielen Dank! Damit nehmen Sie mir eine Last von der Seele!»

Er öffnete die Tür und schloss sie hinter sich.

Laviolette erhob sich aus seinem Sessel und ging auf Zehenspitzen hinter ihm her; leise öffnete er die Tür einen Spalt breit und horchte. Er hörte, wie im Flur die Blitzlichter klickten.

«Herr Hauptkommissar, nur ein Wort bitte!»

«Lassen Sie mich vorbei. Ich habe nichts zu sagen!»

«Bitte, Herr Hauptkommissar! Nur eine Frage: Was halten Sie von der Theorie von Kommissar Laviolette, der Mörder sei ein Kind?»

«Einfach absurd!», lautete die Antwort.

~ 9 ~

ABER es kam nichts heraus, denn Hauptkommissar Moracchini bemerkte sehr bald, dass es bei der alten Dame einen zweiten Erker gab, der ebenso günstig lag und ebenso bequem war, wo ebenfalls ein Lehnsessel und ein Couchtisch standen, und dass man von diesem zweiten Observatorium aus den ganzen anderen Teil von Digne unter Kontrolle hatte: die Altstadt, die Kasernen und die neuen Viertel. Vermutlich richtete sich die alte Dame nach der Sonne, am Morgen platzierte sie sich am Ostfenster, am Abend am Fenster nach Westen. Diese unendliche Streuung des Blickfelds erlaubte keine ernsthafte Überprüfung mehr. Also gab man es auf.

Zudem musste man unter dem Druck der höheren Instanzen, die ihrerseits ziemlich ernsthaft von den Elternverbänden bedrängt wurden – und zwei Jahre vor den Wahlen konnte man von deren Existenz nicht einfach absehen –, darauf verzichten, die Theorie von Kommissar Laviolette offiziell weiter zu verfolgen.

Für klein gewachsene Männer hingegen wurde dieser Sommer ziemlich strapaziös. Alles, was im Umkreis von dreißig Kilometern kleiner als ein Meter sechzig war, wurde Polizeikontrollen und Verhören unterzogen und von den wohlanständigen Bürgern geächtet. Einige besonders Wehrlose hatten sogar Misshandlungen seitens betrunkener Hitzköpfe zu überstehen.

Die Spur wurde jedoch keineswegs heißer. Der Herbst kam und brachte im Zuge der langen, eintönigen Abende erneut die Angst mit sich.

Kommissar Laviolette war einer der ersten, die von der Grippe erwischt wurden. Natürlich weigerte er sich, aus einem so läppischen Grund das Bett zu hüten, also schleppte er sich, dick eingepackt, jämmerlich, mit triefenden Augen von zu Hause ins Büro und vom Büro ins *Café des Gavots*, wo er Billard spielte. Diese Verhaltensweise hatte zur Folge, dass er einige seiner Untergebenen und Partner ansteckte.

An jenem Abend ging es langsam wieder bergauf. In seinen am Hintern abgewetzten Morgenmantel eingemummt, nahm er gegenüber dem Flimmerkasten Platz und legte die Füße auf den Schemel.

Draußen jaulte der Wind zwischen den Antennen. Laviolette seufzte zufrieden. Um sich endgültig «wieder aufzupäppeln», wie er sagte, hatte er sich einen Glühwein mit Zimt und einem Hauch geriebener Muskatnuss zubereitet. Und außerdem hatte er sich vorgenommen, einen Horrorfilm anzuschauen, der zu später Stunde im dritten Programm gezeigt wurde und von dem er sich erhebliches Vergnügen versprach.

Aber zunächst einmal war es Zeit für die Nachrichten. Schließlich hatte man mit dem Tagesgeschehen Schritt zu halten. Er schaltete den Fernseher ein.

In Beirut wurden noch im Bau befindliche Häuser mit Granatwerfern und Raketen zerstört. In Afrika erlebten für die Freiheit demonstrierende Menschenmassen endlich das Glück, dass die Gendarmen, die sie mit Kolbenhieben und Tritten auseinander scheuchten, immerhin keine Weißen mehr waren. In England gab es ein paar Probleme. In Italien gab es nicht nur ein paar, dort ging alles schief. Und trotz seiner beinharten DM hatte der gute Bundeskanzler auch ein paar Schwierigkeiten. Kurz und gut, der Kommissar in Pantoffeln teilte mit seinen vergnügt vor sich hinschnurrenden Landsleuten die beruhigende Gewissheit, in einem der wenigen Länder der Welt zu leben, wo alles so einigermaßen im Lot war. Doch nein! Was war denn da los? Was waren denn das für Störenfriede? Gerade stürmten gut achthundert bretonische Autonomisten die Mattscheibe: Nicht nur, dass sie sich selbst für den ganzen kommenden Winter um ihre Lieblingsserie gebracht hatten, indem sie einen Anschlag auf ihren Regionalsender verübt hatten, nein, jetzt gingen sie auch noch auf die Straße und brachten ganz Vannes in Aufruhr. Sie strömten durch die Straßen, stürzten dabei die Autos anderer Bretonen um und warfen die Obst- und Gemüsekisten der Auslagen durch die Gegend; dann rissen sie die Gitterroste von den Gullys, um so etwas wie Barrikaden zu errichten. Umsonst übrigens, denn weit und breit war nicht die leiseste Spur eines Polizistenhelms zu sehen.

Laviolette trampelte regelrecht vor Freude, wie bei einem Fußballspiel: «Die geben's denen! Verdammt noch mal! Die geben's denen!», rief er laut.

Er stand, denn er hatte sich vorsichtig den Rest Glühwein in den leeren Becher gegossen, ohne das Spektakel im Fernsehen aus den Augen zu lassen. Gerade ließ er einen großen Schluck zwischen Zunge und Gaumen gluckern, als er plötzlich erstarrte.

Auf dem Bildschirm war eine Großaufnahme zu sehen, eines jener Bilder, für die besonders mutige Kameraleute manchmal ihr Leben riskieren.

Es war ein langer, dürrer Bretone in einer blauen Windjacke, ein Kelte mit einem von Wind und Wetter gegerbten

Gesicht und stierem Blick, ein Mann, dem man schon ansah, dass er zu jenen Leuten gehörte, die aus Prinzip nichts verstehen. Verstohlen zog er eine gute, alte Steinschleuder aus der Tasche und bestückte sie mit einem Wurfgeschoss. Einen Augenblick lang sah man ein Schaufenster, über dem das Wort *Conforama* in großen Buchstaben prangte und das gut und gern drei mal sechs Meter groß war. Die Schleuder trat in Aktion. Ein Teil des Schaufensters brach augenblicklich in sich zusammen, mit einem Höllenlärm, der die leitenden Herren der französischen Glasindustrie gewiss wollüstig erzittern ließ.

Laviolette verschluckte sich. Der Glühwein stieg ihm in die Nase. Dreimal lief er hustend, weinend, keuchend um seinen Sessel.

«Das darf ja nicht wahr sein!»

Er bog sich vor lauter Husten, schaffte es nicht, das Taschentuch aus der Tasche zu zerren, sich die Augen auszuwischen, um wenigstens den Weg zur Küchenspüle zu finden und sich dort ein Glas Wasser zu holen.

Als er endlich sein Wasser getrunken hatte, kam er zurück und ließ sich erschöpft in seinen Sessel fallen. Jetzt ließ ihn das Geschehen auf dem Bildschirm völlig gleichgültig; stattdessen redete er mit sich selbst, diesmal laut und deutlich.

«Das darf doch nicht wahr sein! Der hat das im Blut! Seine Vorfahren haben mit dieser Waffe gekämpft! Sie haben auf den Bäumen gehockt und heruntergeschossen: auf Cäsar, auf die Könige von Frankreich, auf die Soldaten der Republik, auf Napoleons Offiziere, die Rekruten aushoben! Ein Bretone! Verdammt noch mal! Und diese Steinschleuder! Von wegen Spielzeug! Eine echte Profiwaffe ist das, jawohl! Ein Bretone muss her!»

Mühsam erhob er sich wieder.

«Ich muss von vorn anfangen! Beim Telefonbuch! Und wenn es in Digne Bretonen gibt, die kein Telefon haben, dann lassen wir sie von den Gendarmen suchen. Hoffentlich haben die nicht auch so was wie einen Elternverband …! Bis morgen muss ich mir sämtliche Bretonen aus Digne und Umgebung vorführen lassen. Kommissar Moracchini wird sich ganz schön ins Zeug legen müssen!»

Er stürzte in die Kammer, wo sich neben dem Telefon auch das Telefonbuch und ein Notizblock befanden. Die Wand der Kammer war bereits geschmückt mit unzähligen Nummern, aber auch der Lampenschirm und der Einband des Telefonbuchs waren vollgekritzelt, mit Bleistift und mit Tinte, der Länge und der Breite und der Quere nach. Laviolette trug das Buch zu seinem Sessel, befeuchtete seinen Daumen, suchte nach *Digne* und ging sämtliche Namen von A bis Z durch.

Dabei erwies er sich als sehr geduldig. Über den Bildschirm liefen sinnlos die Bilder einer Fernsehshow – er hatte den Ton abgestellt. Der Bleistift, den er zum Ankreuzen benutzte, lief langsam die Spalten hinunter. Bei jedem Umblättern leckte sich Laviolette den Daumen. Er fand zwar einen *Hervé* und einen *Maheul* – die müsste man nachprüfen –, aber spezifisch bretonisch waren diese Namen nicht.

Das Glück ließ ihn bis zur letzten Seite von *Digne* schmoren, und in der allerletzten Spalte, fast in den letzten Zeilen fand er einen Namen, der ihn fünfunddreißig Jahre zurückversetzte:

«Térénez (I. de): Exklusive Mode. 133 Boulevard Gassendi» und gleich darunter:

«Térénez (Mme A. de, Witwe): Villa Popocatepetl, Les Sarrets».

Térénez! 1940! Die Bucht von Morlaix! Le Dourduff! Der Strand von Guersit! Der in Châteaubriant geklaute alte Viehtransporter, mit dem sich zwei französische Soldaten, er, Laviolette, und ein gewisser Joseph Madec aus Saint-Jean-du-Doigt, drei Tage lang zwischen den deutschen Motorradpatrouillen hindurchgeschlängelt hatten. Térénez! Dort hatte er sich eingeschifft. Vor seinem inneren Auge sah er das Schloss mitten in den Blumenkohl- und Artischockenfeldern, er sah die Gräfin, deren Sohn Marineoffizier war und die ihnen zu trinken, zu essen und ein Bett angeboten hatte, während über ein altes Radio die Nachricht verbreitet wurde, dass ein alter Marschall seine Unterschrift unter das Desaster setzte.

Er fühlte sich nicht gerade wohl in seiner Haut in jener Nacht, der Gefreite Laviolette; er hockte zwischen den zwölf gastfreundlichen bretonischen Männern vom Seenotrettungsdienst, die sich bei drei Meter hohen Wellen in die Riemen legten, Richtung England.

«Térénez!»

Und plötzlich löste sich etwas in seinem Kopf – so plötzlich, wie wenn man in ein verstopftes Waschbecken eine kräftige Dosis Ätznatron gießt.

«Térénez! Térénez! Térénez!»

Dreimal rief er den Namen aus. Jedes einzelne Mal entsprach einem der drei Details, die soeben in seinem Gedächtnis eingeschlagen hatten: Unter den persönlichen Gegenständen von Jeannot Vial, die sie der Mutter zurückgegeben hatten, befand sich ein Aktenkoffer, der auf der Innenseite das Markenzeichen *Térénez, Créations, Digne* trug. Die einzigen noch identifizierbaren Gegenstände im Handschuhfach von Jules Payan waren zwei zusammengeschrumpfte, aber nicht verkohlte Autohandschuhe; auf dem

Leder konnte man auf der Innenseite noch das Wort *Térénez* lesen. Und schließlich befand sich am Halsausschnitt der blutverschmierten Strickjacke von Chérubin Hospitalier «aus reiner in Quellwasser gewaschener Schurwolle» ebenfalls ein Etikett mit der Marke *Irène de Térénez, Créations*. O Gott, das durfte doch nicht wahr sein!

Der Kommissar umkreiste seinen Sessel und hielt sich das Kinn.

«Warum zum Teufel haben wir nicht auf diese Zufallsreihe geachtet? Aus einem ganz einfachen Grund: Normalerweise dienen Etiketten von Schneidern oder Hemdenmachern ähnlich wie Zahnprothesen nur dazu, die Leichen zu identifizieren, wenn das erforderlich ist. In allen drei Fällen aber war das unnötig, weil wir das Opfer jedes Mal kannten. Also habe ich nicht darauf geachtet. Und Chabrand, der doch sonst so klug ist, auch nicht. Die Frage ist nur, ob das wirklich von Bedeutung ist. Ich hatte soeben etwas wie eine Erleuchtung, schön und gut! Aber das war doch nicht die erste in meinem Leben! Und hat es denn auch nur eine einzige gegeben, die sich im Nachhinein nicht als völlig utopisch erwiesen hätte? Eine einzige? Trotzdem … Dieser Spur müssen wir nachgehen. Aber eigentlich könnte es mir doch scheißegal sein! Ich bin doch nicht mit der Ermittlung beauftragt!»

Er vergewisserte sich im Fernsehprogramm, ob der Horrorfilm tatsächlich erst um 22 Uhr 30 beginnen würde, wenn die Kinder alle im Bett wären.

«Ich habe genügend Zeit!», dachte er. «Wer kann mir wohl jetzt noch Auskunft über Madame de Térénez geben? Meine Dienststelle? Da bin ich eher skeptisch. Die Gendarmerie? Die werden mal wieder Umstände machen und wissen wollen, wofür ich diese Auskunft brauche. ‹Du bist doch nicht mit den Ermittlungen betraut! Das kann dir doch alles scheißegal sein!› – ‹Ich weiß, du hast es schon gesagt!› Aber wie wär's denn mit meinem alten Freund Parini? Der könnte doch was wissen! Er ist Präsident des Verkehrsvereins, Mitglied des Rotary-Clubs und des Stadtrats! Ausgezeichnete Idee!»

Er nahm den Hörer ab, wählte eine Nummer.

Eine müde, kompetente, herablassende Stimme schnitt ihm buchstäblich sein «Hallo» von den Lippen.

«Doktor Parini ist krank und macht keine Hausbesuche. Bitte wenden Sie sich an seinen Vertreter, Doktor...»

«Ich bin nicht krank. Nicht den Arzt will ich sprechen, sondern Achille Parini vom Stadtrat. Ich bin Kommissar Laviolette.»

«Ach, Guten Abend, Herr Kommissar!», sagte Madame Parini, deren Stimme jetzt völlig normal klang. «Ich habe Sie nicht erkannt. Ich gebe Ihnen meinen Mann. – Hier, für dich!»

«Ach, Sie sind's, Kommissar? Gehen Sie ja nicht zu nah ran an den Hörer! Ich habe eine entsetzliche Grippe. Wenn ich nicht Arzt wäre, würde ich behaupten, ich sei sogar durch die Leitung ansteckend.»

«Dann entschuldigen Sie bitte. Fünf Minuten nur. Térénez, sagt Ihnen das was?»

«Ja natürlich. Térénez Moden. Da lass ich mir immer meine Tennis-Kleidung machen.»

«Moden... für Damen?»

«Nein, nur für Männer. Sie leben wohl ganz hinter dem Mond? Das eleganteste Herrengeschäft von Digne, ohnehin fast das einzige.»

«Und Térénez, Villa Popocatepetl, wer ist das?»

«Die gleiche Person.»

«Aber da steht doch: ‹Madame A., Witwe›?»

«Richtig. Sie ist die Witwe eines Admirals, genauer gesagt eines postumen Admirals: Marineoffizier Térénez stand unmittelbar vor der Beförderung und war zum letzten Mal im Einsatz auf See, als er auf tragische Weise ums Leben kam. Der Hubschrauber, in dem er saß, ist über der Bucht von Toulon verunglückt. Daraufhin wurde er postum zum Admiral ernannt. Als er in Toulon Dienst tat, hat er diese Villa mit dem abstrusen Namen gekauft, weil seine Frau das Klima nicht vertragen hat…»

«Villa Popocatepetl.»

«Richtig. Die hat er den Nonnen vom Salesianerinnenorden abgekauft, die sie gerade geerbt hatten.»

Als der Kommissar die nächste Frage stellte, hielt er den Atem an:

«Haben diese Térénez Kinder?»

«Zwei, einen Jungen und ein Mädchen.»

«Wie alt?»

«Ach… so was wie dreizehn oder vierzehn der Junge, glaube ich. Achtzehn oder neunzehn das Mädchen… Mit dem Mädchen ist übrigens irgendwas… Ich weiß es nicht genau, weil ich nicht ihr Hausarzt bin.»

«Und diese Madame Térénez, wie alt ist sie?»

«Tja, das weiß man nicht so genau. Sie hat es mir nie gesagt!», antwortete der Arzt und lachte. «Sagen wir… siebenunddreißig… achtunddreißig… Warum? Machen Sie ihr den Hof?»

«Vielleicht!», antwortete Laviolette. «Wie ist sie denn?»

«Wie, wie ist sie?»

«Na ja, ich meine nur. Ist sie zum Anbeißen? Sexy? Schön? Hübsch? Na ja, Sie verstehen schon…»

Im nachfolgenden Schweigen hörte Laviolette, dass

Parini zwei-, dreimal an seiner Pfeife zog («Bei der Grippe!», dachte er), ehe er antwortete:

«Wenn Sie meine ganz ehrliche Meinung hören wollen, dann sage ich Ihnen, obwohl meine Frau zuhört und zur Decke blickt, dass siebenunddreißig, achtunddreißig die Meinung des Arztes ausdrückt. Die Meinung des Mannes, wenn es den noch gäbe, wäre viel schmeichelhafter. Kurz, sie ist im Grunde alles, was Sie gesagt haben, und trotzdem stimmt es nicht ganz. Sie haben nicht die richtigen Worte benutzt. Wenn Sie meine Meinung hören wollen: Irène, das ist ganz was anderes.»

«Aha, jetzt nennt er sie schon Irène!»

Die letzte Frage stellte er, indem sein Gedächtnis sich krampfhaft an einer ziemlich frischen Erinnerung festhielt. Bei den drei Lochkarten, die soeben gefallen waren, passten schon drei Kästchen aufeinander.

«Erinnern Sie sich an den Vornamen dieses postumen Admirals?», fragte Laviolette.

«Sie wollen es aber genau wissen! Moment mal! Vor wenigen Tagen erst habe ich seinen Namen gedruckt gesehen, und da habe ich mich beiläufig an ihn erinnert … Ach ja, ich hab's! Er hieß Alcide.»

A. de T. Laviolette sah, wie ihm der Hauptkommissar jenes Fernglas reichte, das er bei der alten Dame gefunden hatte und auf dem diese Initialen eingraviert waren: *A. de T.* Alcide de Térénez! Vielleicht … Vielleicht aber auch nicht …

Jedenfalls sah Laviolette mittlerweile durch gleich vier aufeinander liegende Lochkarten, bei denen die Löcher übereinstimmten. Und was er da sah, das war eindeutig die Villa Popocatepetl.

Er bedankte sich herzlich bei Parini und verordnete ihm gegen seine Grippe einen Glühwein mit Zimt und einem

Hauch Muskatnuss. Parini war begeistert und versprach ihm, die Arznei sofort auszuprobieren. Laviolette legte auf.

Dann nahm er erneut den Hörer und wählte eine weitere Nummer.

«Geben Sie mir Kommissar Moracchini.»

«Aber es ist neun Uhr abends!»

«Ja und? Ist er schon nach Hause?»

«Leider nicht, aber ...»

«Ich bin Kommissar Laviolette. Verbinden Sie mich.»

Nach einer Minute hatte er ihn am Apparat.

«Ach, Sie sind's Laviolette? Was verschafft mir die Ehre?»

«Sind Sie ... sehr beschäftigt?»

«Leider! Sonst wäre ich nicht mehr hier! Hier gibt es zwei sardische Verbrecherbanden, die sich heute Nacht auf der Place Victor Gelu gegenseitig zu Hackfleisch machen wollen. Die Information ist absolut zuverlässig. Ich habe überall meine Männer postiert. Ich will versuchen, den einen oder anderen dieser interessanten Herrschaften zu retten. Weil man sich ja bei den Rechtsanwälten keine Freunde macht mit diesen Schlägereien, die erst aufhören, wenn sich alle Kämpfer ins Jenseits befördert haben ...»

«Ja, ich verstehe ... Dann können Sie also nicht nach Digne hochkommen?»

«Gibt es Neues?»

«Oh, nur einen sehr mageren Hinweis. Aber es wäre zu langwierig, das am Telefon zu erörtern. Wenn Sie kommen könnten ...»

«Gut! Morgen früh bin ich in Digne!»

Laviolette legte auf, nachdem er die üblichen Floskeln von sich gegeben hatte.

«Morgen früh! Der hat Nerven! Wer garantiert mir, dass der Zirkus nicht heute Nacht wieder losgeht? Seit Mai, seit der Alten, sind fast sechs Monate verstrichen... Allmählich ist das schon etwas lang... Wenn es eine einzige Chance gäbe und ich würde sie verpassen, das würde ich mir nie verzeihen! Ich werde mir beim Richter Rat holen!»

Schweren Herzens schaltete er den Fernseher aus, wo noch immer die öde Show lief, und betrachtete seufzend den leeren Glühweintopf. Wie soll diese radikale Arznei auch wirken können, wenn man sich gleich, nachdem man sie genossen hat, einer Oktobernacht in Digne aussetzt! Er zog noch eine Strickjacke über den Pullover, schlüpfte in Sakko, Mantel und Handschuhe, danach wickelte er sich den längsten seiner vier Schals um den Hals. So ausgerüstet ging er zur Tür. Er hatte schon die Klinke in der Hand, als er innehielt, nachdachte, zurückging, sein Schlafzimmer betrat; dort fingerte er an seinem Schlüsselbund herum, dann schloss er eine Schublade seines Sekretärs auf.

Er nahm ein Etui heraus und legte es auf die Schreibplatte, um es zu öffnen. Sanft gebettet in blauen Samt lag da eine rabenschwarze Smith & Wesson; sie wartete schon sehr lange vergebens auf eine Gelegenheit, sich als nützlich zu erweisen.

Es war das prachtvolle Abschiedsgeschenk einer Winzerin der Côtes-de-Nuits, die einst seine Geliebte gewesen war, als er in Beaune sein Unwesen trieb. Die Konjunktur hatte sie dazu genötigt, in Japan einer neuen Liebschaft nachzugehen, um ihre edlen Gewächse mit den Yen eines völlig selbstlosen Auftraggebers zu retten. Laviolette hatte diese Posse nicht geschätzt. Daher die Trennung und das Geschenk. Er streichelte es ein wenig, irgendwie gerührt, dann vergewisserte er sich, dass die Waffe geladen war, und schob eine Kugel in den Lauf.

Ein paar Vorsichtsmaßnahmen waren schon geboten,

wenn man möglicherweise Jagd machen wollte auf einen Mörder, der bereits viermal ungeheuer zielsicher zugeschlagen hatte.

Es war eine herrliche, sternenklare Nacht. Vor dem leuchtenden Halbmond zogen die Wolken in Richtung Süden. Man hörte von weitem das Rauschen der durch die frühzeitige Schneeschmelze und die sintflutartigen Regenfälle der letzten Tage angeschwollenen Bléone. Sie toste über ihre rollenden Kieselsteine, als wollte sie sie zermahlen.

In seine warmen Kleider gepackt, versuchte der Kommissar es sich so gut es ging am Steuer gemütlich zu machen. «Hoffentlich springt er an», flehte er innerlich. «Wenn ich ihn mit der Kurbel anschmeißen muss, bin ich im Voraus schachmatt!» Der grüne Ford Vedette war gerade mal dreiundzwanzig Jahre alt und hatte zweihundertdreißigtausend Kilometer drauf.

Er sprang an. «Scheiße!», dachte Laviolette. «Ich hätte mir noch eine drehen sollen, bevor ich losfahre! Der Teufel soll mich holen!»

Das tat der Teufel nicht, er führte ihn vielmehr in gemächlichem Tempo zur Place du Tampinet. Die Fenster des Untersuchungsrichters waren dunkel. «Der schläft doch wohl noch nicht?» In der Autowerkstatt hingegen, die genau neben dem düsteren Gebäude lag, wo Chabrand wohnte, wurde noch heftig gearbeitet. Der Chef und die beiden Lehrlinge mussten die Wagen für die nächste Chrysanthemen-Rallye fertig machen.

Laviolette stieg die beiden Stockwerke zur Wohnung des Richters hoch. Er klopfte. Keine Antwort. Er versuchte, den Türgriff zu bewegen. Die Wohnung war abgeschlossen. Laviolette stieg die Treppe wieder hinunter und drehte sich nebenher die Zigarette, die er sich beim Losfahren versprochen hatte.

«Verzeihen Sie ...»

Er bemühte sich ganz umsonst um eine gewisse Lautstärke. Einer der Lehrlinge lag bäuchlings unter einem Chassis. Der zweite stand im Graben und hatte einen Leuchtstab in der Hand, um die Vorderachse zu prüfen. Und der Chef war unter die Motorhaube eines Blechmonsters abgetaucht. Eine Motorhaube, unter der es ziemlich unbequem zu arbeiten war, wie immer bei sehr teuren Wagen. Die Geräuschkulisse wurde von einem Kofferradio erzeugt, das die ganze Nachbarschaft mit den Endlosprogrammen von France-Inter beglückte.

Laviolette ging auf den Chef zu und tippte sich grüßend an den Hut.

«Entschuldigen Sie, ich wollte den Richter besuchen. Haben Sie ihn zufällig gesehen?»

«Nein, tut mir Leid. Wir schauen nicht so oft nach draußen, wissen Sie!»

«Ja, ja, klar ...»

«Ich hab ihn gesehen!», rief der Lehrling aus der Grube heraus. Ein Wunder, dass er die Frage überhaupt gehört hatte.

Laviolette trat ganz dicht heran und neigte sich herunter.

«Er ist vorhin weggefahren, auf einem Buttafocchi aus Volltitan.»

«Was ist denn das?»

«Na, ein Fahrrad natürlich! Das Ding muss ein Vermögen gekostet haben!»

«Ach so! Danke! Vielen Dank!»

Völlig verdutzt kehrte der Kommissar zu seinem Ford Vedette zurück.

«Der Untersuchungsrichter Chabrand auf einem Fahrrad! Abends um zehn, auf den Straßen von Digne! Auf dem Fahrrad! Hat er dir denn jemals gesagt, dass er Fahrrad fährt? – Nein, nie! – Dann hat es ihn wohl ganz plötzlich gepackt? Genau wie die drei anderen auch... Was sagst du denn dazu?»

Laviolette führte Selbstgespräche, die Augen traten ihm regelrecht aus dem Kopf.

«Genau wie die drei anderen auch! Jeannot Vial, Jules Payan, Chérubin Hospitalier... Die drei Toten! Auch sie fuhren seit kurzem Fahrrad! Ja ja mein Lieber, jetzt reg dich nicht so auf! In Digne gibt es bestimmt fünfhundert Leute, die Fahrrad fahren! – Aber trotzdem: Die Zeugenaussagen stimmen überein, die drei fuhren erst seit kurzem Fahrrad. Aber Chabrand? Bei der Länge! Und so dürr! Beine hat der doch wie Streichhölzer! Gott möge mir verzeihen, aber Chabrand, ein strampelnder Richter! Wo er sich doch so scheut vor der Lächerlichkeit! Das ist ja unglaublich!»

Noch immer hielt er seine unfertige Zigarette in der Hand, er brauchte nur noch einmal am Papier zu lecken, aber nicht einmal dazu war er fähig.

«Schon wieder vier Löcher, die sich bei den Lochkarten decken. Aber das vierte... Warum der Richter?»

Dann erinnerte er sich. Er war wie elektrisiert und ein Schauer lief ihm kalt bis zum Haaransatz.

«Der Carrick, verdammt!»

Ja, jetzt sah er es klar vor seinen Augen: An jenem Winterabend, als er im Büro auf den Richter gewartet hatte, lag der tannengrüne Wollmantel lässig über einen Sessel geworfen, und auf der Innenseite des Kragens befand sich ein wunderschönes Etikett mit edler englischer Schreibschrift: *Irène de Térénez, Créations*.

Der Untersuchungsrichter Chabrand! Jetzt war es egal, ob man sagte, es gebe gut und gerne zweihundert Einwohner von Digne, die sich bei Irène de Térénez einkleideten, und es gebe auch mindestens fünfhundert, die Fahrrad fuhren. Nein, jetzt musste sofort nachgeprüft werden, ob diese Details rein zufällig waren. Zum ersten Mal hatte man das Ende eines Ariadnefadens in der Hand. Jetzt galt es herauszufinden, ob er durch das Labyrinth führte.

Jetzt hätte sich der Kommissar so verhalten sollen, dass man hätte schreiben können: «Er warf sich in seinen Wagen, raste los in Richtung Villa Popocatepetl. Er hechelte wie ein aufgeregter Spürhund auf der Fährte des Mörders.»

Das stand ein paar Tage später tatsächlich in den Zeitungen, mehr oder weniger elegant ausgedrückt. Aber es stimmte nicht.

In den menschenleeren Straßen von Digne fuhr Kommissar Laviolette wie eine Schnecke und zögerte den Augenblick, in dem er die Wahrheit erfahren würde, hinaus.

~ 10 ~

ER schlug die Wagentür zu und betrachtete das scheußliche Gebäude, das mondbeschienen inmitten von drei Hektar herbstlich vergilbter Wiesen aufragte, wobei die Kulisse aus alten Eichen und blauen Zedern eigentlich etwas Schöneres verdient hätte.

Es war eine anglonormannische Villa, wie man sie Anfang des Jahrhunderts baute. Nur dass sie sehr eigenwillig angelegt war und an vier aneinander gereihte Badekabinen – so was gab es vor dem Ersten Weltkrieg am Strand von Cabourg – erinnerte. Jedes dieser Gehäuse hatte ein Stockwerk über einem Hochparterre und war mit einem Giebeldach gekrönt. Auf diese Weise waren vier unabhängige Dächer mit jeweils zwei Seitenflächen entstanden, und auf jedem prangten ein Blitzableiter und eine Windfahne. Insgesamt mangelte es der Anlage mit ihren großen Fenstern nicht an einer gewissen Harmonie, da die Fassaden sehr gekonnt versetzt waren. Das Scheußliche kam von der Farbe des Fachwerks und der Dachkante, die gleichmäßig in einem Metzgerladen-Rot angestrichen waren.

Popocatepetl! Schon lange hatte Laviolette dieses architektonische Prachtstück, das ihn faszinierte und dessen Geschichte er sich hatte erzählen lassen, nicht mehr aus der Nähe betrachtet.

Ein gewisser Baudoin, gebürtig aus Fouillouse, beschloss – wie so viele Einwohner dieses Tals – im Alter von zwölf Jahren, die große weite Welt zu erkunden und festzustellen, ob es nicht irgendwo anders ein paar Kröten zu verdienen gab. Er entschied sich für Mexiko, wo manche Erfolg gehabt hatten, andere nicht. Er jedenfalls hatte Erfolg. Fünfunddreißig Jahre später kam er zurück. Der kugelköpfige Jüngling aus der Haute-Provence hatte nach und nach die Gestalt eines Haciendero angenommen, und dies bis in die Gesichtszüge hinein: gebräunte Haut, Backenbart, gewichster Schnauzer, die nicht mehr wegzudenkende Zigarre zwischen den fleischigen Lippen, denen er einen grausamen Zug zu geben gewusst hatte.

Er kam nicht allein zurück: Ihm folgten zwei große Säcke voller Goldstücke mit Abraham-Lincoln-Prägung und vier Überweisungen von Bank zu Bank, die ihm von vornherein die Achtung der örtlichen Filialleiter zuzogen.

Zunächst einmal teilte er sein Guthaben und seine Wertpapiere ganz gerecht zwischen vier verschiedenen Banken auf, denn schließlich setzt man nicht alles auf eine Karte. Dann kaufte er sich zehn Hektar Land am nördlichen Stadtrand in Richtung Thermen, und zu guter Letzt rief er den damals berühmtesten Architekten herbei. Der berühmteste Architekt ließ sich aber nicht herbeirufen. Großzügigfürstlich lud er den Mexikaner für einen Monat zu sich auf seinen Wohnsitz in der Normandie ein. «Ich werde Ihnen ein Haus bauen, das Ihrem ganz persönlichen Genius gerecht wird.» Mit diesem Motto hatte er ein Vermögen verdient. Er lud seine Kunden zu sich ein, lernte sie kennen, zog bestimmte Schlüsse aus seinen Beobachtungen und entwarf ein entsprechendes Haus. Die Ergebnisse waren erstaunlich und manchmal unbewohnbar. Zum Beispiel hatte er nach diesem Verfahren eine Villa in Auteuil gebaut, für einen berühmten Schriftsteller, der lediglich dann darin wohnte, wenn er sich kasteien wollte. Für den Mexikaner war die Villa Popocatepetl entstanden.

Es wurde erzählt, dass der Architekt in der Seele seines Klienten eine derartige Wirrsal an mühsam gezügelten Gelüsten zu erkennen glaubte, dass er überall in der anglonormannischen Villa besondere Anlagen einbaute, um sie endlich zu befriedigen.

Der Mexikaner und sein Schlösschen hatten bewirkt, dass sämtliche verklemmten Individuen der Stadt von gewaltigen Ausschweifungen zu träumen begannen. Keiner hatte die Behausung aus nächster Nähe gesehen, aber die Phantasie braucht keine reale Stütze. In den Köpfen der Einwohner von Digne nisteten sich kaum zu ertragende Bilder ein, bei denen Grauen und Wonnen miteinander in Wettstreit traten.

Was die Polizei damals wusste und was Laviolette sich hatte berichten lassen, war, dass der Mexikaner aus Fouillouse eine Art Satyr war, der sich ständig mit allen möglichen Mädchen umgab. Er beschäftigte eigens eine junge Dame, welche die Lustbarkeiten zu organisieren hatte. Sie war als Amazone gekleidet und konservierte wie Poppäa ihre Jugendlichkeit durch wöchentliche Bäder in Eselsmilch.

Der Satyr starb an irgendwelchen Exzessen, und sein letzter Scherz bestand darin, dass er den Orden der Salesianerinnen zum Alleinerben machte. Die ehrwürdigen Nonnen kamen lieber nicht, um das Haus zu besichtigen und den Volksglauben an Ort und Stelle zu verifizieren. Sie wollten Popocatepetl loswerden, als ob sie glühende Kohlen in der Hand hielten. Da sie es aber doch nicht gerade herschenken wollten, gab es ein paar Schwierigkeiten, denn dank weit reichender Beziehungen hatte sich der Satyr auf dem Gelände beerdigen lassen: Es war groß genug und weit genug entfernt vom Ort, so dass ihm dieses teure Privileg gewährt werden konnte. Es war auch nicht zeitlich beschränkt, und somit war der Verkauf mit der Übernahme einer Grunddienstbarkeit verbunden.

Nur wenige verdiente Schlossbesitzer mögen ihren Freunden beim samstagabendlichen Aperitif unter der Laube den Blick auf das in nächster Nähe gelegene Grab eines Mannes bieten, der noch nicht einmal zur Familie gehört. Demzufolge hatte der postume Admiral die zehn Hektar samt schmuckem Kastell darauf wohl zu einem ziemlich günstigen Preis erstanden, nachdem mehrere potentielle Käufer dann doch Abstand genommen hatten.

Daran dachte Laviolette, während er dieses Meisterwerk der Architektur im Mondschein betrachtete. Da, wo er stand, hörte er die eisernen Wetterfahnen im Wind klirren.

Das Gelände war von Mauern umgeben, hingegen war die schnurgerade, baumlose Auffahrt, die zur Freitreppe führte, von keinem Tor geschützt. Lediglich zwei Hermen mit faunisch lächelnden Larenköpfen flankierten die Maueröffnung.

Laviolette schritt zwischen diesen beiden ominösen Säulenstatuen hindurch mit dem traurigen Gefühl, für sich allein schon das gesamte Schicksal zu verkörpern. Wenn er in späteren Jahren diese Geschichte erzählte, gab er zu, dass er in jener Nacht keinen Augenblick lang stolz gewesen war. «Das lag aber daran», fügte er immer hinzu, «dass ich in Wirklichkeit kein guter Polizist war.»

Links, mitten auf der Wiese, erhob sich das Grab des Satyrs. Es war das postume Geschenk des dankbaren, aber inzwischen längst überholten Architekten gewesen, der es nach Plänen gebaut hatte, die dem Testament beigefügt waren.

Das Monument war ein Sakrileg: Es stellte eine Krone in Herz-Jesu-Form dar, wobei das Herz auf seiner Spitze stand und von einem Kreuz überragt war; allerdings war es auch diagonal von einem Pfeil durchstochen und sah deshalb aus wie eines jener lächerlichen Embleme, die die Liebespaare in die Rinde der Buchenstämme schnitzen. Das Ganze, aus Rocaille-Blöcken zusammengefügt, die auf eine Eisenarmierung montiert waren, bildete eine Art überdimensionales, drei Meter über den Erdboden hochragendes Diadem und schien allen Gesetzen des Gleichgewichts zu spotten. Wind und Wetter, Regen und Eis ließen das zweifelhafte Kunstwerk allmählich zerfallen, der Zement bröckelte und an manchen Stellen war vom Pfeil und vom Herzen nur noch die verrostete Armierung übrig. Im Mondschein war diese jedoch nicht sichtbar, so dass die scheußlichen porösen Zementblöcke wie durch ein bösartiges, abstruses Levitations-Wunder in der nächtlichen Luft zu hängen schienen.

Von dem Gebäude, das ein derart gestörter Mensch nach seinem Bild hatte errichten lassen, erwartete Laviolette nichts Gutes.

Er blickte zur Fassade hinauf: Vor dem linken Flügel führten die flachen Stufen einer breiten Treppe in einen Garten herab, von dem man ahnen konnte, dass er einst *à la française* angelegt worden war. Im erhöhten Erdgeschoss war hinter zwei großen Fenstern ein bläuliches Licht zu erkennen. Die Gardinen waren zugezogen und Laviolette geriet angesichts dieses Lichtschimmers ins Träumen. Er löste in ihm die Vorstellung von Wohlstand und Wohlanständigkeit aus, dahinter genoss jemand seinen Abend, jemand, der sich in seinem Leben zurechtgefunden hatte. «Ein Licht», dachte er, «mit dem mich kein Mensch je verwöhnt hat. Ich habe nie etwas anderes gekannt als Lampen, die trostlos von der Decke herabhängen.»

Er seufzte.

Oben im ersten Stock, und zwar im Mittelteil des Gebäudes, war ein ähnliches Fenster ebenfalls erleuchtet, aber es war ein hartes, grelles Licht. Auch da waren die Gardinen zugezogen. Dahinter sah man eine Silhouette sich bewegen, allerdings seltsam ruckartig, außerdem schien es, als sitze die Person. Hin und wieder zeichnete sich eine weitere Silhouette ab, diese jedoch stehend und gestikulierend.

Laviolette richtete seinen Blick noch ein wenig weiter nach oben. Im Gefälle eines der Dachgiebel gab es ein kleines Rundfenster, das ebenfalls erleuchtet war, freundlich gedämpft wie im Erdgeschoss und doch wieder anders.

Er ging nun zur Freitreppe, stieg die sechs Stufen bis zur Haupteingangstür hinauf, in die mit Schmiedeeisen vergitterte, bunte Glasfenster eingelassen waren und über der eine Markise angebracht war.

Links von ihm, ganz nahe, bewegten sich die Gardinen des schwach erleuchteten Fensters ganz sanft im vermutlich warmen Luftzug.

«Du hast keinerlei Durchsuchungsbefehl, und im Übrigen ist es gleich elf Uhr. Du wirst an dieser Tür läuten, und irgendjemand wird dir aufmachen und dich fragen, was du wünschst. Und was willst du antworten? Was willst du überhaupt? Wie, wenn du dich einfach damit begnügen würdest, bis morgen früh hier im Garten in Deckung zu bleiben?»

Diese Vorstellung ließ ihn zum Eisblock erstarren. Er hob die Hand, um zu läuten, bemerkte aber dann, dass die Tür nur angelehnt war. Ein paar Sekunden blieb er so stehen, die Hand auf der Höhe der Klingel, den Blick auf die schmale beleuchtete Ritze gerichtet. Dann hielt er es nicht mehr aus, senkte den Arm und machte die Tür einen Spaltbreit auf.

Vorsichtig schob er den Kopf durch die Öffnung. Er erblickte eine riesige Halle, von der aus ganz hinten eine Holztreppe mit zwei oder drei Absätzen zu einem großen Oberlicht führte, durch das schwacher Mondschein einfiel. Von da oben hing an einer Eisenstange eine bunte Glaslaterne herunter, die sich sacht bewegte. Diese Lampe stammte erkennbar vom Vorbesitzer, denn im Licht, das von ihr ausging, erkannte man in der Bleiverglasung sonderbare mittelalterliche Figuren, die in erotischer Stellung aneinander geschmiegt waren.

Das anheimelnde Licht und die Ausmaße der Diele ebenso wie die wohlige Wärme, die im ganzen Haus zu herrschen schien, nahmen Laviolette seine letzten Bedenken. Er trat einfach ein und schob die Tür lautlos hinter sich zu.

So viel Vorsicht war übrigens überflüssig, denn irgendwo im ersten Stock verfolgte jemand, vermutlich ein Tauber, im Fernsehen den Horrorfilm, den der Kommissar sich eigentlich zu seinem Abendvergnügen vorgenommen hatte.

Eine makabre Musik schien vom Deckengewölbe herunterzurieseln. Sie wurde durch die hysterischen Schreie einer Frau unterbrochen, jedes Mal wenn ein Vampir seine roten Zähne in sie schlug. Dank der Kunst des Tontechnikers hörte man das Tropfen des Blutes aufs Parkett bis unten.

Laviolette seufzte erneut. Dieser Film, den er schon einmal gesehen hatte, hatte vor gut zwanzig Minuten begonnen, und er, Laviolette, stand da, ein Opfer der Pflicht.

Plötzlich wandte er den Blick ab. Ein weiteres Geräusch, ein ganz reales, gut geöltes, hatte sich soeben unter den Kinolärm gemischt. Er erkannte rechts von der Treppe einen Aufzugschacht. Es war ein altertümlicher, hydraulischer Otis-Pifre, dessen Gestänge sich mit majestätischer Langsamkeit in den Boden bohrte. Jemand kam von oben herunter. In Windeseile schätzte Laviolette seine Rückzugsmöglichkeiten ab. Hinaus wollte er nicht, im Gegenteil: Die Atmosphäre hier drinnen lockte zu tieferem Eintauchen. Zu seiner Rechten bemerkte er eine Tür mit Rankenornament. Er näherte sich, drehte sacht den Knopf, wollte sie aufdrücken und stellte fest, dass sie sich nach außen öffnete. Das kam ihm gerade recht. Er schob sich in den stockfinsteren Raum, der nach gewachstem Parkett roch und nach altem, in knarrenden Schränken aufbewahrtem Geschirr. Er ließ die Tür einen Spaltbreit offen.

Von diesem Beobachtungsposten aus überblickte er die gesamte Diele ohne den Gang, den er auf drei Meter Breite geschätzt hatte und der nach rechts führte. Dafür präsentierten sich ihm der Fahrstuhl, der Fuß der Treppe, die Mauer gegenüber, in die eine weitere Tür mit Rankenornamenten eingelassen war, und unmittelbar daneben die zwei alten Türen eines normannischen Bettes, die vermutlich einen Wandschrank verbargen.

Der Fahrstuhl setzte seinen Weg nach unten fort. Ein guter alter Otis-Pifre von anno dazumal braucht ewig von einer Etage zur andern, besonders wenn die Etagen so hoch sind wie in diesem Haus. Er blieb endlich stehen und die Tür wurde aufgeschoben. Aus dem Halbdunkel löste sich ein Rollstuhl, in dem ein junges Mädchen saß. Durch den Türspalt sah Laviolette, wie das Mädchen geradewegs auf ihn zurollte.

Schimmernd heller Teint, der gewiss nicht häufig der Sonne ausgesetzt war. Schimmernd heller Blick aus riesigen Pupillen, die den geringsten Lichtstrahl einfingen. Der

Mund rot und glänzend, obwohl keinerlei Lippenstift zu erkennen war. Ein Gesicht, das wie ein offenes Buch sein musste für jeden Mann auf Frauenjagd: Wie viele solcher Gesichter hatte Laviolette in seinem Leben schon gesehen? Aber dieses Gesicht war in seiner vergeblichen Sinnlichkeit von resignierter, endgültiger Verzweiflung geprägt.

«Eine Sirene!», dachte Laviolette.

Zwei Meter von ihm entfernt saß sie in ihrem Rollstuhl. Er hätte ihre Haare streicheln, sie trösten mögen... Sie trösten, Tölpel! Sie trösten – wie denn?

Die Brüste unter der hellblauen, durchscheinenden Bluse würden niemals ihren Zweck erfüllen, genauso wenig wie die kräftigen, breiten Schultern, die wie geschaffen schienen, um ein Kind zu tragen und die Nackenschläge des Lebens auszuhalten, dazu aber niemals eine Gelegenheit haben würden, denn die unteren Glieder waren verkümmert und verbargen sich in den Falten eines weiten Rockes. Zwei muskellose Waden schauten unter dem Stoff hervor und die feinen Strümpfe verhüllten nur Haut und Knochen. Dieses zerbrechliche Beinskelett wurde von verchromten Metallschienen verstärkt, an deren Enden zwei lächerliche Stiefelchen steckten: Niemals würden die Sohlen sich abnutzen, ein ganzes Leben lang nicht.

Jemand, dessen Gesichtszüge allmählich aus dem Schatten hervortraten, schob den Rollstuhl aus dem Aufzug. Es war ein magerer Junge, der einen blauen Trainingsanzug und Turnschuhe trug. Sein Blick war der eines Erwachsenen. Aus seinem Versteck heraus konnte Laviolette diesen Blick, obwohl er ihn starr auf sich gerichtet sah, nur schwer erfassen: ein Blick wie aus pupillenlosen Augen, verdunkelt von einer Verzweiflung, die noch grausamer war als die des jungen Mädchens.

Jetzt wechselte der Rollstuhl die Richtung. Beide Personen drehten Laviolette den Rücken. Langsam, ganz langsam, als würden sie sich gegen ihren eigenen Willen fortbewegen, als würden sie von einer unwiderstehlichen Anziehungskraft angesogen, bewegten sie sich in Richtung der beiden Türen des vermeintlichen normannischen Schrankbetts.

Dann löste sich der Junge vom Rollstuhl und ging allein auf die Doppeltür zu. Er sah das Mädchen an. Zweimal nickte sie. Sie erhob die Hand und der ausgestreckte Zeigefinger deutete auf die Tür.

Der Jugendliche setzte zögernd zu Bewegungen an, die er wieder abbrach. Dann gewährte ihnen der Fernseher einen Augenblick der Stille: Laviolette vernahm die zischende Stimme der Behinderten; es war ein wütendes, aus der Entfernung unverständliches Flüstern. Der Junge stemmte sich vorsichtig, aber kraftvoll gegen die eine Tür, und es gelang ihm, sie zu öffnen.

Das zugehörige Geräusch hörte Laviolette nicht. Inzwischen grölte nämlich der Fernseher weiter, man vernahm das Jaulen einer Kreissäge und die schrillen Schreie der Heldin, die von einem bösen Feind erbarmungslos in die gezahnte Scheibe geschoben wurde wie ein gewöhnliches Holzscheit.

Indessen schob der Junge den Rollstuhl vorsichtig in Richtung Wandschrank, in dem Laviolette leere Kleiderbügel erkannte. Er hob das Gefährt nur leicht an, um die beiden Vorderräder über die Schwelle zu bringen, und beließ es in dieser Stellung.

Der Rücken des Jungen verdeckte nun den Rollstuhl und das Innere des Wandschranks. Laviolette betrachtete die breiten Schultern, die hervortretenden Muskeln unter dem anliegenden Trainingsanzug. Da war keinerlei Ausbeulung an den Knien zu sehen. Keinerlei suspekter Zwischenraum zwischen den wohlgerundeten Schenkeln oder Schienbeinen. Keine Spur von *genu valgum*.

Es folgten mehrere dröhnende Sequenzen im Fernsehen, ehe die beiden, die halb im Wandschrank standen, eine Bewegung machten. Aus seinem Versteck sah Laviolette nur die Schultern des Jungen, die sich seltsam schüttelten. Plötzlich deutete der Arm der Behinderten eine Art Abschiedsgruß an, eine Geste hilflosen Jammers, so wollte es dem Kommissar scheinen; eine kleine Geste voller ungeduldigem Kummer, eine Geste, die nicht natürlich war, die jedoch den Wunsch des Mädchens, sich zu entfernen, zu flüchten zum Ausdruck brachte. Der Junge zog den Rollstuhl zurück, und genauso vorsichtig, wie er sie geöffnet hatte, verschloss er die beiden Schranktüren wieder. Dann drehte er den Rollstuhl zum Licht hin und schob ihn langsam in Richtung Flur, hinter dem Aufzugsschacht.

Wieder kamen sie von vorne auf Laviolette zu, der starr war vor Staunen über ihre verstörten, verweinten Gesichter. Die Tränen flossen ihnen ungehemmt über die Wangen. Sie machten keinen Versuch, sich gegenseitig zu trösten.

Sie verschwanden und Laviolette trat aus seinem Versteck hervor. Er sah auf den Wandschrank. Er sah den Flur entlang, wo die beiden gerade verschwunden waren. Er sah noch, wie sie eine weitere, mit blauen und goldenen Rankenornamenten versehene Tür öffneten, über der eine griechische Schauspielermaske mit hohlen Augen und zu stummem Schrei geöffnetem Mund prangte.

Der Junge ging um den Rollstuhl herum, um einen Lichtschalter zu betätigen. Laviolette wich an die Wand zurück, hinter eine Konsole mit einem riesigen Strauß aus wächsernem Laub. Im plötzlichen Licht befürchtete er, entdeckt zu werden. Stocksteif klebte er an der Wand und versuchte, sich seitlich zur offen gebliebenen Tür zu schieben. Wenn Courtois ihn so hätte sehen können, hätte er sehr gelacht, denn mit seinem Umfang, dem Hut und dem Mantel mochte sich Laviolette noch so sehr um Unauffälligkeit bemühen, man konnte ihn bei bestem Willen nicht übersehen.

Aber der Blick der beiden war nach innen gerichtet. Laviolette konnte sich vor die offen gebliebene Tür niederkauern und ihre heimliche Beschäftigung belauern.

Es handelte sich um den zentralen Raum des Hauses, mit dem der Architekt die Phantasien des Mexikaners zu beflügeln gedacht hatte: ein winziges Theater mit einer Bühne, die höher war als breit, und etwa zehn Klappsitzen.

Das Gerücht ging um, dass der Satyr hier für sich selbst und ein paar enge Freunde die Szenen spielen ließ, die zu einer Zeit, als er noch jung und schlank, aber ein armer Teufel war, seine nächtlichen Träume belebt hatten.

Ein Theater! Ein echtes Theater, das diese beiden Kinder gewiss entzückt hatte, als sie es entdeckten, und das ihre Eltern ihnen großzügig zur Verfügung gestellt hatten. Ein Liebhabertheater mit allzeit offenem Pappvorhang, dessen aufgemalte Falten von dicken goldenen Schlaufen festgehalten wurden. Eine Schräge war eingerichtet worden, damit die Behinderte mühelos auf die Bühne kam.

Was diese beiden Schauspieler aber jetzt auf dieser Liebhaberbühne aufführten, das war kein Kinderspiel mehr. Bei den unsterblichen Worten, die sie sich ins Gesicht schleuderten, lief es Laviolette, der sich hinter der letzten Sitzreihe verborgen hatte und fast bäuchlings auf dem Boden lag, kalt den Rücken herunter.

Falls sie dieses Lied des Hasses, das sie abwechselnd deklamierten, bis zum bitteren Ende sprachen – und es sah so aus, als ob sie es tun würden –, dann würde es eine Weile dauern, bis sie wieder in die wahre Welt zurückkehrten.

Bei diesem Gedanken schlich sich Laviolette aus dem Raum und ging entschlossen zum Garderobenschrank.

Es waren zwei gute alte Schiebetüren, hinter denen einst in der Normandie die Betten verborgen wurden. Generationen von Normannen, die, weil sie im Wohlstand lebten, eine Abneigung gegen frische Luft hatten, schlossen sich zum Schlafen hinter solchen Türen ein. Da sie überdimensional groß waren, hatte der Mexikaner, der sie auf Vorschlag seines Architekten hatte hertransportieren lassen, sie vermutlich fast umsonst bekommen. Eingeschnitzt waren zwei bemalte Gesichter und Kalbskopfgirlanden.

Laviolette trat näher. Nicht ohne Beklemmung legte er die Hand auf die Klinke. Als er versuchte, die Gesten des Jungen nachzuahmen, um die Tür leise zu öffnen, bemerkte er, wie schwer sie war und dass der Junge für sein Alter ungewöhnlich kräftig sein musste.

Es gelang ihm dennoch, die Tür zu öffnen. Vor sich hatte er nichts als ein schwarzes Loch, kein einziges Kleidungsstück hing da, vermutlich war der Schrank nie mehr benutzt worden, seit der Wüstling hier seine speziellen Soireen veranstaltet hatte. Ein subtiler Zigarettenduft der Marke Abdullah «mit dem goldenen Mundstück», von eleganten Frauen in den frühen fünfziger Jahren geraucht, lag noch in der Luft wie eine ferne Erinnerung. Ein paar verwaiste Kleiderbügel hingen schief und verstaubt neben diskreten Spinnweben, das war alles.

Und doch hatten sich die beiden jungen Leute hier aufgehalten. Und doch hatten sie geschluchzt, als sie sich von hier entfernt hatten.

Laviolette fragte sich, was es mit diesem schwarzen Loch auf sich haben konnte, das so banal und unbedeutend schien. Obwohl die beiden jungen Leute nicht weiter vorgedrungen waren, wollte er die Tiefe der düsteren Aushöhlung hinter der zweiten Schiebetür prüfen. Er schaltete seine Taschenlampe ein und tat einen Schritt in den Schrank hinein.

Im selben Augenblick vernahm er eine Art mechanischen Seufzer neben sich, wie ein Wispern, wie eine Aufforderung.

Als er die Tür einige Sekunden oder einige Minuten später wieder verschloss (er hatte keine Ahnung, wie lange er da gestanden hatte, darüber konnte er später nie eine Aussage machen), drückte er seine linke Hand gegen den Mund, als ob er Zahnschmerzen hätte, und schüttelte die rechte Hand, als ob er sich gerade mit einem Hammer auf die Finger geklopft hätte.

Dann stieg er auf Zehenspitzen die Holztreppe hinauf, die man unweigerlich hätte knarzen hören, wenn das Gegröle des Fernsehers nicht weiterhin alle anderen Geräusche überdeckt hätte. Es war der Schluss des besagten Gruselfilms. Ein entsetzliches Knistern überlagerte das Gekreisch eines Vampirs, der sich gerade unter dem gemeinsamen Einfluss eines gezückten Kruzifixes und einer strahlenden Sonne in nichts auflöste.

Von diesem Lärm geleitet, die Hände noch immer auf den Mund gepresst, als wolle er sich verbieten, seinen heftigen Gefühlen Ausdruck zu geben, stieg Laviolette die vier Treppen hoch.

Aus einer halb offenen Tür genau gegenüber den obersten Stufen drangen die unverkennbar letzten Töne des Films. Er klopfte diskret und bekam keine Antwort. Er klopfte lauter. Und es kam noch immer nichts. Der Bildschirm war verstummt bis auf das leise Hintergrundrauschen. Er öffnete die Tür.

Es war ein geräumiges Zimmer. Auf einem Ecktisch verströmte eine Lampe mit grünem Schirm sanftes Licht. Das Fernsehgerät thronte mitten im Raum. Davor stand ein tiefer Sessel, in dem es sich jemand gemütlich gemacht hatte, die Beine auf einem Couchtisch ausgestreckt. Es waren bestrumpfte Frauenbeine mit hochhackigen jadegrünen Pumps aus Schildpattimitation. In Unordnung geratenes blondes Haar, das schon lange nicht frisch gefärbt worden war, ringelte sich über die Rückenlehne, ein Arm hing locker über die Lehne. Die Hand mit perlmuttlackierten Fingernägeln hatte einen Zigarettenstummel fallen lassen, der gerade neben mehreren schon älteren schwarzen Spuren ein Loch in den Teppichboden brannte.

«Kein Wunder, dass sie vor dem Fernseher einschläft, wenn sie sich allein um dieses Riesenhaus kümmern muss», dachte Laviolette.

Er ging um den Sessel herum und betrachtete die Schlafende. Sie schnarchte leise, der Mund unter der stumpfen Nase stand offen.

Es handelte sich um eine junge Frau von fünfundzwanzig Jahren, die sich nicht ohne Mühe das Gesicht einer im Niedergang begriffenen Schauspielerin zugelegt hatte. Aber wie sie so wehrlos dalag mit ihren preußischblauen Augenlidern, den falschen Wimpern, die sich allmählich lösten, und dem kräftigen Kinn einer Bretonin, bot sie den Anblick jener armen Mädchen, die dank ihrer vergänglichen Jugendreize durchaus die Gunst eines armen Kerls erobern und ein armseliges kleines Leben ohne Höhen und Tiefen führen könnten, wenn die launische Natur sie nicht mit einem

Körper à la Maillol ausgestattet hätte. Das Gesicht war zwar nichts sagend, der Körper aber war der eines Stars. Selbst in dieser schlaffen Haltung verlor er nichts von seinem lasziven Charme, seinen Reizen, seiner Üppigkeit. Ewig würde es nicht anhalten, aber jetzt war er prächtig, und vermutlich verursachte er mehr Verdruss als Freuden.

So philosophierte Laviolette vor sich hin und fragte sich, wie er diese Nymphe wecken könnte, ohne ihr ein Riesengeschrei zu entlocken. Aber die Zeit drängte. Mit der rechten Hand griff er nach seinem Ausweis mit dem blau-weiß-roten Streifen, mit der anderen klopfte er der Schlafenden auf die Schulter.

Sie stand noch ganz unter dem Eindruck des Vampirs, dessen tägliche Auferstehung sie etwa bis zur Hälfte des Films verfolgt hatte, ehe sie in Tiefschlaf verfallen war. Sie streckte sich, riss die Augen und den Mund auf und war im Begriff, einen gellenden Schrei auszustoßen. Beim Anblick des Polizeiausweises jedoch hielt sie sofort inne; hinzu kam, dass Laviolette den Finger auf die Lippen gelegt hatte. Dafür wurde sie Sekunden später von einer anders gearteten Panik ergriffen. Ihr wurde bewusst, dass alle ihre weiblichen Attribute aus ihrem kurzen, durchsichtigen Nachthemdchen herausdrängten. Sie schnellte aus ihrem Sessel, stürzte zum Kleiderhaken und bedeckte sich mit einem unförmigen Etwas, was die Lage keineswegs verbesserte. Sie bemühte sich, ihren Busen daran zu hindern, aus dem negligéartigen Ding hervorzuquellen, aber das Ergebnis war nicht überzeugend.

«Also hören Sie mal, jetzt reicht's!», flüsterte Laviolette leicht genervt. «Hören Sie auf mit diesem Zirkus. Setzen Sie sich wieder in Ihren Sessel und merken Sie sich eins: Ich habe keinerlei Absichten! Ich habe ganz andere Probleme. Ruhe also, und beantworten Sie mir meine Fragen!»

Sie keuchte wie ein aufgescheuchtes Wild.

Auf dem Couchtisch sah er ein Glas und eine Flasche Glen Grant Pure Malt, von der sie vermutlich zu Beginn des Films getrunken hatte, um das Entzücken zu steigern. Er goss es halb voll und hielt es ihr hin. Völlig erstaunt griff sie danach. Vermutlich war sie derlei Freundlichkeit nicht gewöhnt.

«So», flüsterte Laviolette, «und jetzt werden Sie alle meine Fragen beantworten, und zwar leise. Hören Sie? Alle!»

Sie verharrten in der vom grünen Lampenschirm ausgehenden intimen Stimmung wie zwei alte Freunde, die über die Vergangenheit plaudern, aber je mehr Fragen Laviolette stellte, desto mehr verdüsterte sich sein Gesicht, und je länger das Mädchen diese Fragen beantwortete, desto mehr schrumpfte sie in ihrem Sessel zusammen.

Ihre beschränkte Intelligenz begann zu ahnen, was der Kommissar ihr verständlich machen wollte. Sie antwortete sehr leise, aber heftig, als würde sie zu einem Beichtvater sprechen und sich verzweifelt bemühen, ihre Unschuld oder ihre Einfältigkeit zu beweisen.

Da sie nur im Flüsterton miteinander sprachen, spürten sie, wie das Haus um sie herum atmete. Da war die Standuhr im Flur, die gemächlich die Sekunden schlug. Da war, weit entfernt, das Geräusch einer Wasserspülung. Und dann plötzlich das asthmatische Ächzen des Fahrstuhls aus der Tiefe des Hauses.

«Pssst!», sagte Laviolette

Er erhob sich, schob lautlos den Türflügel auf. Der Aufzug hielt mit einem seufzenden Laut. Dann hörte man eine Etage tiefer Schritte auf dem Parkett. Die Flügel einer Doppeltür wurden aufgeschoben, vermutlich für den Rollstuhl. Die beiden Türflügel wurden wieder geschlossen. Dann nochmals Schritte, leise, gedämpft, unendlich müde, schlurfend.

Durch den Türspalt beobachtete Laviolette die Treppe. Jemand kam den ersten Abschnitt hoch, holte auf dem Treppenabsatz Luft, ging weiter. Dann erkannte Laviolette im Halbdunkel die Gestalt des Jugendlichen im Trainingsanzug, der vorhin den Rollstuhl geschoben hatte. Wie ein Greis, mit hängendem Kopf und stolpernd, stieg er die Stufen empor, wobei er sich am Geländer festhielt.

Jetzt stand er reglos auf dem oberen Treppenabsatz und betrachtete nachdenklich den Eingang zum Zimmer der Hausangestellten, die ihre Tür niemals schloss. Dann schaute er lange auf die Standuhr mit ihrem alten aufgemalten Blumenstrauß, die ruhig aus dem Dunkel heraus tickte.

Laviolette hörte ihn in nächster Nähe atmen.

Dann drehte der Junge sich jäh um und ging den Flur entlang. Er öffnete die letzte Tür, verschwand dahinter und verschloss sie wieder.

«Der Dachboden!», hauchte das Dienstmädchen.

Sie hatte sich zähneklappernd Laviolette genähert und stand dicht hinter ihm, um ebenfalls durch den Türspalt zu spähen, über ihn hinweg, denn sie war größer. Durch seinen Mantel, seine Jacke, seine Weste hindurch spürte Laviolette, wie ihr Herz unter dem lächerlichen Negligé zum Zerspringen klopfte. Eine Weile blieben sie so stehen, angespannt, das Mädchen an den Rücken des Kommissars gepresst. Beide überwältigt von dem, was sie nun wussten.

«Ich flehe Sie an, hören Sie auf, mit den Zähnen zu klappern!», flüsterte er.

Denn dieses Geräusch hörte man genauso deutlich wie

das Ticken der Standuhr. Sie führte die Hand zum Mund und biss fest hinein.

Dann ging die Dachbodentür quietschend wieder auf. Laviolette sah, wie sich im Türrahmen von hinten ein schwarz gekleidetes Wesen abzeichnete, das die Tür wieder schloss und sich dann umdrehte.

Von hinten hatte das Dienstmädchen Laviolettes kräftigen Hals umklammert, als wollte sie ihn erwürgen. Vorsichtig griff er hinter sich, um ihr zur Beruhigung den Hintern zu tätscheln.

Das Wesen, das sie jetzt von vorne sahen, war der Halbwüchsige von vorhin. Er trug eine Pelerine mit Kapuze, kurze Hosen, schwarze Kniestrümpfe und eine Baskenmütze. In der Hand trug er an den zusammengebundenen Schnürsenkeln ein Paar plumpe Stiefel. Ein Gegenstand war an seinem Pfadfindergürtel befestigt, aber man konnte nicht erkennen, was es war. Der Junge ging im gleichen Tempo die Treppe hinunter, wie er vorhin hinaufgestiegen war, und seine Schritte klangen genauso erschöpft.

Als es Laviolette gelungen war, sich behutsam aus der Umklammerung des angstbebenden Mädchens zu lösen, das ihn beschwor, sie nicht zu verlassen, als es ihm gelungen war, ihr ein weiteres halbes Glas Whisky einzuflößen, um sie zu betäuben, trat er in den Flur hinaus.

Die Haustür war soeben geschlossen worden. Nun ging auch Laviolette hinunter.

~ 11 ~

DER Tod hatte ihn im Visier und diese Gewissheit störte ihn nicht. Ganz im Gegenteil: Untersuchungsrichter Chabrand fühlte sich wie grenzenlos berauscht. «Jetzt werde ich es erfahren», sagte er sich, ohne sich selbst darüber im Klaren zu sein, ob er damit das Nichts meinte oder das Rätsel von Digne.

Er befand sich in einem solchen Zustand freudiger Erregung, dass er sich fragte, ob er sich nicht einfach umbringen lassen sollte, ehe ihn dieses grenzenlose Glück verlassen würde, ohne das ihm die Zukunft nicht mehr lebenswert erschien.

«Irène… Wer war Irène? Wer war Irène wirklich?»

Er hatte sie gerade erst verlassen, und bei jedem Atemzug war es zunächst ihr Duft, den er in sich einsog, bevor dann der feuchte Geruch des toten Laubs nachfolgte.

«Irène…»

Er war verzückt wie ein Pennäler nach seiner ersten Liebesnacht, als er diese rauen Silben vor sich hinsprach.

«Irène…»

Aber wer war Irène? Von zartem Blond, mit dem langen Hals einer Engländerin, nicht schön, nein, dazu war die Stirn zu hoch, zu gewölbt, die Lippen zu schmal, die Mundwinkel zu sehr nach unten gezogen, aber manchmal weitete sich dieser Mund plötzlich zu einem stummen Lachen…

Wie er sie kennen gelernt hatte? Es war sein fast weibliches Modebewusstsein gewesen, das ihn eines Tages in die schmale Boutique am Boulevard geführt hatte: Das häufig umdekorierte Schaufenster zeugte von einem äußerst sicheren Geschmack. Schüchtern war er eingetreten, mit der festen Überzeugung, dass alles, was es in diesem Geschäft zu kaufen gab, seine Mittel überstieg. Ganz natürlich war sie auf ihn zugegangen, ohne zuvorkommendes Lächeln, ohne Koketterie, ohne beflissene Aufmerksamkeit.

Sie trug eine Brille an einem Kettchen umgehängt und hin und wieder setzte sie sie auf, ganz zwanglos und ohne manierierte Bewegungen. Bis zur vergangenen Woche war ihre Beziehung immer nur die zwischen einer Geschäftsfrau und einem Kunden gewesen. Sie war noch verhältnismäßig jung, aber respektabel. Manchmal überkam ihn eine sehr vage Intuition, wenn er durch das Schaufenster sah, wie sie sich bewegte, oder wenn er ihre rundliche Hand beobachtete, wie sie über die Stoffmuster oder die Kleidungsstücke strich. Sie war jedoch so sehr bemüht, im Ton, im Aussehen und in der Haltung völlig neutral zu wirken, dass er diesen Eindruck sogleich verscheuchte.

Erst in der vergangenen Woche war die Maske völlig unerwartet und plötzlich gefallen. Zum ersten Mal hatte er sie im vollen Licht gesehen.

Er hatte den Laden seit Monaten nicht betreten, denn teure Extravaganzen konnte er sich nicht oft leisten. Er fand, sie sei wie immer, aber hinter der Fassade von Gleichmut schien sie ihm fahrig und abwesend. Sie sah oft verstohlen zur Straße hinaus. Sie waren allein.

«Was für ein schreckliches Wetter!», sagte sie.

Es regnete seit drei Tagen. Unter ihren Regenschirmen gingen die Passanten vor dem Schaufenster vorbei, kauften zum Zeitvertreib im Buchlädchen nebenan ein paar Zeitschriften und marschierten eilig zurück.

«Ein Wetter für ganztägige Bettromanzen», versetzte er betont ungezwungen.

Das war einer seiner Lieblingsscherze, auch wenn er schon ein wenig abgedroschen war. Wann immer er bei anhaltendem Regenwetter einer Frau begegnete, wartete er mit diesem Spruch auf, ohne dabei seine unbestechliche Miene abzulegen, so als spräche er von einer Möglichkeit, die ihn ohnehin nichts anging.

«Ach, sagen Sie solche Sachen nicht!»

Sie drehte ihm den Rücken zu und trat dicht an die Glastür. Auf die Straße hinausschauend flüsterte sie:

«Ich habe seit Monaten mit keinem Mann geschlafen ...»

Ihr Atem beschlug die Scheibe. Die Worte waren so leise gesprochen worden, vielleicht an die Adresse der Passanten, dass niemand sie interpretieren oder beantworten konnte.

Dennoch spürte er, dass sie soeben, obwohl sie meilenweit von ihm entfernt war, etwas ganz Entscheidendes gesagt hatte. In seinem Kopf entstand ein neues Bild von ihr, das letztlich jedoch dem alten Bild auf so subtile Weise ähnlich war, dass er es ganz natürlich fand.

Sie kam zurück und suchte in den Regalen nach der Strickjacke in dem ganz speziellen Farbton, die er im vergangenen Winter im Schaufenster gesehen hatte und die er gern erstanden hätte. Sie fingerte an einem Meterband herum, rollte es um ihren Finger und wickelte es wieder auf.

«Wenn Sie ...», sagte sie. «Aber nein ... ich darf nicht!»

Die Atmosphäre in der Boutique verwandelte sich. Die Fußgänger draußen wurden zu Marionetten, obwohl sie noch genauso echt und genauso gelangweilt vorbeizogen. Der Regen war wie verflogen, obwohl er unverändert niederging. Plötzlich schwebte eine Art stumme Panik über ihrer schlagartig veränderten Beziehung.

Die schmale Krawattenvitrine zwischen ihnen schuf Abstand. In Wirklichkeit aber schrumpften plötzlich alle greifbaren Dinge. In kürzester Zeit gab es kein Schaufenster und keine geschmackvolle Auslage mehr. Es war nur noch der Vorraum der Leere, worin die Erinnerung später keinen einzigen Gegenstand mehr identifiziert. Plötzlich erfüllten nur noch sie beide den Raum, allein mit ihrem angehaltenen Atem. Sie pressten die Lippen zusammen. Harmlose Worte gab es von jetzt an nicht mehr.

Sie nestelte weiter an ihrem offensichtlich überflüssigen Meterband, die Augen hartnäckig zu Boden gerichtet. Er wusste, dass sie sprechen würde, aber zum Holz des Ladentisches, nicht zu ihm, und dass sich alles zwischen ihnen wieder verschließen würde, wenn ihm diese Worte entgingen. Er horchte angespannt, er stand dicht neben ihr, über ihr blondes Haar geneigt. Und dennoch hatte er Mühe, die wenigen Worte zu verstehen, die sie hastig geflüstert hatte:

«Haben Sie Angst vor dem Tod?»

Wenn er jetzt log, wenn er jetzt wie jeder dumme Schnösel «nein» antwortete, noch ehe er darüber nachdachte, dann würde sich diese heilige Minute, die sich zwischen ihnen beiden dehnte, in eine ganz normale zurückverwandeln, ganz banale Vergangenheit werden, entschwinden und nicht einmal mehr der Sehnsucht wert sein, das wusste er.

«Seit dreißig Jahren versuche ich mich allmählich an ihn zu gewöhnen», sagte er bescheiden.

«Nein!», wehrte sie ab. «Nicht den Tod, der in dreißig oder vierzig Jahren auf Sie lauert, mit Krebs oder Herzinfarkt, nicht diesen Tod meine ich …»

Sie blickte auf und sah ihm ins Gesicht.

«Glauben Sie, dass es sich lohnt, für mich zu sterben?», fragte sie. «Das habe ich gemeint. Wenn Sie jetzt gleich sterben müssten, wenn Sie meinetwegen sterben müssten, würden Sie das auf sich nehmen?»

Sie hatte ganz plötzlich die Hand gehoben. Er verdeckte sie, die Fußgänger draußen konnten diese Geste nicht sehen. Sie hatte die Hand flach auf das Revers seines Sakkos gelegt. Darunter spürte er seinen eigenen Herzschlag.

In diesem Augenblick sah er sie zum ersten Mal.

Wenn jetzt jemand den Laden betrat, würde sie die Hand zurückziehen. Das war seine einzige Sorge.

Aber es kam niemand. Wasserfälle ergossen sich aus einer verstopften Dachrinne über dem Eingang des Geschäfts, und auf diese Weise hatte das Schicksal zwischen ihnen und dem Rest der Welt eine Sperre errichtet.

Nein, sie zog sie nicht zurück, diese Hand, die ihm durch die schlichte Berührung mit dem Stoff seines Sakkos all die Wärme einflößte, die sie in sich barg. Er begriff, dass sie keine gewöhnliche Frau war, sondern hinreißend anormal. An ihrem klaren Gesicht, ihren zu arglosen Augen erkannte er, dass sie voller Umwege und Abschweifungen, voller Widersprüche steckte, dass ihr Wesen ihr luxuriöse Launen auferlegte – und dass sie zu kennen ihn für immer bereichern würde.

«Ja», antwortete er schlicht.

Sie nahm die Hand von seinem Revers und blickte wieder zu Boden.

«Ich spreche nicht in Rätseln», sagte sie.

«Ich weiß.»

«Ich lade Sie ein.»

«Und ich antworte Ihnen, dass ich die Einladung annehme.»

«Wer mich berührt, muss sterben.»

«Das weiß ich.»

«Sie wissen es?»

Sie machte eine kleine angstvolle Bewegung.

«Jetzt weiß ich es. Und Sie, wissen Sie, wer ich bin?»

«Sie sind der Richter. Aber von nun an ändert das nichts mehr. Ich habe meinen Blick auf Sie gerichtet. Ich habe es gewagt. Vielleicht weiß es schon jemand. Sie sind bereits verurteilt. Jemand hat schon erahnt, was Sie geworden sind. Ich habe bereits Angst. Glauben Sie, glauben Sie wirklich», wiederholte sie düster, «dass es sich lohnt, für mich zu sterben? Ich habe Angst, ich kann es nicht mehr aushalten. Es tut mir Leid, aber ich sterbe vor Ungeduld. Haben Sie es sich gut überlegt?»

«Nein, ich habe es mir nicht gut überlegt. Ich habe keine Lust zu überlegen.»

«Lieben Sie mich?»

«Nein. Wie könnte ich das? Aber ich bin sicher, dass man mit Ihnen das Leben vergessen kann.»

«Sie werden also kommen?»

«Ja.»

«Sie müssen sehr vorsichtig sein. Haben Sie ein Fahrrad?»

«Nein, aber ich werde mir eines besorgen.»

«Ja, kommen Sie mit dem Fahrrad. Ich wohne in der Villa Popocatepetl. Jedermann weiß, wo sich die Villa Popocatepetl befindet. Sie nehmen die Straße, die am alten Friedhof vorbeiführt, die ist nicht beleuchtet. Machen Sie Ihr Licht nicht an. Auf das Gelände kommen Sie durch ein Loch im Zaun, das Sie in ein Zedernwäldchen führt. Das Fahrrad lassen Sie dort zwischen den Bäumen, wo es am dichtesten ist. Und dann kommen Sie zum Haus herunter, indem Sie an den Kastanienbäumen entlanggehen, die letzten stehen dicht vor meiner Terrasse. Sie verlieren zwar schon die Blätter, aber trotzdem ist es dort dunkel genug. Da Sie von oben kommen, ist es aus Ihrer Sicht der rechte Flügel des Hauses. Meine vier Fenster werden beleuchtet sein, Sie werden sie an den bläulichen Gardinen erkennen. Es gibt zwei Fenstertüren, die direkt auf die Terrasse hinausgehen. Beide werden einen Spaltbreit offen sein.»

«Wann?»

«In acht Tagen, abends, gegen zehn. Nein, nein, nicht früher. Führen Sie mich nicht in Versuchung, ich flehe Sie an! Und davor kommen Sie auch nicht mehr hierher. Sicher werde ich beobachtet. Irgendjemand weiß alles über mich! O Gott! Wenn ich will, dass Sie am Leben bleiben, dann muss mein Leben so gleichförmig und trostlos wie möglich verlaufen. Mein Gott! Jetzt sind Sie schon eine halbe Stunde hier! Da, nehmen Sie dieses Hemd mit! Und diese Krawatte! Und diese Strickjacke! Wenn Sie den Laden verlassen, müssen Sie voll beladen sein mit Paketen.»

«Wer ist es?», fragte er.

«Ich weiß es nicht. Ich schwöre Ihnen: Ich weiß es nicht!» Plötzlich wandte sie sich ab und ließ ihn gehen, ohne ihn an die Tür zu begleiten. Wieder spielte sie mit dem Meterband. «Acht Tage … Acht Tage …», stammelte sie.

Sie wagte es nicht einmal, sich einzugestehen, wie sehr diese acht Tage ihre Kräfte überstiegen.

Acht Tage … Acht Tage waren es schon her … und es war heute Abend … und jetzt war schon alles vorbei. Durch seinen Kopf, der wie eine große Kirchenglocke dröhnte, schossen die Bilder von Irène, Irène mit offenen Augen. Er hörte sie noch sagen:

«Wir werden beide in der Hölle brennen!»

Die Hölle am Horizont wie das glühende Abendrot an einem Sommerabend, es war so wunderbar, sich mit dieser Aussicht in die Liebe zu stürzen.

«Du hältst mich für eine Messalina? Aber wenn du wüsstest, wie brav ich bin, wie anständig, wie fromm! Wenn du wüsstest, wie gut ich kochen kann, wie sehr ich meine Kinder liebe! Ich habe eine behinderte Tochter... Wenn du wüsstest, wie sehr ich mich hässlich mache für sie! Wenn du wüsstest, wie sehr ich mich bemühe, in meinem Gesicht niemals eine Spur von Freude zu zeigen, die nicht mit ihrer Freude zu tun hat, die nicht die armseligen Freuden spiegelt, die ich ihr bieten kann!»

Und sie lachte ein kindliches Lachen.

«Letzten Sommer sind ein paar würdevolle Damen mit vom Schmerz gezeichneten Gesichtern gekommen und haben mir angeboten, Mitglied in ihrem Verein für verdienstvolle Mütter zu werden. Und man sah ihnen an, dass es sie unendlich viel Mühe kostete, dass es überhaupt nichts Natürliches für sie war, ‹verdienstvolle Mütter› zu sein...»

Plötzlich hatte sie sich aufgerichtet und die Bewegung war auf einmal nicht mehr erotisch gewesen. Plötzlich war sie ihm entglitten, war wieder eine andere geworden.

«Eine verdienstvolle Mutter!», flüsterte sie. «Das wäre ich gewesen, wenn ich den Mut gehabt hätte, sie umzubringen, als mir klar wurde, dass sie eine Hälfte ihres Körpers verloren hatte. Aber sie war schon fünf Jahre alt! Und damals spürte ich bei ihr eine solche Lebenslust, dieses halbe Leben wollte sie so sehr leben! Das verzeihe ich mir nicht! Nie werde ich es mir verzeihen! Sie wusste von nichts! Aber ich, ich wusste es!»

Sie hatte sich an ihn geschmiegt, hatte ihn angefleht, er

möge sie zum Vergessen, zum Schweigen zwingen, sie verrückt machen, ihr die schlimme Seite ihres Lebens verbergen. Er hatte das Spiel mitgespielt, zunächst war er entsetzt gewesen, dann hatte auch er vergessen, hatte sich daran gewöhnt, im großen Spiegel ihre Arabesken zu verfolgen, mit einer seltsamen Aufmerksamkeit, die alles andere auslöschte.

«Irène...»

Die beiden Schüsse fielen genau in dem Augenblick – oder war es den Bruchteil einer Sekunde vorher? –, als der Bléone-Kiesel an seinem Ohr vorbeipfiff, auf den er wartete, seit er vorsichtig aus dem Zimmer geschlichen war, durch die Fenstertür, im Schutz der Kastanienbäume. Man hatte wohl auf ihn gewartet, ihm aufgelauert, den Augenblick genutzt, als er schutzlos im Mondlicht auftauchte. Die Schüsse – ja doch, sie waren vorher gefallen – hatten den Mann mit der Steinschleuder überrascht, hatten seine Hand eine Spur verunsichert.

Er stand auf der Wiese, zehn Meter vor dem Richter. Er sah ihn von vorn, das schmale, von langem Haar umrahmte Gesicht voll im Licht, die Mütze tief in die Stirn gedrückt.

Und dann tat er das, worauf der Richter am wenigsten gefasst war: Er raste mit gesenktem Kopf auf ihn los, wie ein Stier in der Arena. Der Richter straffte sich, um dem Aufprall standzuhalten, aber der Angreifer schlug einen Haken wie ein Rugby-Spieler, streifte ihn, war schon an ihm vorbei; zehn Meter weiter bückte er sich, ohne sein Tempo zu verlangsamen, pflückte den Kieselstein, der zum ersten Mal sein Ziel verfehlt hatte, von einem Grasbüschel. Dann verschwand er im Schatten der Bäume.

Es hatte nur Sekunden gedauert, aber der Richter hatte ihn deutlich im Mondschein gesehen, er hatte Zeit genug gehabt, in dem lebendig-warmen Bolzen, der da vorbeigeschossen war und dessen Spur er noch witternd wahrnahm, das eigentliche Wesen von Irène, die er gerade verlassen hatte, zu erkennen, zerlegt gewissermaßen, abgeändert und anders wieder zusammengesetzt. Es war geballte Energie gewesen, und wie im Sog schwebte ihr ein Geruch nach, heimlicher zwar, unpräziser, aber eben doch der Geruch, den der Richter mit Wonne auf sich selbst wahrnahm, seitdem er in die Nacht hinausgetreten war.

«Nicht schießen!», rief er.

Von nun an waren dies die einzigen Worte, die er in dieser Nacht noch aussprach. Er wiederholte sie unermüdlich, zunächst für sich selbst. Dann für alle, denen er danach noch begegnete.

Er war nun seinerseits losgestürzt, dem Schatten hinterher.

Laviolette war bereits um dreihundert Meter zurückgefallen, nun stand er mitten auf der Wiese, vor dem abstrusen Grabmal mit seinem von einem Pfeil durchbohrten Herzen. Er lehnte sich schlaff dagegen, atemlos, weil er gelaufen war, unfähig, einen weiteren Schritt zu machen, gezwungen, den Richter mit dem Mörder allein zu lassen.

Mühsam setzte er sich wieder in Marsch. Er war ehrlich. Er sagte sich nicht: «Siehst du nun das Ergebnis des Krieges? Das Ergebnis der Fallschirmabsprünge, wenn du nicht richtig aufgekommen bist? Siehst du, was es gebracht hat, dass du dich ins eiskalte Wasser des Ärmelkanals gestürzt hast, mit dem Gewehr über dem Kopf? Dass du einen ganzen Tag lang triefend nass bäuchlings auf dem feuchten Sand am Strand liegen geblieben bist, während es in Strömen regnete? (Und ich rede gar nicht von den Granaten und den Maschinengewehren, so was hat keine Auswirkungen aufs

Rheuma.) Siehst du, was du davon hast, dass du den ganzen Winter 44 zwischen den Tannen der Vogesen herumgeballert hast, anstatt ihre Spitzen zu lutschen?» Nein. Stattdessen sagte er sich: «Siehst du? Das ist das Ergebnis des täglichen Pastis, des täglichen Päckchens Tabak und der Selbstgedrehten! Und ein paar dicke Zigarren im Metallröhrchen kommen auch noch dazu. Siehst du? Das hast du davon! Mit zweiundfünfzig Jahren bist du nicht einmal mehr in der Lage, einen Hundertmeterlauf durchzuhalten. Nicht mit dem Kopf geht es bergab, nein, mit den Beinen! Los, zum Telefon! Nein, nicht zum Telefon! Keine Ahnung, wo sich das im Haus befindet. Das muss ich erst ausfindig machen. Da brauche ich dann zehn Minuten, um die Frauen loszuwerden, die von den Schüssen aufgeschreckt wurden. Nein, lieber einer Streife entgegengehen!»

Verdrießlich, seine Smith & Wesson schussbereit in der Hand, kehrte er eilig zu seinem Ford Vedette zurück, um Alarm zu schlagen, damit seine Leute das ganze Gebiet einkreisten. Aber das Auto war es leid für den Abend. Was er vorhin befürchtet hatte, geschah nun: Er konnte noch so sehr am Anlasser zerren, er erreichte nichts als ein schmächtiges Gluckern und eine Reihe von unziemlichen Fürzchen aus dem Auspuff.

Das Leben des Richters! Verdammter Mist! Das Leben des Richters Chabrand war in Gefahr, nur weil ein dickköpfiger Laviolette stolz drauf war, ein Auto dreiundzwanzig Jahre lang zu päppeln! Was tun? Er war einen guten Kilometer von der Stadtmitte entfernt... Mit der Kurbel anwerfen? In dem Zustand, in dem er sich befand, konnte das eine gute Viertelstunde dauern. Nein! Irgendwie die Stadtmitte erreichen. Hin und wieder pfeifen. Vielleicht würde er ja Glück haben und auf eine Streife treffen...

Er bog in den menschenleeren Weg ein, wo die Schatten der großen Bäume – ein leichter Nordwind war aufgekommen – sich im Mondlicht bewegten. Er versuchte wieder zu rennen, suchte mit der Schulter flüchtigen Halt an fast jedem Baumstamm, entlockte seiner Lunge lächerliche kleine Pfiffe, die man vermutlich keine zehn Meter weit hörte. Er schoss noch einmal in die Luft: zwei Schüsse. In den umliegenden Villen gingen Lichter an. Irgendjemand würde sich sicher erschrecken und die Polizei rufen. Laviolette machte eine hilflose Armbewegung. Von allen Seiten würden die Leute herbeilaufen, hierher zu ihm, was völlig nutzlos war, denn es war jetzt schon eine gute Viertelstunde her, seit der Richter und der Mörder in dem Wäldchen verschwunden waren. Wohin waren sie abgebogen? In welche Richtung zog der eine den anderen?

So viel verlorene Zeit schon, und durch seine, Laviolettes Schuld! Er machte kehrt und ging wieder auf seinen Ford Vedette zu, entmutigt, unfähig, den Fußweg in die Stadt anzutreten. Er ließ sich auf den Fahrersitz fallen und zog ohne nachzudenken am Anlasser.

Die acht Zylinder des unverwüstlichen Motors begannen angenehm zu schnurren.

Es war also ein Duell. Der Mörder rannte vor dem Richter her, wechselte von stockfinsteren Stellen in mondhelle, passierte das nicht vorhandene Tor, bog nach rechts ab in Richtung Les Arches, dorthin, wo die Hochwasser führende Bléone von ferne rauschte. Er rannte vor dem Richter her, ohne übermäßige Hast, so als könne der ihn leicht einholen, wenn er nur etwas schneller liefe. In den Taschen seiner Pelerine klapperten die Kieselsteine, mit denen er sich bewaffnet hatte.

Mit langen, regelmäßigen Schritten holte Chabrand den Abstand allmählich auf. Wieder spürte er hinter dem Menschen, den er wie ein Wild verfolgte, jenen Geruch, Irènes Geruch, identisch und doch anders. «Seine Mutter! Sie ist seine Mutter! Mein Gott, die dürfen nicht schießen! Hoffentlich schießen sie nicht!»

Er konnte niemanden warnen. Er konnte sich nur bemühen, die Spur nicht zu verlieren. Das Risiko nahm er auf sich. Er war nur von einer einzigen Idee besessen: den Mörder umklammern, ihn an sich drücken, ihm mit Gewalt den Kopf in seine Richtung drehen, ihm in die Augen schauen und ihn fragen: «Warum? Warum nur?»

Es war nur noch eine Frage von Sekunden. Einige Meter noch. J.-P. Chabrand strengte sich an, geduldig und selbstsicher.

Plötzlich, als ob er über eine Wurzel gestolpert wäre, neigte sich der Junge weit nach vorn und schoss mit gesenktem Kopf davon, mindestens hundert Meter weit. Im Nu hatte er den Abstand zwischen sich und seinem Verfolger wieder deutlich vergrößert.

Verblüfft beschleunigte der Richter seinen Laufschritt, holte mühsam wieder ein paar Meter auf. In dieser Villengegend, wo rechts und links umzäunte Häuser mit sorgfältig gepflegten Obstgärten lagen, löste ein Mäuerchen das andere ab und es war kein Entkommen. Im Wohnviertel Les Arches gab es eine Reihe von tückischen Sackgässchen, die in verschlossene Tore und Umzäunungen mündeten.

Obwohl der Richter wieder auf zwanzig Meter herangekommen war, war der Abstand zu seinem Erstaunen noch immer ein Stück größer als zu Beginn der Verfolgung. Der Junge blickte kurz zurück, ließ sich erneut nach vorne fallen und stellte mühelos die dreißig Meter Distanz wieder her;

dann ließ er den anderen zehn aufholen, um schließlich wieder davonzuschnellen.

Der Richter ließ sich nicht so leicht abhängen. Auch er raste los, gleichzeitig, holte fünf, sechs Meter auf... Der Junge wurde noch schneller und verschwand plötzlich hinter einem Schuppen. Auch der Richter bog um die Ecke, erkannte, dass sich der Abstand noch mehr vergrößert hatte, wollte sich selbst übertreffen. In diesem Augenblick bemerkte er wie in einem Traum, dass ihn allein sein Wille trug; Beine und Herz wollten nicht mehr mitmachen; plötzlich hatte er das Gefühl, sein Herz schlage ihm im Hals, er sei im Begriff zu ersticken. Er riss den Mund auf, blieb stehen, lehnte sich an einen Baum. Dreißig Jahre! Wer hatte ihm vor langer Zeit einmal gesagt, das Altwerden beginne mit sechzehn? Dreißig! Und hinzu kam eine lange Liebesnacht, die ihn doch so stolz auf seine jugendliche Frische gemacht hatte!

Fünfzig Meter vor ihm war der Junge: Er hatte sich umgedreht und näherte sich rasch. Mit behänder Geste nahm er von seinem Pfadfindergürtel einen Gegenstand, den der Richter nicht erkennen konnte. Dann folgten zwei, drei Bewegungen von haarscharfer Präzision. Sein plötzlich erhobener Arm machte eine wirbelnde Bewegung. Der Richter warf sich flach auf den Boden. Der große Kieselstein pfiff über ihn hinweg und prallte gegen den Maschendrahtzaun eines Obstgartens.

Das Kind hatte erneut die Flucht ergriffen. Der Richter erhob sich. Plötzlich begriff er, dass er sich nicht zu beeilen brauchte. Sein Gegner versuchte nicht, ihn abzuhängen, im Gegenteil: Er bemühte sich, in Wurfweite zu bleiben.

«Er will auf keinen Fall, dass ich ihm entkomme!», dachte Chabrand. «Er will mich abschießen! Mich umbringen!»

Er lockte ihn in die Sackgassen des Viertels, wählte seine Strecke mit System. Durch die im Schatten der Obstbäume liegenden Sträßchen folgte der Richter jetzt nur noch mühsam, manchmal etwas im Zickzack.

Fast wäre er in die Falle gegangen. Ohne langsamer zu laufen hatte das Kind seine Steinschleuder wieder bestückt. Dann drehte es sich jäh um. Der Arm wirbelte blitzschnell herum, ungeheuer präzise und sicher: Generationen von Steinschleuderern standen hinter diesem Kind, ähnlich wie es Geiger gibt, die auf Generationen von Geigern zurückblicken.

Der Richter konnte gerade noch ausweichen. Der Kieselstein schrammte seinen Backenknochen und zerbrach einen Bügel seiner Brille. Er hob sie vom Boden auf und rückte sie so gut es noch ging auf seiner Nase zurecht. Blut tropfte von seiner Backe, die bereits anschwoll. Hastig überlegte er: «Wie viel Steine hat er noch in der Tasche? Drei, vier? Nein, das wäre viel zu schwer gewesen. Zwei hat er gerade verloren, die er nicht wieder hat einsammeln können. Ich muss ihm die Gelegenheit geben, sie alle zu verschießen. Mehr als zwei hat er sicher nicht mehr. Wetten, dass er nur noch zwei übrig hat? Ich wette!»

Sie entfernten sich immer mehr von der Stadt. Die Bléone war jetzt ganz nah. Man hörte, wie sie eingezwängt zwischen ihren Ufern die Steine wälzte.

Der Junge lief jetzt ruhig und ganz regelmäßig; er erweckte nach wie vor den Eindruck, man könne ihn ganz leicht einholen.

Vor ihm, unter den Laubgewölben, die über die Gartenmauern quollen, bog ein Sackgässchen ab, das kaum zu erkennen war, so dicht überlaubt war es. Das Kind verschwand darin, wie von der Dunkelheit verschluckt. Der Richter blieb stehen. Vor seinen Füßen zeichnete der Mond eine breite Lichtarena: Wenn er sich hineinbegab, war er die ideale Zielscheibe für den, der ihm im Schatten auflauerte.

In der Ferne, von der Stadt her, heulte eine Polizeisirene auf. «Hoffentlich kommen sie nicht so schnell!», dachte Chabrand. «Hoffentlich schießen sie nicht!»

Irènes Bild haftete auf seiner Netzhaut, aber ganz allmählich wandelte es sich. Es war nicht mehr das beglückende Bild der Liebeskünstlerin, das er unermüdlich vor seinem inneren Auge neu erstehen ließ: Sie war eine Fremde geworden, mit demselben Gesicht, aber deren Seele jetzt zum Vorschein kam und die Rechenschaft verlangte.

«Und wenn ich von den Steinen ihres Sohnes getroffen umkäme? Wenn ich freiwillig sterben würde? Ich bräuchte nur zwei Schritte zu tun, und alles wäre erledigt! Eine Nacht wie diese werde ich nie mehr erleben! Sie hat gesagt: ‹Meinetwegen sterben.› Dann hätte sie keine Zeit gehabt, mich abzunutzen. Dann bliebe ich für sie unvergesslich ...»

Er gab sich einen Ruck, erinnerte sich rechtzeitig, dass seine drei Vorgänger keineswegs unvergesslich geblieben waren. Vielleicht waren sie es auch nicht wert? Unsinn! Illusion! Untersuchungsrichter Chabrand war zwar von unbeugsamem Stolz, aber eitel war er nicht. In der Liebe hielt er sich nicht für besser als jeden anderen. Eher für weniger gut. Unvergesslich? Von wegen!

Trotzdem stellte er sich seinem Angreifer. Erst aber riss er von einem Mülleimer den Zinkdeckel weg und trat, mit einem Schild bewaffnet wie ein Polizist im Sondereinsatz, die paar Schritte vor.

«Warum?», rief er. «Warum nur?»

Er hatte gerade noch Zeit, die Bewegung der Schleuder zu erkennen und den Deckel hochzureißen. Der ohrenbetäubende Aufprall auf das Metall warf ihn buchstäblich zurück. Ein riesiger belgischer Schäferhund begann laut bellend am Zaun einer Villa hochzuspringen. Sein herrliches schwarzes Fell glänzte im Mondschein. An einem Eingangstor ging ein Licht an.

«Sie werden Alarm schlagen!», dachte der Richter. «Die Polizei wird uns finden!»

Noch einmal gelang es dem Jungen, ihn im Dunkeln mit einer Finte zu täuschen: Während er seinen Schild noch hoch hielt, verschwand er um eine Ecke.

Jetzt rannte er zu der Straße nach Barles, die erst an der Bléone entlangführt und sie dann über eine Brücke quert. Auf dem Straßenbelag hörte der Richter das Geräusch der Schuhe mit den Eisenbeschlägen.

Irgendwo weit in der Landschaft heulten mehrere Polizeisirenen ihre zwei Töne und schienen nach der Richtung zu suchen. Chabrand hatte das Gefühl, dass sie sich langsam näherten. Er drehte sich um. Im Viertel Les Arches kreisten die Blaulichter.

Jetzt hatte der Junge mehr als hundert Meter Vorsprung. Der Richter nahm alle seine Kräfte zusammen, um die Jagd wieder aufzunehmen, denn von der Gendarmeriekaserne her hatte er soeben zwei Motorräder starten hören. In Schwindel erregendem Tempo näherten sich ihre Hörner.

Jetzt sah er die Umrisse der Brücke, die die Bléone unterhalb des Zusammenflusses mit der Bès überspannt.

«Nicht schießen!», schrie er. «Nicht schießen!»

Niemand hörte ihn. Denn noch war er in der Nacht allein mit dem Mörder, der vor ihm herlief, aber von allen Seiten schienen jetzt Fahrzeuge auf sie zuzufahren. Er sah, wie die Motorräder durch die Sträßchen von Les Arches fuhren. Am andern Ende der schnurgeraden Straße, dort, wo die Lichter der Stadtmitte zu sehen waren, strömte eine ganze Armada von Polizeiwagen zusammen.

Plötzlich verschwanden die Mordopfer aus seinem inneren Gesichtsfeld, Irène verschwand, und auch die Gesellschaft, deren Vertreter er war, verschwand. Er sah nur noch diesen armen Jungen, der dort, vor ihm, auf die Brücke zulief. Dieses arme Kind, das es mit der gewaltigen Republik der Glücklichen aufnahm, bewaffnet mit einer lächerlichen Steinschleuder gegen das gewaltige Ungeheuer: die Welt der Erwachsenen.

«Aber warum? Warum nur?»

«Bleib stehen!», rief er. «Ich verstehe dich. Verstehst du denn nicht, dass ich dich verstehen kann?»

Er rief vergeblich in die Nacht hinein. Das Brausen des Wildbachs übertönte seine Stimme. Und der Abstand zwischen ihm und dem Jungen betrug noch mindestens sechzig Meter.

Er erreichte die Brücke gleichzeitig mit zwei Gendarmen auf Motorrädern, die mitten auf der Fahrbahn anhielten. Ihre Scheinwerfer waren auf den Jungen gerichtet, der auf dem Brückengeländer stand.

«Nicht schießen! Auf keinen Fall schießen! Hört ihr, das ist ein Befehl! Ich bin der Untersuchungsrichter Chabrand! Ich verbiete zu schießen!»

Jetzt war es fast soweit, er würde gewinnen. Er hielt noch immer seinen lächerlichen Schild aus Zinkblech in der Hand und ging auf seinen Gegner zu, der sich zur Seite bewegt hatte, um den Scheinwerfern auszuweichen.

«Chabrand!», keuchte Laviolette.

«Lassen Sie mich in Ruhe! Und schießen Sie ja nicht. Sagen Sie ihnen, sie dürfen auf keinen Fall schießen! Sie haften mir für sein Leben!»

Ein paar Sekunden noch. Ein letztes Duell zwischen dem Mörder und ihm. Der Junge würde sein letztes Geschoss aufbrauchen, und dann würde er, Chabrand, sich auf ihn werfen, ihn festhalten, mit seinem Körper einen Wall gegen alle anderen bilden, und dann würde er ihm endlich in die Augen sehen und fragen können:

«Warum? Warum nur?»

Um ihn herum standen jetzt heftig atmend fünfundzwanzig Polizisten und betrachteten die lächerliche Gestalt, die sie eineinhalb Jahre lang genarrt hatte: diesen armen Jungen mit seiner Steinschleuder.

Der Richter näherte sich Schritt für Schritt. Zwischen ihnen lagen nur noch fünf Meter. Der Junge hob seine Schleuder, ließ sie wieder herabsinken, hob sie noch einmal. Der Richter hob seinen Mülleimerdeckel. Der Junge schwang die Schleuder, ließ sie wieder sinken. Der Richter hob den Deckel, ließ ihn wieder sinken. Der letzte Kieselstein pfiff an seinem Ohr vorbei.

«Nicht schießen!», brüllte der Richter.

Der Befehl war unnötig. Das Kind hatte sich abgewandt und war ins Leere gesprungen.

«Goulven!»

Der Schrei zerriss das Gewissen des Richters.

Er kletterte auf das Geländer, um gleichfalls ins Wasser zu springen. Aber sie waren schon zu viert bei ihm und umklammerten ihn. Er kämpfte mit Fausthieben und Fußtritten. Laviolette bekam einen Schlag in die Rippen, der ihn unter normalen Umständen zu Boden geschickt hätte, aber er hielt stand.

«Machen Sie keinen Quatsch!», keuchte er.

Alle Scheinwerfer waren auf das Flussbett der Bléone gerichtet, die schwarz und wild über ihre Felsblöcke schäumte.

Das Kind war zu kurz gesprungen. Es war auf die Buhne gestürzt, die die Brückenpfeiler schützte. Es hatte sich die Halswirbel gebrochen. Es war tot.

Durch die Brennnesseln, die Haselsträucher und die Schuttberge der Uferböschung stürzte sich jemand auf die Leiche, jemand, den man nicht hatte zurückhalten können. Irène. In ihrem goldschimmernden Negligé warf sie sich auf den armen gebrochenen Körper und rief immer wieder:

«Goulven! Mein Kleiner! Mein armer Kleiner! Was haben sie dir getan? Was haben sie dir tun wollen, sag? Er ist doch nicht tot?»

Sie wandte sich den fünfundzwanzig Männern zu, die hilflos um sie herumstanden, die den Anblick des schmerzverzerrten Gesichts einer Mutter nicht ertragen konnten – und alle zu Boden blickten.

Der Richter streckte die Hand aus.

«Madame…»

«Rühren Sie mich nicht an! Gehen Sie! Sie sind ein brutales Schwein! Ich hasse Sie! Sie sind nicht würdig zu leben! Sie haben mich benutzt, um ihn umzubringen! Sie hatten kein Recht dazu! Kein Recht! Kein Recht!»

Durch den Fangdraht hindurch schlug sie sich ihre kleine Faust an den Kieselsteinen der Buhne wund.

Laviolette hatte das Spielzeug aufgehoben, das neben der offenen Hand der Leiche lag. Es war eine sehr alte, schöne Steinschleuder, ehrwürdig wie ein altes Spinnrad, das eine Ahnin hinterlassen hat und das nun neben dem erkalteten Kamin steht. Diese Steinschleuder war vermutlich von Armor nach Argoat gereist, hatte mehrere Generationen von Landjunkern begleitet bei ihrem ewigen Aufstand gegen alles, was sie nicht verstehen konnten.

«Kommen Sie!», keuchte Laviolette. Erschöpft versuchte er, den Richter von der Stelle wegzuzerren.

«Lassen Sie mich in Ruhe!»

«Kommen Sie!», wiederholte Laviolette hartnäckig. «Sie will Sie nicht mehr… Und wir… wir haben noch… noch etwas zu tun… gemeinsam!»

«Es gibt tatsächlich noch etwas, was Sie nicht getan haben?»

«Ja…», keuchte Laviolette. «Eins noch… Den Mörder festnehmen!»

~ 12 ~

«SIE wird ihm ins Leichenhaus folgen, sie wird die ganze Nacht dort verbringen und spüren, wie er in ihren Armen steif und kalt wird, und sie wird ihn nie wieder wärmen können. Niemand wird den Mut haben, sie von ihm wegzureißen. Sie wird so lange warten, bis man ihr den Leichnam ihres Kleinen wiedergibt. Haben Sie das schon bemerkt? Sie sagen nie ‹mein Sohn› oder ‹mein Kind›. Sie sagen immer ‹mein Kleiner›, alle.»

Laviolette seufzte.

Der Untersuchungsrichter Chabrand reagierte nicht. Der Wagen fuhr rasch durch die Gassen und Wege in Richtung Popocatepetl. Der Kommissar hatte Courtois gebeten, den Staatsanwalt zu benachrichtigen:

«Wir haben noch etwas vor, Chabrand und ich. Sagen Sie dem Staatsanwalt, dass ich ihn nicht als Untersuchungsrichter, sondern als Zeugen mitnehme.»

Er warf einen verstohlenen Blick auf seinen Begleiter und auf dessen sonderbare Bekleidung: Er trug einen lavendelblauen Trainingsanzug, Socken mit rotgelben Rauten und Fahrradschuhe. «Die Liebe macht blind, auch sich selbst gegenüber», dachte Laviolette. «Wenn er sich sehen könnte! Er, der Untersuchungsrichter Chabrand!»

Das Blut war festgetrocknet auf der Backe, die jetzt dick geschwollen war.

«Tut es weh?», fragte Laviolette.

Chabrand zuckte nur die Schultern.

«Hat sie Sie darum gebeten, mit dem Fahrrad zu kommen?»

Keine Antwort.

«Natürlich hat sie das!», brummelte Laviolette. «In einer Stadt, in der es zum guten Ton gehört, mit dem Auto zum Lebensmittelhändler oder zum Zeitungsverkäufer zu fahren, fällt ein Mann, der zu Fuß geht, auf. Ein Fahrradfahrer dagegen in der passenden Kluft auf seinem schönen Rennrad, das er wie seinen Augapfel hütet... wie könnte man den verdächtigen, dass er sich nur zum Liebestraining begibt? Zumal ein gut geöltes Fahrrad praktisch geräuschlos fährt. Ein Schritt in der Nacht, und schon bellen die Hunde. Bei einem Fahrrad nicht. Hab ich Recht?»

Keine Antwort.

Sie kamen vor der Villa Popocatepetl an. Diesmal parkte Laviolette nicht auf dem Gemeindeweg. Er fuhr durch das Tor in den Park und hielt vor der Außentreppe. Abgesehen davon, dass eines der Garagentore offen und die Garage leer stand, hatte sich nichts geändert. An den Fenstern von Irènes Zimmer bauschten sich die Gardinen noch immer sanft vor dem azurblau gefärbten Licht. Das Rundfenster, das das Zimmer des Dienstmädchens erhellte, schimmerte noch immer grünlich. Nur das große Fenster in der Mitte der Fassade im ersten Stock, hinter dem vor der nächtlichen Verfolgungsjagd zwei Schatten gestikuliert hatten, war jetzt dunkel.

Chabrand hatte sich nicht gerührt. Er bemühte sich, die verstreuten Stücke dieses Abends zusammenzuflicken. Er war wie ein Kind. Der Traum und der Alptraum, die er gerade erlebt hatte, stießen beide auf ungläubiges Unverständnis. «Gerade vergangen, und doch nie wieder...

Wie konnte sich dieser leichte, angenehme Rausch in weniger als einer Stunde in eine so untröstliche Liebe verwandeln?»

Laviolette hielt ihm die Wagentür auf, aber er merkte es gar nicht.

«Kommen Sie?»

Er stieg aus, völlig benommen, und ging automatisch auf die Fenster mit den azurblauen Gardinen zu: Schon verherrlichte sein Gedächtnis die alte, von der Sonne verschossene Farbe, schon ging es um künftige Sehnsucht, nachdem sein schönes Abenteuer so jäh entgleist, so schrill zerbrochen war.

«Nicht da!», sagte Laviolette und hielt ihn am Arm zurück. «Hier geht's lang!»

Die Eingangstür war noch immer halb offen. Die Laterne in der riesigen Diele schaukelte noch immer an ihrem eisernen Gestänge. Hinten im Flur war die Tür zum Theater jetzt geschlossen. Am Fuß der Treppe jedoch standen die beiden Türen des normannischen Alkoven-Betts jetzt weit offen.

«Wahrscheinlich war ich noch nicht richtig aus dem Haus», dachte Laviolette, «als das Dienstmädchen zur Hausherrin gerannt ist und sich ihr zu Füßen geworfen hat. Und während sie ihr alles brühwarm erzählte, haben sie die beiden Schüsse gehört, die ich in die Luft gefeuert habe. Aber warum hat die Gelähmte sie nicht auch gehört? Oder aber sie hat sie gehört, aber aus irgendeinem Grund konnte sie nicht mit dem Aufzug hinunter. Nein, so war's nicht! Die beiden Frauen hatten wohl Zeit genug, um bis hierher zu kommen. Und als sie vor diesem Wandschrank standen, haben sie die Schüsse gehört. Vor Schreck haben sie ihn nicht wieder geschlossen. Und die Behinderte, die lag vermutlich im ersten Stock auf der Lauer und hat die Entsetzensschreie und das Gejammer gehört... Dann hat sie gehört, wie die Mutter zur Garage gerannt ist und den Wagen angelassen hat... und jetzt wartet sie vermutlich...»

«Reden Sie leise!», sagte er zu Chabrand. «Egal, was passiert, werden Sie nicht laut!»

Sie näherten sich dem Wandschrank. Laviolette machte einen Schritt hinein, berührte mit dem Fuß eine Holzlatte des Bodens. Das seufzende Geräusch, das er beim ersten Mal gehört hatte, wiederholte sich. Und vor den Augen des Richters tauchte nun hinter der schwarzen Wand, als hätte sich ein Vorhang plötzlich geöffnet, Irènes Zimmer auf, das bläuliche Licht und im Vordergrund das sehr breite, niedrige Bett.

«Der Spiegel...», flüsterte er.

«Ja!», sagte Laviolette leise. «Ein blinder Spiegel dient als Spion – noch nie hat ein Spion seinen Namen so sehr verdient! Ich hätte mir ja denken können, dass der Mexikaner zu allen seinen Lastern sich obendrein als Voyeur betätigte. Der Architekt war bestimmt stolz auf diesen Mechanismus. Genial, finden Sie nicht?»

Er hob den Fuß, und brav senkte sich eine genau angepasste Klappe vor den indiskreten Spion.

«Ich bin entsetzt!», sagte Chabrand.

«Sie werden es noch viel mehr sein, wenn ich Ihnen sage, dass der Mörder Sie vor mir gesehen hat. Und vermutlich in einer Haltung, die für seinen kranken Geist eine regelrechte Aufforderung zum Mord war.»

Der Richter stand stocksteif vor dem Wandschrank und sein ohnehin bleiches Gesicht war jetzt leichenfahl. Er sah den Jungen wieder und sein unerbittliches Gesicht, jedes Mal, wenn er ihn von vorn erblickte.

«Kommen Sie», sagte Laviolette.

«Wahrscheinlich wartet sie auf ihn», dachte er. «Und zwar ganz ruhig und gelassen. Für sie ist er der unbesiegbare Held geworden, in dessen Haut er mit ihrer Hilfe geschlüpft ist. Wenn man jemanden indoktriniert, dann ist die eigentliche Gefahr, dass man am Ende selbst an die eigenen Geschichten glaubt.»

Langsam stieg er die Treppe hinauf. Trotz seiner Müdigkeit ging er vor dem Richter her, der sich bei jedem Schritt am Geländer festhielt. Laviolette musste sich öfter umdrehen und auf ihn warten.

Im Dachgeschoss war die Tür zum Zimmer der Hausangestellten noch immer nicht geschlossen, aber Laviolette wandte sich nach rechts. Zu jener Tür, aus der er in der Nacht das Gespenst hatte hervortreten sehen, das im vergangenen Herbst die Jäger von Sieyès beschrieben hatten.

Er öffnete sie. Der Richter folgte mechanisch, mit leerem Blick.

Der Raum, den sie betraten, war ein typischer Familiendachboden voller Andenken an fröhliche Zeiten: Reifen, Pferdchen zum Aufziehen mit noch ausdrucksvollen Holzaugen, auf einer Schneiderpuppe aus Korbweide ein Kinderkleidchen, das aus der Zeit vor dem Ersten Weltkrieg stammte.

Laviolette suchte ein wenig zwischen den Kisten und den leeren Flaschenregalen, den aus längst ausgedienten Wohnzimmern stammenden wackligen Stühlen, von denen die Vergoldung abblätterte. Schließlich entdeckte er auf der Rückenlehne eines durchgesessenen Sofas im Pseudo-Louis-quatorze-Stil einen hellblauen Trainingsanzug und auf dem Sofa selbst ein Paar achtlos hingeworfene Turnschuhe. Er bückte sich. Hinter dem Sofa stand ein leichter

Reisekoffer mit grünen Beschlägen, der nach Kinderferien aussah. Er stand dicht an der Wand.

«Schauen Sie!», sagte Laviolette. Er rieb über ein Messingschild auf dem Deckel: Alcide de Térénez – Gymnasium Rennes.

«So! Das ist der Internatskoffer seines Vaters», sagte Laviolette. «Mit dessen Schulpelerine, kurzen Hosen und dicken Schnürstiefeln, Schuhgröße 39, hat er sich verkleidet, um die Liebhaber seiner Mutter umzubringen. Das *genu valgum* war nicht seins. Er hatte kerzengerade und auch sonst perfekte Beine. Irènes Beine ...», fügte er nachdenklich hinzu. «Nein, das *genu valgum* hatte sein Vater. Schauen Sie!»

Er öffnete den Koffer. Am Deckelinneren waren drei Zeichnungen des menschlichen Schädels angebracht: von vorn, von hinten und im Profil. Sie waren in Zwei-zu-Eins-Vergrößerung mit schwarzem Stift von einer anatomischen Tafel abgezeichnet und mit Reißzwecken sorgfältig befestigt worden. Jede Schädelskizze wies einen dicken schwarzen Punkt auf und drumherum einen oder zwei mit dem Zirkel in Rot gezeichnete Kreise.

«Ein Kommentar erübrigt sich wohl, nicht wahr?», sagte Laviolette. «Wenn wir hier eine Hausdurchsuchung machen, werden wir vermutlich eine ziemlich abgegriffene medizinische Enzyklopädie mit zahlreichen handschriftlichen Anmerkungen finden. Irgendwo in einer Ecke werden wir einen Totenschädel ausfindig machen, der auf einem Stock oder einer geköpften Kleiderpuppe steckt. Und ich habe das sichere Gefühl, dass dieser Schädel in Naturgröße in einem traurigen Zustand sein wird.»

Er ließ die beiden Teile des Trainingsanzuges und die Turnschuhe, die nie wieder jemanden bekleiden würden, nacheinander in den Koffer fallen. Dann schloss er den Deckel.

«So ist das!», sagte er. «Um Ägisth und Klytämnestra umzubringen, schlüpfte Orest in die Rüstung des Agamemnon und griff zu dessen Waffen. Die Frage ist, ob er auch die Steinschleuder in dem Koffer gefunden hat. Das werden wir vielleicht herauskriegen.»

Er blickte auf. Vom Rundfenster aus, gleich oberhalb des Koffers, sah man, etwas höher gelegen und nur ein paar Hundert Meter entfernt, ein hohes Haus. Es lag inmitten von in Terrassen angelegten Gärten, in denen ein wuchernder Herbst im Mondschein allmählich dahinstarb, und blickte auf den Bergbach Eaux-Chaudes herab.

«Und deshalb musste auch die alte Dame sterben. Er hat sich nicht in Acht genommen. Vermutlich hat er sich immer vor diesem Fenster verkleidet, ohne irgendwelche Vorsichtsmaßnahmen. Wie hätte er auch ahnen können, dass er mit einem Fernglas beobachtet wurde, das früher ausgerechnet seinem Vater gehört hatte?»

«Orest…», murmelte Chabrand.

«Alles begann vor zwei Jahren», fuhr Laviolette fort. «Verzeihen Sie, aber Jeannot Vial, das erste Opfer, war nicht Irènes erster Liebhaber. Seit dem Tod ihres Mannes – keine Angst, ich habe nicht die Absicht, die Sache weiter zurückzuverfolgen als bis zu diesem Tod –, seit dem Tod ihres Mannes hat sie wohl schon einen oder zwei andere Liebhaber verbraucht, in aller Seelenruhe. Aber so diskret, dass nichts durchsickerte. Einen oder zwei, die bestimmt noch leben, mit Frau und Kindern, und die den Teufel tun werden, sich zu melden. Vor zwei Jahren aber tanzt dieser üppige Trampel aus der Bretagne an, der Marie-Aimée heißt. Sie ist hierher geschickt worden, um einen Liebeskummer auszuheilen, von dem sie sich partout nicht erholen will.»

Laviolette hatte sich auf die letzte Treppenstufe gesetzt und begann sich eine Zigarette zu drehen, um sich ein wenig zu entspannen. Er forderte den Richter auf, sich neben ihn zu setzen. Chabrand gehorchte.

«Das können Sie sich vielleicht nicht vorstellen», fuhr Laviolette fort, «aber diese Marie-Aimée ist ein Arbeitstier. In kürzester Zeit richtet sie sämtliche Zimmer des Hauses wieder her, von denen ein Drittel bereits geschlossen worden waren; sechs frühere Putzfrauen hatten nämlich das Handtuch geworfen. Sie streicht die Badezimmer neu, recht die Wege im Garten, schneidet die Sträucher, kocht, wäscht, bügelt, und trotzdem bleiben ihr immer noch ein, zwei Stunden Zeit, um auf dem Boulevard einen Schaufensterbummel zu machen.»

Der Kommissar unterbrach seinen Monolog, um das Papier mit der Zunge zu befeuchten, zuzukleben und die fertige Zigarette anzuzünden.

«Eines Abends hat sie nichts zu tun, so hat sie es mir erzählt, und da sie mit ihren Gedanken nicht allein bleiben will – ihren Gedanken! –, irrt sie durchs Haus und überlegt: ‹Was könnte ich denn noch tun?› Ihr Blick fällt auf diese normannischen Alkoventüren, die seit dem Einzug noch keiner der neuen Besitzer aufgemacht hat; dabei sind die Maurer im Haus gewesen, ebenso die Maler und die Klempner! Aber wie's der Teufel will, keiner hat je etwas bemerkt. Kurz und gut: Sie öffnet die Türen. Im Wandschrank gibt es lediglich Staub und Spinnweben. Wunderbar! Endlich wieder eine umfangreichere Aufgabe! Um die fällige Arbeit richtig einzuschätzen und in der kommenden Nacht über die Organisation des Ganzen nachzudenken, betritt sie die Höhle... Und tritt aus Versehen auf diese verdammte Holzlatte. Und entdeckt Irène de Térénez, die Gräfin, wie sie sie nennt, die mit einem kräftigen Kerl zugange ist, von dem sie außer den einschlägigen Körperteilen nur den Bart sieht. ‹Ich bin ohnmächtig geworden!›, hat sie mir gestanden. Sei's drum! Als sie wieder zu sich kommt, behauptet sie, hat sie nur noch die Kraft gehabt, sich in ihr Bett zu schleppen. ‹Die Beine wollten mich nicht mehr tragen›, sagt sie. Na ja, auch dazu kein Kommentar.»

Sie waren eine Etage tiefer gegangen. Der Richter sprach noch immer kein Wort und sein Blick hinter der schief sitzenden Brille war verschwommen.

«Und jetzt komme ich zu dem schlüpfrigsten Teil von Marie-Aimées Geständnissen», fuhr Laviolette fort. «Natürlich hätte sie gleich am nächsten Morgen zu Madame laufen – dies ist nach wie vor ihre Version der Sache – und sie von der Existenz dieses Spions in Kenntnis setzen sollen, damit er zugemauert wird, sagt sie. Aber nein, sie schiebt es hinaus, sie wartet ab! Sie wird von Gewissensbissen geplagt und zögert, ist hin- und hergerissen, aber schon am folgenden Tag und an allen folgenden Abenden kehrt sie in den Schrank zurück und weidet sich an dem Schauspiel. ‹Ich konnte nicht anders!›, sagt sie. Sie fühlt sich unwiderstehlich angezogen, ringt die Hände, stirbt tausend Tode, aber schaut zu. An diesem Punkt der Geschichte angelangt, hat sie sich erst einmal an meiner Schulter ausgeweint: ‹Verstehen Sie, mein Verlobter hatte mich sitzen lassen, weil ich angeblich nicht gut im Bett war. Und da hab ich Madame gesehen, und die war so gut im Bett! Sie hat mir schon das Kochen beigebracht. Da war es doch nichts Böses, wenn sie mir auch das noch beibrachte! Ich konnte sie ja nicht einfach so fragen, da hätte ich mich zu sehr geschämt.›»

Der Kommissar unterbrach seinen Bericht und seufzte.

«Ja doch! Solche dummen Schnepfen gibt es noch! Und natürlich geschieht eines Nachts das Unvermeidliche: Sie wird ertappt. Nicht von Madame, was nur halb so schlimm gewesen wäre, nein. Von den Kindern wird sie ertappt! Sie hat keine Zeit, den Fuß von der Holzlatte zurückzuziehen. Sie ist wie gelähmt vor Schreck. Sie sehen alles, die beiden, ein Blick genügt, und sie sehen alles, was auch sie sieht. Was dann geschah, das wird Ihnen jemand anders erzählen.»

Sie befanden sich im Erdgeschoss. Laviolette ging langsam den Flur entlang zur verschlossenen Tür des Theaters. Er stieß die Tür auf. Chabrand war im Begriff, ganz automatisch einzutreten. Laviolette hielt ihn zurück. Beide blieben im Dunkeln auf der Schwelle stehen.

«Orest?», fragte eine Stimme.

Diese Stimme war wunderbar moduliert, sanft und schmeichelnd, laut und klar wie die einer vollendeten Schauspielerin.

Laviolette trat ein. Der Raum mit den zehn Zuschauersesseln und der hohen Decke lag im Dunkeln. Die fünf Meter breite Bühne war kaum erhöht. Eine Lichtrampe leuchtete sie voll aus. Einen Augenblick stellte sich Laviolette den postumen Admiral vor, wie er mit seiner heiteren Ehefrau dieses Haus besuchte und wie er an die Freude der Kinder dachte, als er das Theater entdeckte; wie er sich zum Kauf des eher beunruhigenden Hauses vielleicht wegen dieses Theaters entschloss, vielleicht auch wegen des Fahrstuhls, der es ihrer armen kleinen Behinderten möglich machen würde, sich überall selbständig zu bewegen.

Da saß die Behinderte auf dieser Miniaturbühne sehr aufrecht in ihrem Rollstuhl und bot den Zuschauern ihr Profil. Auf der Armlehne hielt sie ein offenes Buch.

«Nein, Elektra!», antwortete Laviolette. «Orest wird heute Nacht nicht wiederkommen, um den letzten Akt dieser Tragödie zu spielen. Und Sie werden Orest bei seiner Rückkehr nicht mehr zu seinem Mut, seiner Tapferkeit gratulieren. Orests Tapferkeit währte einmal zu viel. Orest ist tot!»

«Tot?»

Jäh drehte sie sich mit ihrem Rollstuhl um. Jetzt saß sie dem Kommissar gegenüber. Trotz des Lichtwalls, den die Rampe zwischen ihnen aufwarf, blickte sie ihm gerade ins Gesicht. Sie hatte verstanden.

«*Sie* haben ihn umgebracht.»

«Nein, Elektra. Umgebracht haben Sie ihn. Und Sie wissen das genau.»

Die Hände vor dem Gesicht, die Haare wild zerzaust, fiel sie in sich zusammen.

«Goulven! Mein kleiner Goulven! Mein geliebter kleiner Bruder! Das ist nicht wahr! Er ist nicht tot! Er kann nicht sterben! Er ist ein Held!»

«Er war ein Held!», korrigierte Laviolette unbarmherzig.

Der Richter hielt sich im Hintergrund. Laviolette tat nicht den kleinsten Schritt auf die Behinderte zu, die in ihrem Rollstuhl nun regelrecht zusammenbrach. Die Hände um die Armlehnen gekrampft, machte sie klägliche Versuche, sich aufzurichten, zu flüchten, diesem Bruder entgegenzulaufen, um von ihm, aus seinem Gesicht, seinem Körper die Wahrheit zu erfahren.

Chabrand hielt es nicht mehr aus. Er kam nach vorne. Er ging die Schräge hinauf, über die die Gelähmte ihren Rollstuhl auf die Bühne gefahren hatte. Er stand vor ihr, neigte sich über sie.

«Nein!», rief Laviolette. «Vergessen Sie nicht, dass sie Sie gesehen hat! Verstehen Sie denn nicht?»

Das Mädchen nahm die Hände vom Gesicht, schüttelte die Haare beiseite. Dann zwang sie die Räder ihres Rollstuhls zu jäher Rückwärtsbewegung und schrie:

«Nein! Er nicht! Nicht er! Sie nicht! Noch nie habe ich meine Mutter so gesehen wie heute Abend! Sonst hält sie immer die Augen geschlossen! Sie wendet sich ab, weil sie sich schämt oder weil sie sich langweilt! Heute Abend hat sie die Augen offen gehalten! Weit aufgerissen! Ihre schönen Augen! Immer hatte sie den Kopf dir zugewandt! Nein, nein! Nie wie heute Abend! Nie warte ich auf Goulven! Ich habe Angst! Panische Angst, wenn er nach Hause kommt! Heute Abend aber habe ich auf ihn gewartet! Heute Abend wollte ich sofort wissen, dass du tot bist! Du! Du vor allem! Und nun lebst du!»

Sie spuckte ihm ins Gesicht.

Chabrand wischte sich nicht einmal das Gesicht ab. Er verstand sie besser, als er sich selbst verstand. Diese Spucke hätte er für immer auf seinem Gesicht behalten wollen.

Er ließ die Pupillen, die ihn allein mit ihrem Glanz umzubringen versuchten oder die sterben wollten, weil ihnen das nicht gelang, nicht aus den Augen; er war überwältigt von diesem Willen, dessen einziges Ziel es war, ihn zu vernichten, der aber genauso gut an seiner Seite vor Glück hätte vergehen können, wäre nur der Körper vollständig gewesen. Und das war es vermutlich, was sie dazu bewog, ihm noch einmal ins Gesicht zu spucken.

Irène! Das war Irènes Gesicht vor achtzehn Jahren. Das waren auch, unter der dünnen Bluse, ihre Brüste, ihre Schultern und ihre Hände. Wie sehr hätte man diesen Körper an sich drücken, ihn wiegen, ihm Schutz und Kraft bieten mögen.

Aber sie hatte ihren Rollstuhl ganz hinten an die Bühnenwand gefahren. Ihre Augen, ihre ganze Seele glühten vor Hass.

«Ja, ich bin es gewesen! Ich habe sie alle umgebracht. Ich musste auf dem Gesicht meiner Mutter jene fröhliche Farbe zerstören, die sie an manchen Abenden zur Schau trug. Dabei habe ich es so geliebt, dieses Strahlen, bevor ich wusste, woher es kam!»

Laviolette streckte die Hand aus.

«Sie brauchen nicht zu reden! Wir dürften gar nicht hier sein! Überlegen Sie es sich gut!»

«Überlegen! Nein, ich will nicht überlegen, ich will reden! Ich will reden. Goulven ist tot. Es ist meine Schuld. Ich will, dass alle Welt es erfährt. Ich will reden. Sonst ersticke ich! Nicht ich muss mich schämen, sondern Sie! Sie müssen sich schämen!»

Sie deutete nicht auf Chabrand, sondern auf Laviolette. In ihren Augen war er ein besserer Stellvertreter für den Rest der Welt als der letzte Liebhaber ihrer Mutter mit seinem spuckeglänzenden Gesicht.

«Sie hätte mich umbringen müssen…», sagte sie leise. «Dass sie es nicht getan hat, ist unverzeihlich. Sie wusste Bescheid, ich nicht… Ich wusste es nicht, Maman, ich wusste nicht, dass es so schrecklich ist, dieses Nicht-Vorhandensein, dieser Mangel…»

Sie legte ihre Hände vor ihr Gesicht. Lange Minuten verharrte sie so und weinte leise. Keiner der beiden konnte irgendetwas für sie tun.

«Beruhigen Sie sich», sagte Laviolette. «Reden Sie später. Wir kommen wieder…»

«Nein, nein! Jetzt will ich reden, jetzt sofort! Sie müssen mir wohl oder übel zuhören. Glauben Sie ja nicht, Sie werden hier ruhigen Gewissens wieder wegkommen, nur weil Sie Mitleid mit mir haben!»

Chabrand hatte sich langsam in den hinteren Teil des Zuschauerraums zurückgezogen. «Sie hat mich gesehen, als ich mit ihrer Mutter geschlafen habe! Das ist, als ob wir ein Festmahl zu uns genommen hätten und ein seit acht Tagen hungerndes Kind uns dabei hätte zusehen müssen! Ohne mit ihm zu teilen! Sie hat mich gesehen! Ich kann nicht vor ihr stehen bleiben! Ich kann ihr nicht ins Gesicht blicken.» Seine wohlgesetzte Weltanschauung ging restlos unter wie einer jener Luxusdampfer, die einst spurlos im Atlantik verschwanden.

«Bis zum Alter von dreizehn Jahren habe ich meine Mutter wahnsinnig geliebt. Wollen Sie wirklich, dass ich Ihnen erzähle, wie ich mit dreizehn herausgefunden habe, dass ich dieselben geheimen Wünsche wie alle anderen Mädchen empfinde, aber dass zu mir keiner kommen würde, um sie zu erfüllen? Wollen Sie wirklich, dass ich Ihnen auch dies erzähle?»

Laviolette schüttelte den Kopf. Er hatte den Hals in den Mantelkragen zurückgezogen, das Gesicht war fast blass. Er versuchte vergeblich, sich an die schlimmsten Augenblicke des Krieges zu erinnern, als müsste er Entschuldigungen finden dafür, dass er noch da war, immer noch rüstig und reich an Erinnerungen, vor diesem Mädchen ohne Beine … das niemals Erinnerungen haben würde. Er riss sich zusammen.

«Und da habe ich angefangen zu denken, dass sie mich hätte umbringen sollen. Aber ich dachte auch, dass sie mich dazu zu sehr liebte, dass sie nur für mich lebte, dass sie nie den Mut dazu gehabt hätte. Als mein Vater starb, sind wir alle drei ganz dicht aneinander gerückt. Wir haben uns geliebt, viel mehr noch als zuvor. Theater hat mich schon immer begeistert; das war es, was mich gerettet hat. Die Rollen kannte ich auswendig. Alle Rollen des klassischen Theaters. Und des modernen. Aber… zu meinem Unglück und zu Goulvens Unglück hatte ich schon immer eine Vorliebe für… diese Rolle hier.»

Sie hob das Buch, das auf der Rollstuhllehne lag, hoch: Aischylos' *Orestie*.

«Ja, zu meinem Unglück. Als ob das Schicksal es nicht schon genug auf mich abgesehen hätte, als ob es sich noch mehr auf meine Kosten amüsieren wollte…»

«Tun Sie sich doch nicht selbst so weh!», sagte Laviolette.

«Von wegen, Herr Polizist! Ihr Gnadengesuch ist abgelehnt: Sie werden mir bis zum bitteren Ende zuhören! Schon mit zehn Jahren, noch bevor ich etwas ahnte von meiner wirklichen Misere, habe ich Elektra geliebt. Ich war fasziniert von diesem Mädchen. Mit dreizehn konnte ich sie alle auswendig, die Worte, die man sie hat sprechen lassen.»

Sie blickte starr vor sich hin.

«Meine Mutter… Maman… war nach dem Tod meines Vaters untröstlich… sechs Monate lang… Dann hat sie dieses Geschäft gekauft, um auf andere Gedanken zu kommen. Und eines Abends kam sie nach Hause und strahlte, aber sie hat versucht, es vor mir zu verbergen. Aber von meinem Fenster aus hatte ich sie gesehen, wie sie fröhlich aus ihrem Auto hüpfte, die Wagentür zuschlug, leichten Fußes die Treppe hinaufsprang… als ob… als ob sie Flügel hätte. Sobald sie aber mit uns zusammen war, versuchte sie, traurig zu sein, tat sie so, als müsste sie sich zwingen, um mit uns fröhlich zu sein. Das hat einige Zeit gedauert, dann ist sie wirklich wieder traurig geworden; da brauchte sie nicht mehr so zu tun, als müsse sie sich zum Lachen zwingen mit uns.»

Sehr leise fügte sie hinzu:

«Ich konnte nicht so richtig verstehen, warum sie fröhlich war und dann wieder traurig... Und damals schickte uns unsere Großmutter aus der Bretagne diese Marie-Aimée, die einen Liebeskummer hatte. Und eines Abends... eines Abends...»

Sie geriet außer Atem. Ihr Gesicht war nach vorn geneigt, hin zu jener grausamen Vision aus einer nahen Vergangenheit, zu der genauen Sekunde, als die Katastrophe hereingebrochen war. Laviolette befürchtete, sie würde ohnmächtig, aber auch sie war eine kräftige Bretonin aus gutem Stamm. Und zum ersten Mal in ihrem Leben konnte sie wirklich reden.

«Wir kamen aus unserem kleinen Theater hier, wo wir uns amüsiert hatten, indem wir uns gegenseitig Szenen aus dem *Testament des alten Leleu* vorspielten. Goulven schob meinen Rollstuhl. Wir bewegten uns lautlos zum Fahrstuhl, als wir Marie-Aimée in der offenen Tür der nie benutzten Kleiderkammer haben stehen sehen. Sie stand reglos da, wir sahen sie von hinten. Da sie um diese Zeit eigentlich in ihrem Zimmer hätte sein sollen, wurden wir neugierig. Wir haben uns ihr genähert... Goulven hat es als Erster gesehen und verstanden. Er hat mich ganz plötzlich losgelassen, hat sich auf Marie-Aimée gestürzt, hat sie zur Seite geschoben, um selbst zu schauen oder um sie daran zu hindern weiterzuschauen, was weiß ich? Dann wollte er fast sofort zu Mamans Tür rennen.»

Sie hielt inne. Sie keuchte wie eine Herzkranke. Sie erlebte die schreckliche Minute noch einmal.

«Auch ich habe es noch sehen können», fuhr sie fort.

«Blitzschnell. Meine Mutter... gesammelt, als ob sie beten würde, mit geschlossenen Augen, mit diesem reizenden Gesichtsausdruck, der sie in eine Zehnjährige verwandelte... Meine Mutter... Und er... mit einem schwarzen Bart... einem krausen schwarzen Bart... Ganz schwarz... ganz... Ich weiß nicht, wie ich so geistesgegenwärtig sein und Goulven am Arm packen konnte. Ich habe ihm leise zugerufen, dass er mich zu Fall bringen würde, dass ich mir wehtun würde, dass es ihm ewig Leid tun würde... Irgendwie konnte ich auch noch Marie-Aimée sagen, sie müsse ihn am Schreien hindern. Das Ganze hat wohl höchstens drei Sekunden gedauert... ich weiß es nicht mehr so genau... Goulven war noch keine zwölf Jahre alt... Marie-Aimée, die Kraft hat wie ein Pferd, konnte ihn nur mit äußerster Anstrengung daran hindern, bei meiner Mutter an der Tür zu rütteln. Sie hatte ihm die Hand auf den Mund gelegt, aber wir hörten ihn trotzdem hervorstoßen: ‹Ich bringe ihn um! Ich bringe ihn um!›»

Völlig erschöpft hielt sie erneut inne. Laviolette seufzte laut.

«Ach ja!», dachte er, «ich habe mir schon immer vorgestellt, dass Rache für Agamemnon nicht Orests einziges Motiv ist! In Wirklichkeit sind es nicht nur die Sonne und der Tod, denen man nicht ins Gesicht sehen kann. Seine eigene Mutter sehen... Mit eigenen Augen sehen... Für ein zwölfjähriges Kind ein unerträgliches Schauspiel... Erinnere dich, als du zwölf warst... Versuch dir deine Mutter vorzustellen...»

Die Behinderte sprach jetzt leiser.

«Wir sind alle drei reglos stehen geblieben, so dicht aneinander gedrängt, dass wir fast erstickt wären, aus Angst, Goulven könnte uns entwischen. Leise habe ich Marie-

Aimée gesagt: ‹Wenn du ein einziges Wort darüber sagst, dann verliere ich ein Schmuckstück und sage, du hättest es geklaut!› Goulven habe ich gesagt, ich würde ohnmächtig und er müsste mich in mein Zimmer bringen. Auch er war am Ende. Völlig verstört. Er zitterte. Normalerweise lief er zu Maman, wenn er einen großen Kummer hatte, um sich von ihr trösten zu lassen, egal zu welcher Tages- oder Nachtzeit. Manchmal lief er schnurstracks von hier ins Geschäft. Er weinte. Diesmal hatte er einen Kummer wie noch nie zuvor, und diesmal musste er ihn allein ertragen! Sie haben mich ins Bett gebracht, Marie-Aimée und er. Er wollte nicht in sein Zimmer gehen. Wir haben beide nicht geschlafen. Er hat sich an mich geschmiegt, ich war sein letzter Rettungsanker. Immer wieder, alle halbe Stunde sagte er: ‹Ich bringe ihn um!› Eine Stunde lang ist er dann eingedöst; als er aufwachte, hat er sofort wieder gesagt: ‹Ich schwör es dir: ich bringe ihn um!› – ‹Wie? Womit?›, habe ich ihn gefragt. Er hat nicht geantwortet. Er ist aufgestanden und ist zur Schule gegangen. Unter der Woche hat Maman das Haus immer vor ihm verlassen. Nur an Feiertagen kam sie zu uns in unsere Zimmer und alberte ein wenig mit uns herum.

Am Abend haben wir dann alle zusammen am Tisch gesessen. Als Goulven mich zum Essen abholte, habe ich ihm gesagt: ‹Du sagst kein Wort!› Und er hat geantwortet: ‹Keine Sorge, aber ich bringe ihn um. Damit!› Aus seinem Zimmer hatte er eine Steinschleuder geholt, die meinem Großvater gehört hat und die aus Versehen beim Umzug mit hierher gebracht worden war. Er hatte sie an einem Regentag auf dem Dachboden gefunden, zwischen den bretonischen Fahnen meines Großvaters. Sie war sein Lieblingsspielzeug geworden. Schon als er sechs Jahre alt war, übte er und schleuderte Steine gegen die Bäume im Park. Jetzt sagte ich: ‹Das schaffst du nicht. Und ich will es auch nicht!› Die letzten Worte hatte ich mit so wenig Überzeugung ausgesprochen, dass er mich von unten herauf ansah und traurig antwortete : ‹Aber natürlich willst du es!›

Ich habe so getan, als würde ich ihn nicht ernst nehmen, aber zwei Tage später hat er mir Bildtafeln mitgebracht, die er von einer medizinischen Enzyklopädie meines Vaters abgepaust hatte. Sie stellten menschliche Schädel dar. Er zeigte mir bestimmte Punkte an diesen Schädeln und sagte: ‹Da, da und da, siehst du? Man muss genau geradeaus und kraftvoll schleudern. Der Schädel ist wie eine Nussschale. Du weißt, was das ist, eine Nussschale. Wenn du sie aufbrichst, spielt das keine Rolle, es ist ja nur die Schale. Was man zerstören muss, das ist der Kern innen drin, das Hirn, verstehst du? Wenn man also da oder da trifft… siehst du? Es muss genau an der richtigen Stelle sein! Aber du wirst schon sehen, ich schaffe es! Du wirst es sehen, ich bring ihn um!› – ‹Nein›, habe ich geantwortet, ‹du schaffst es nicht und ich will es nicht!› Aber mit der gleichen traurigen Hartnäckigkeit wiederholte er immer wieder: ‹Doch, doch, du willst es!› und hielt mir dabei die Hand. Und ich war es dann, die ihm eine Woche später die *Orestie* zu lesen gab, fast wie zur Nachahmung. Ich spielte Elektra und er musste die Rolle von Orest und die der Chöre übernehmen. Agamemnons Harnisch, Schwert und Helm. Er war überwältigt. Alles lief nach seinem Sinn. Bis dahin hatte er nur seine Mutter als Geschändete gesehen. Jetzt sah er auch, dass das Andenken seines Vaters verraten worden war. An dem Abend sind wir beide und ohne zu zittern noch einmal zur Kleiderkammer gegangen und haben noch einmal geschaut. Mir wurde klar, dass Goulven mit Leidenschaft den Schädel beobachtete, den Schädel von … nein, den Namen will ich nicht sagen. Der arme Junge bildete sich ein, seine Mutter werde erniedrigt, verachtet, vielleicht sogar geschlagen. Aber ich? Ich sah etwas ganz anderes: Ich sah all das, was ich selbst nie haben würde. Niemals. Das hätte sie sich für immer verbieten müssen. Das hätte sie mir niemals antun dürfen. Das konnte ich nicht ertragen. Ich konnte es nicht verstehen. Dann habe ich Goulven allmählich in der Rolle des Orest bestärkt. Ich habe die Götter Griechenlands zu Hilfe gerufen, um ihn zu bestärken, ihm zu helfen, ihn zu ermutigen. Ich habe ihm alle Rollen beigebracht: den Orest des Aischylos, den des Euripides, den des Sophokles und den aus den modernen Stücken. Er glänzte in diesen Rollen. Er wurde kräftiger. Er sagte mir: ‹Du wirst sehen, es dauert nicht mehr lange! Ich habe herausgefunden, wie ich ihn umbringen werde! Ich übe! Ich kenne den Trick.›»

Sie stockte, atemlos, hielt den Kopf gesenkt. Über das Haus flog jetzt das tägliche Postflugzeug, sein friedfertiges Brummen erinnerte an das normale Leben.

«Den Abend werde ich nie vergessen, als Maman hier ankam und zu uns sagte: ‹Esst ohne mich, ich bin sehr müde.› Sie hat sich in ihr Zimmer zurückgezogen. Die Zeitung hatte sie auf der Konsole im Salon liegen lassen. Ich habe sie aufgeschlagen … und habe das Bild gesehen. Ich habe Goulven gefragt: ‹Warst du das?› Er hat geantwortet: ‹Nein, was glaubst du denn?› Aber wir spielten weiter Elektra und Orest, wir waren beide wie berauscht davon, wir jubelten. Und jetzt sahen wir Maman wieder, wie sie bei jedem Essen traurig bei uns saß und sich bemühte, für uns fröhlich zu wirken. Sieben Monate hat es gedauert. Und eines Tages habe ich auf dem Gesicht meiner Mutter wieder diese frischen Farben erkannt, die ich so hasse, diese gesunden Farben, die mich an meine Not erinnern ... Und wieder hörte ich, wie sie munter die Autotür zuschlug ... den schnellen Schritt auf der Treppe. Die Schritte ... die Beine.»

«Und jeden Abend», sagte Laviolette niedergeschlagen, «haben Sie sich zusammen an den Tisch gesetzt. Jeden Abend haben Sie sich ganz normal verhalten. Sie haben sich die Gerichte gereicht ... Sie haben Ihre Mutter gebeten, Ihnen Vanillecreme mit Eierschnee zuzubereiten für den nächsten Tag ...»

«Wie haben Sie das erraten?», fragte die Behinderte verblüfft.

«An Ihrer Stelle hätte ich genau das getan», antwortete Laviolette.

Der Richter tauchte aus seinem Seelenabgrund auf, um den Kommissar anzustarren, als hätte er ihn noch nie gesehen.

«Ja, jeden Abend», sagte das Mädchen. «Gemeinsam mit Marie-Aimée, die uns das Essen servierte und die auch durchhielt. Am Abend des neuen Glücks sind wir zum Wandschrank gegangen, um das Gesicht zu identifizieren, das es für immer und ewig auszulöschen galt. Der zweite ... war nach acht Tagen erledigt. Nach acht Tagen ...»

Laviolette warf ein: «Hören Sie, Chabrand? Das habe ich Ihnen doch gesagt: ‹Oder sie kann es sich nicht vorstellen ...›, habe ich gesagt. Wie hätte sie sich das auch vorstellen können?»

«Meine Irène ...», dachte Chabrand.

«Ich ahnte nicht», fuhr das Mädchen leise fort, «dass mich das Leben noch ein wenig mehr strafen würde, dass das Schicksal noch nicht endgültig mit mir abgerechnet hatte. Ich hatte einen Philosophielehrer, der mir Privatstunden gab. Er war sanft, lieb, überhaupt nicht mitleidig. Er bemerkte meine Behinderung gar nicht. Er behandelte mich, wie man einen normalen Menschen behandelt. Nie hat er meinen Rollstuhl geschoben. Nie hat er mir einen Gegenstand gereicht, der sich außerhalb meiner Reichweite befand. Ich musste mir immer selbst helfen, dazu ließ er mir genügend Zeit, aber er verhielt sich dabei immer ganz natürlich. Er sagte, ich könnte ein viel normaleres Leben führen, wenn ich es nur wollte. ‹Und zwar, indem Sie sich nicht immerzu mit den anderen vergleichen›, sagte er. Ich antwortete höhnisch: ‹Auch als Frau natürlich, nicht wahr?› Er sah mich merkwürdig an. ‹Warum nicht?›, sagte er. ‹Ich werde Ihnen erklären, wie…› Und er sagte auch: ‹Merkwürdig, Ihre Begeisterung für Aischylos und für diese alte Jungfer Elektra. Als Geistesnahrung ist das gerade mal passend für Romanschriftsteller und für Greise.›»

«Er hieß Chérubin Hospitalier», sagte Laviolette. «Und im Augenblick des Sterbens war ihm klar, woher der Schlag kam. ‹Orest› wollte er in den Schnee schreiben, um uns auf die Spur zu helfen. Aber das war uns zu hoch.»

«Ich wollte es nicht!», schrie sie. «Ich wollte es nicht! Ich hatte mich in ihn verliebt. Sogar als ich ihn im Bett meiner Mutter sah, wollte ich es nicht. Ich habe Goulven angefleht, ihn zu verschonen. Aber er war gnadenlos. Er hat mir diesen furchtbaren Satz gesagt: ‹Jetzt ist es zu spät! Das Töten ist zu leicht!›»

«Und Sie sind nicht verrückt geworden…», seufzte Laviolette.

«Woher wollen Sie das wissen?»

Der Kommissar erhob sich schwerfällig. Hinten im Theaterraum lehnte Chabrand an der Wand, steif und schwankend zugleich.

Einige Minuten zuvor war Marie-Aimée ängstlich hereingekommen, die Augen weit aufgerissen, ein Taschentuch vor dem Mund.

«Sie werden mir jetzt den Gefallen tun und sie keine Sekunde allein lassen!», sagte Laviolette.

Er wandte sich zur Behinderten.

«Nachher wird man kommen und Sie festnehmen, wegen Beihilfe zum Mord. Dann müssen Sie alles, was Sie uns gesagt haben, wiederholen und noch ganz andere Fragen beantworten. Sie müssen mir versprechen, dass Sie bis dahin ...»

«... dass ich mich nicht umbringe?»

Sie lachte ein kehliges Lachen.

«Glauben Sie das nicht, Kommissar! Wenn Sie wüssten, wie mich der Gedanke freut, vors Schwurgericht zu kommen! Die werden sich wundern, die Geschworenen, wenn sie mich in meinem Rollstuhl anfahren sehen! Und wenn sie erst meine Geschichte hören! Ich möchte nicht in deren Haut stecken!»

«Ich auch nicht», dachte Laviolette.

Er wandte sich ab. Er nahm Chabrand am Arm. Sie gingen in den Flur hinaus und verließen das Haus.

Draußen brach ein scheußlicher Tag an. Nebelfetzen wanden sich um das Grab des Mexikaners und spielten Gespenst.

«Ich werde bei Irène bleiben», murmelte Chabrand. «Ich werde sie vor sich selbst beschützen. Ich werde sie gegen alle verteidigen. Ich werde mein Amt niederlegen. Sie glaubt, sie hätte mich mit ihrem Hass für immer vertrieben? Sie täuscht sich. Ich kenne sie jetzt. Aber sie, sie kennt mich noch nicht. Ich werde dafür sorgen, dass sie mich kennen lernt. Ich werde mich durchsetzen. Ich werde mit ihr reden. Wir werden ganz nackt dastehen, viel nackter noch als heute

Nacht. Nichts wird im Dunkeln bleiben. Wir werden uns beide aus diesem Massakerspiel befreien. Ich werde sie lieben. Hören Sie, Kommissar? Lieben!»

«Diese Gnade wünsche ich Ihnen, besser spät als nie. Aber trotzdem: Wenn Sie sich nicht so viel mit Marcuse, Van Schupfel und der albanischen Literatur beschäftigt und stattdessen in der letzten Zeit etwas mehr griechische Tragödien gelesen hätten, dann wären Sie nicht von solch simplen Phänomenen des Alltags, wie wir sie jüngst erleben durften, aus der Bahn geworfen worden.»

Der Richter antwortete nicht. Mit hängenden Schultern ging er davon, den schweren Pflichten entgegen, die er noch zu erfüllen hatte.

Und Kommissar Laviolette sah ihm nach mit einer gewissen Sympathie und mit viel Hoffnung für die Zukunft dieses Menschen. Denn der Untersuchungsrichter Chabrand hatte angefangen zu leiden.